방한림전

한국
고전
문학
전집
020

방한림전

이상구 옮김

문학동네

머리말

『방한림전』은 학계에 소개된 지 채 20년도 되지 않았기 때문에 일반 독자들에게는 매우 생소한 작품이라고 할 수 있다. 그러나 두 여성 주인공이 남성과의 결혼을 거부하고 동성혼을 한다는 내용 때문에 근래 학계에서 크게 주목하고 있다. 어려서부터 남자 옷만 입으려고 했던 방관주는 커서도 남자 행세를 계속하다가 장원급제하여 한림이 된 여성이며, 영혜빙은 남편에게 구속받는 삶이 싫어 아예 결혼하기를 포기했던 여성이다. 이 두 여성이 서로 뜻이 맞아 결혼해서 평생지기로 살아간다는 것이 작품의 골격이다.

보통 근대 이전 한국 여성은 순종을 미덕으로 알고 무조건 남성에게 복종해왔을 것이라 생각하는 경향이 있다. 그러나 『박씨전』 『방한림전』 『홍계월전』 『이대봉전』 『김희경전』 등 여성영웅소설은 조선 후기 여성들이 사회적 활동과 진출, 그리고 양성평등을 얼마나 간절하게 소망했는지 여실히 보여준다. 특히 『방한림전』은 두 여성 주인공의 동성혼을 통해 젠더사회적, 문화적으로 길들여진 여성다움, 남성다움의 문제를 은근히 드러낼 뿐만 아니라 가부장적 이념과 사회체제의 질곡을 명시적으로 제기하고 있다는 점에서 소설사는 물론 사회사적으로도 매우 중요한 의의를 지닌 작품이다.

대부분의 독서물이 그렇지만, 소설은 특히 처음부터 끝까지 통독을 해야만 그것의 재미와 효과를 제대로 맛볼 수 있다. 소설이란 작가가 사건과 인물의 행동을 구체적으로 형상화함으로써 세계에 대한 문제의식과 욕망을 은근히 드러내는 문학이기 때문이다. 이것은 동서고금을 막론하고 모든 소설의 기본적 속성이라고 할 수 있으며, 우리나라 고전소설도 예외가 아니다. 그렇기에 고전소설을 포함하여 소설을 제대로 맛보거나 이해하기 위해서는 반드시 통독할 필요가 있다. 특히 고전소설의 경우 당시 사회적 상황과 독자층의 의식 상태를 고려하면서 읽는다면 한국 고전소설의 가치와 의의를 새롭게 깨달을 수 있으리라 생각한다.

같은 작품이라도 조선 후기의 독자들은 오늘날 우리와 전혀 다른 생각과 감각으로 읽었는데, 다음의 한시는 이러한 사실을 잘 보여준다.

> 이 책을 본 사람들 마음이 호탕해지니
> 오묘한 문장 구슬이 쌓인 듯하네.
> 교태롭고 아리따운 소리 귀에 쟁쟁하고
> 꽃과 달 같은 미인의 얼굴 눈에 어른거리네.
> 이에 비로소 불경不經한 것 좋아하는 인정人情을 알겠거니
> 정위鄭衛의 음란한 소리를 어찌 가히 들을 만하겠는가?
> 차라리 성현의 글을 읽어,
> 당당한 대론大論을 하늘 높이 드높임만 못하리라.

「제구운몽후題九雲夢後」라는 이 시는 조선 후기 유학자였던 반계磻溪 이

양오李養吾, 1737~1811가 『구운몽』을 읽은 뒤 쓴 것이다. 그는 『구운몽』을 읽을 때 '마음이 호탕해졌으며, 팔선녀의 아리따운 목소리와 얼굴이 귀에 쟁쟁하고 눈에 어른거렸다'고 읊었다. 또한 세상 사람들이 불경스러운 것을 왜 좋아하는지 『구운몽』을 읽고 비로소 깨달았다고 한다. 비록 이양오는 『구운몽』처럼 '음란한 이야기'를 읽기보다는 성현의 글을 읽어 대론大論을 높이겠다며 『구운몽』을 부정적으로 평가했지만, 『구운몽』은 그에게 '불경스러운 것을 좋아하는 인정'을 깨닫게 해준 충격적인 작품이었던 것이다.

오늘날 『구운몽』을 '음란한 소설'이라고 생각하는 사람은 거의 없다. 조선 후기와는 사회적 상황과 의식이 다르기 때문이다. 조선 후기에 『구운몽』은 남녀노소를 불문하고 낯을 붉히며 흥미진진하게 읽었던 베스트셀러였다. 우리도 당시 사정을 조금만 고려해가면서 『구운몽』 등 고전소설을 음미한다면 현대소설에서는 찾을 수 없는 묘미를 맛볼 수 있을 것이다.

『방한림전』은 동성혼에 따른 갈등을 치열하게 형상화하기보다는, 두 여주인공의 지향에 따라 동성혼이 자연스럽게 이루어지고 사회적으로도 별문제 없었던 것처럼 서사되어 있다. 때문에 『방한림전』의 동성혼이 젠더나 성적 욕망과는 무관한 것으로 이해될 수도 있다. 실제로 오늘날 우리의 시각과 감각으로만 작품을 읽으면, 『방한림전』이 왜 동성혼의 문제를 이렇게 형상화할 수밖에 없었는지 이해하기가 쉽지 않다. 그러나 작품을 온전히 이해하려면 시대적 맥락을 고려해야 한다. 오늘날에도 동성혼을 부정적으로 생각하는 사람들이 매우 많다. 그런데 조선 후기에는 어떠했겠는가? 동성혼을 입에 올리는 것만으로도 사문난적斯文亂賊 또는 국기문란國紀紊亂에 해당했을 터이다. 이러한 사정을 헤아리면서 『방한림전』을 차분히 통독하고, 또 이를 통해 오늘날 우리가 이룩한 양성평등이 『방한림전』에 담긴 조선 후기 여성들의 간고한 노력과 결코 무관하지 않다는 것을 새롭게 인식하기를 기대한다.

이 책이 나오기까지 몇 분의 도움을 받았다. 차옥덕의 『백년 전의 경고—방한림전과 여성주의』와 장시광의 『조선시대 동성혼 이야기—방한림전』은 좋은 참고가 되었으며, 구민정 편집자를 비롯한 문학동네 편집진은 초고를 꼼꼼하게 읽고 미세한 오류마저 찾아내어 교정을 해주었다. 이 자리를 빌려 진심으로 감사드린다.

2017년 8월
아름다운 사람의 고장 순천에서
이상구 씀

차례

방한림전

〖 일러두기 〗

1. 『방한림전』은 나손문고본 『방흔림젼』을 저본으로 삼았다. 현대어역의 경우 문맥이 잘 통하지 않는 부분은 백영문고본 『낙성전』과 한국중앙연구원본 『쌍완기봉雙婉奇逢』을 참고하여 약간의 윤색을 가했으며, 주석본의 교감 역시 이들 이본을 대상으로 삼았다.
2. 원전에는 장이 나뉘어 있지 않으나 독자의 편의를 위해 큰 사건별로 장을 나누고, 각 장마다 사건의 특성에 부합하는 소제목을 붙였다.
3. 현대어법에 맞추어 띄어쓰기를 하고 문장부호를 사용했으며, 인물의 직접 진술은 줄을 바꾸어 적고 큰따옴표(" ")를 써서 구분했다.
4. 현대어역은 저본으로 삼은 원전에 충실하되 가독성을 높이기 위해 일반 독자들에게 생경한 옛말이나 한자어 등을 현대어로 고치거나 풀어썼다. 다만, 일부 종결어미와 의미 파악이 어렵지 않은 옛말, 그리고 한자어는 고전소설의 맛과 원표현의 아름다움을 살리기 위해 원래 표현에 약간의 윤색만을 가했다.
5. 주석의 표제어는 가급적 현대국어의 맞춤법에 맞게 고쳐 표기하고, 한자어의 경우에는 한자를 병기했다.
6. 관직이나 인명 또는 설명이 필요하다고 판단되는 어휘는 그 뜻을 간략하게 정리하여 본문에 삽입하되, 통독의 수월성을 위해 특별한 경우를 제외하고는 가급적 한글 다음에 한자를 병기하는 것으로 뜻풀이를 대신했다.
7. 판독할 수 없는 글자는 □로 나타냈다.

방한림전

딸로 태어난 방관주가 남자 행세를 하면서 자라다

중국 명나라 때 북경 유하촌에 한 서생이 있었으니, 이름은 방관주요 자는 문백이었다. 그는 건문[1] 시절에 임금을 위해 절개를 지킨 것으로 이름났던 태학사[2] 충렬공 방효유[3]의 후예다. 그의 부친은 선조先朝 때의 충렬로 덕이 맑고 깨끗했으며, 그의 모친 보씨는 어질고 아름다운 숙녀의 풍모를 지니고 있었다.

방공方公 부부는 생활하기에 부족함이 없을 만큼 재산이 넉넉했으며, 오래도록 화목하게 지냈다. 그러나 결혼한 지 몇십 년이 지나도록 아이 생길 기미가 전혀 없어 자식을 낳는 기쁨을 맛보지 못했다. 노년에 이르러서야 비로소 꿈 하나를 꾸고는 옥으로 새기고 꽃처럼 예쁜 딸을 낳았

1) 건문(建文): 명나라 제2대 황제인 혜제 때의 연호(1398~1402).
2) 태학사(太學士): 경연(經筵)의 임무를 맡았던 한림원의 으뜸 벼슬아치.
3) 방효유(方孝孺): 중국 명나라 초기의 학자이자 충신. 1402년 연왕(燕王, 뒤의 영락제)이 황위(皇位)를 찬탈한 뒤, 그에게 즉위의 조(詔)를 기초하도록 명했는데, 끝까지 거부하다가 극형을 당했다.

는데, 그 아이가 관주였다.

관주는 비록 딸이었지만 산천의 정기를 모아서 난 듯 광채가 찬란했으며, 태어날 때 기이한 향기가 산실産室에 가득했다. 몸은 일월의 정기를 받아 찬란하게 빛나고, 풍채는 윤기가 자르르 흘렀으며, 눈빛은 가을 물처럼 맑았다. 또한 태어나면서부터 기이한 징조가 많아, 방공 부부는 비록 사내아이가 아님을 안타까워하긴 했지만 아이의 풍채와 자질을 신기하게 여기며 매우 기뻐했다. 이후로 방공 부부는 더이상 자식을 낳지 못하고 오로지 관주만을 애지중지하며 키웠다.

관주가 서너 살이 되자 용모와 재색이 맑고 깨끗했으며, 기상이 빼어났다. 규방에서 혼자 자란 여자아이였으나 몸과 행동거지가 날로 늠름해져서 얼굴빛은 연꽃 같고, 기운은 가을하늘 같았으며, 눈빛은 진주 같았다. 관주가 바야흐로 말을 알아듣게 되었을 때 글자를 가르치니, 하나를 들으면 열 가지에 통하고 열 가지를 들으면 천 가지를 깨우쳤다. 방공 부부가 이런 관주를 애지중지해 아들이 없는 것을 한스럽게 여기지 않았다.

방공 부부가 붉은 비단에 여러 가지 빛깔과 무늬를 넣어 만든 옷을 입히려 했으나, 방소저는 천성이 소탈하고 검소해 짙푸른 적삼만 입으려 했다. 방공 부부는 어쩔 수 없이 딸의 뜻에 맞춰 소원대로 남자 옷을 지어 입혔으며, 아직 나이가 어린 까닭에 여공女工, 길쌈은 가르치지 않고 오직 『시경詩經』과 『서경書經』만 가르쳤다. 방소저는 비록 나이는 어리지만 글재주가 날로 발전해 『시경』과 『서경』은 물론 제자백가까지 환히 깨쳐 모르는 것이 없었으며, 이백과 두보마저 무시할 정도가 되었다. 얼굴과 풍채는 더욱 맑고 깨끗해져서 가을달이 빛을 잃고 봄꽃이 부끄러워할 만했다. 가을하늘같이 높은 기상과 보름달 같은 이마의 맑고 깨끗한 자태는 해와 달의 정기가 모여 더할 나위 없이 아름답고 완벽했으니, 방소저의 이름이 근처는 물론 멀리까지 알려지고 그 공렬功烈이 후세에 길이 전해지리라 믿더라.

이 무렵 방공 부부는 다시 방소저에게 길쌈과 바느질을 배우도록 권했으나, 방소저는 그런 일을 매우 싫어해서 아예 하려고도 하지 않았다. 부모 또한 딸의 재모才貌가 평범하지 않음을 알고 있던 터라 딸이 싫어하자 구태여 권하지 않았다. 그리고 소저에게 여자 옷이 아닌 남자 옷을 입히고 친척들에게도 아들이라고 했다.

방소저가 여덟 살이 되었을 때 불행하게도 방공 부부가 함께 돌아가셨다. 뜻밖에 양친의 죽음을 당한 소저는 예법에서 벗어나고 몸이 상할 정도로 슬퍼했으나, 상주喪主로서 장례를 주관하는 데는 법도에 어긋남이 없었다. 친척·노복 등과 더불어 양친의 장례를 무사히 마친 이후에는 소저가 직접 집안일을 다스렸으며, 삼년상도 극진하게 받들었다. 소저가 아침저녁으로 신주神主 앞에 나아가 피눈물을 흘릴 정도로 애달파하니, 주변 사람들이 모두 소저의 효성에 감동하더라.

이후 소저는 여자로서 지키고 행해야 할 도리에 대해서는 조금도 관심을 갖지 않고 독서를 부지런히 하는 등 항상 남자인 것처럼 처신했으며, 비복들에게 엄한 명령을 내려 친척들도 자기의 본색을 알지 못하게 했다. 하루는 유모乳母 주유랑이 소저를 모시고 이야기를 나누다가 소저에게 아뢰었다.

"이제 소저의 나이가 바야흐로 아홉 살이옵니다. '규방의 여자는 열 살이 되면 대문 밖을 나가서는 아니 된다'고 하오니, 바라건대 소저[4]는 생각을 바꾸시어 우스운 말이나 행동을 그쳐 뒷일을 어지럽게 하지 마시고, 돌아가신 양친의 영혼도 평안하게 하소서."

소저가 왈칵 화를 내고 낯빛이 변하면서 말했다.

"내가 이미 돌아가신 아버지와 어머니의 명을 받들어 남아로 행세한

4) 원전에는 '공자'로 되어 있는데, 맥락을 고려하여 '소저'로 바꿈.

지 거의 십 년이 되었으되, 그간 한 번도 남자 옷을 바꾸어 입은 적이 없다. 그런데 어떻게 갑자기 결심을 고치며, 돌아가신 부모님의 뜻을 저버릴 수 있겠느냐? 내 마땅히 입신양명하여 돌아가신 부모님의 후사後事를 빛낼 것이니, 어미는 이런 말로 다시는 날 괴롭히지 마라. 또한 나의 본색을 다른 사람들에게 말하지 않길 바라노라."

소저의 말을 듣고 난 유모가 생각하기를,

'나이가 아직 어린 까닭에 생각이 부족한 탓이리라.'

하고 더이상은 말하지 않았다. 다른 비복들 또한 소저의 위엄에 눌려 그 일을 입 밖에 내지 못하더라.

이후 소저는 독서에 더욱 몰두해 이백과 두보의 문장을 갖추고, 간혹 병서를 보며 무예도 익혀 손무[5]와 오기[6]의 책략을 흉중에 감춰두었다. 그러는 사이 세월은 빠르게 흘러 부모의 삼년상을 마치니, 소저는 부모님의 자취를 그리워하며 더욱 슬퍼했다.

다음해 봄이 되니 온갖 꽃이 흐드러지게 피고 경치가 아름다웠다. 이를 본 소저는 우울한 심사를 달래고자 집안일을 유모와 비복들에게 맡기고, 당나귀 한 마리를 끌고 어린 하인 몇 명과 함께 원근의 산천과 지방의 대해大海를 두루 돌아다녔다. 가는 곳마다 풍광이 빼어나 꽃을 보면 마음속에서 문장이 절로 일어나고 시흥이 넘쳐흘렀다. 이에 바위 위에 시를 쓰고 제목을 붙였으며, 해가 저물면 인근 암자에서 묵었다. 이렇듯 오륙 개월 두루 돌아다니니, 이미 삼춘三春 다 지나고 가을바람이 소슬하게 부는 구월 스무날이 되었다. 단풍은 골짜기마다 붉게 물들고, 곳곳에 나뭇잎이 떨어져 이리저리 휘날렸으며, 하늘의 기운은 더없이 맑고 푸르렀다.

5) 손무(孫武): 중국 춘추시대의 병법가로, 병법서 『손자孫子』를 지음.
6) 오기(吳起): 중국 춘추시대의 병법가로, 병법서 『오자吳子』를 지음.

소저는 간혹 고향을 생각했지만 아름다운 경치에 집안의 일을 잊고 있었는데, 그사이 또 세월이 흘러 초겨울이 되었다. 흰 눈이 펄펄 날리고 서리와 이슬이 가득 쌓인 곳에 홍매화가 활짝 피어 향취가 은은하게 풍기고, 북쪽에서 불어오는 찬바람이 비단 저고리를 나부끼게 하니, 집을 떠난 지 어언 일 년이 되었다. 푸른 당나귀를 되돌려 타고 집으로 돌아오니 부모님 생각에 서러움이 새롭게 일어나고, 부모님 영전에 나아가 곡을 하며 절을 올릴 때는 뼈에 사무치게 부모님을 그리워했다.

이후 소저는 집 안에서 시 짓기와 글쓰기로 세월을 보냈는데, 시간이 흘러 다음해 봄이 되었다. 이때 방공자方公子의 나이 열두 살이었다. 풍성한 자태와 꽃다운 얼굴은 백옥을 다듬은 듯했으며, 단순호치[7]와 반짝이는 두 눈은 단아하면서도 기이해 인간 세상의 여성 같지 않았다. 그 위엄이 강렬해 어여쁘고 얌전한 여자의 태도를 조금도 찾아볼 수 없었으며, 단정한 자세로 묵묵히 앉아 있으면 추운 겨울 차가운 달이 푸른 하늘에 걸려 있는 듯했다. 담소를 나눌 때는 말씨가 그윽하면서도 부드러워 한겨울 눈이 절로 녹는 듯했으며, 버드나무 같은 풍채는 빛깔 곱고 아름다운 봉황이 두 날개를 가볍게 나부끼는 듯했으니, 주위 사람들이 진실로 하늘에서 내려온 신선인 줄 알았다. 또한 문필이 날로 발전해 도잠[8]의 시와 종요[9] · 왕희지[10]의 필법을 압도하고, 뛰어난 재주로 명성이 자자해 온 고을에 모르는 사람이 없었으니, 당시 사람들이 모두 방공자를 흠모하여 따랐다.

7) 단순호치(丹脣皓齒): 붉은 입술과 하얀 치아라는 뜻으로, 아름다운 여자를 이르는 말.
8) 도잠(陶潛): 중국 동진(東晋)의 시인. 당나라 이후 육조(六朝) 최고의 시인이라 불린다.
9) 종요(鍾繇): 중국 삼국시대 위(魏)나라의 서예가. 해서(楷書)에 뛰어나 후세에 종법(鍾法)으로 불렸다.
10) 왕희지(王羲之): 중국 진(晉)나라의 서예가. 해서(楷書) · 행서(行書) · 초서(草書)의 3체를 예술적 완성의 영역까지 끌어올려 서성(書聖)이라고 불린다.

관주가 장원급제하여 한림이 되다

차설. 정덕正德 천자께서 과거를 베풀어 인재를 뽑으려 하시니, 도회지는 물론 궁벽한 시골 마을에 이르기까지 전국 방방곡곡에 사는 서생들이 과거에 응시하려고 행장을 차려 서울로 향했다. 방공자도 이 소식을 듣고 마음속으로 생각했다.

'내가 비록 여자이나 지금까지 남자로 처신해왔는데, 시속時俗의 여자들처럼 집안에서 남편을 섬기는 도리를 어떻게 할 수 있으리오.'

방공자는 드디어 하인들에게 행장을 준비하라고 명령했다. 유모를 불러 집안의 대소사를 맡긴 후 하인과 잔심부름할 어린아이를 각각 한 명씩만 거느리고 출발했다.

남경[1]에 이르러 잠시 머물 숙소를 정하고, 과거시험에서 쓸 도구들을 챙겨 대궐 안에 마련된 시험장으로 갔다. 글제를 보니, 이백처럼 빨리 글을 쓰는 사람도 미처 다 못 쓰고 붓뚜껑을 덮어야 할 만큼 시각이

1) 남경(南京): 중국 강소성(江蘇省) 서남쪽에 있는 도시로, 명(明)나라의 도읍지였음.

급했으며, 두보와 한퇴지[2)]라도 능히 손을 놀리지 못할 정도로 어려웠다. 그러나 방공자는 조금도 걱정하지 않은 채 갓을 쓰고 흰 도포를 나부끼며 마치 시를 지어올릴 생각이 없는 사람처럼 시험장 주위를 배회했다. 시험을 마칠 시간이 거의 다 되었을 무렵 방공자는 비로소 글을 쓸 비단을 천천히 펼쳐 가늘고 아름다운 손으로 산호 붓을 휘둘렀다. 붓끝에서 오색구름이 일어나고 봉황이 넘놀며 구룡九龍이 서린 듯 먹의 윤기가 반짝반짝 빛났으며, 글의 뜻 또한 절절하고 고상했다.

방공자는 머리를 한번 돌릴 만큼 짧은 시간에 붓을 휘둘러 쓰기를 마치고 동행한 선비에게 그 글을 주어 시험관에게 바치라고 한 뒤, 시험장을 두루 돌아다니며 다른 선비들이 시 짓는 것을 구경했다. 선비들 가운데는 나이 어린 소년도 있고, 혹 귀밑에 백발을 드리운 사람도 있었으며, 중년의 유생儒生도 있었다. 그러나 대부분 용모가 추하고 재주가 없으며 타고난 자질도 우둔한 무리들이었다. 이들 가운데는 용모가 단정하고 기상이 화평한 청사[3)]에게 물어본 뒤 유건[4)]을 끄덕이며 쓰는 자도 있고, 한 손으로 턱을 받치고 읊조리는 자도 있었으며, 혹 먼저 지었노라 의기양양한 자도 있고, 혹 당황하여 얼굴이 검붉어져 어찌할 줄 모른 채 붓끝을 입에 물어 두 입술이 검게 물든 자도 있었다. 이를 본 공자는 한바탕 실소하더니 탄식하며 말했다.

"우리나라에 인재가 드물어 과거를 보는 사람들의 모습이 이와 같으니, 가히 애달프고 안타깝도다."

이때 황제께서 아홉 마리 용이 새겨진 어탑[5)]에 앉아 여러 관리들과

---

2) 한퇴지(韓退之): 중국 당나라의 문인이자 정치가인 한유(韓愈)의 자(字). 당송팔대가의 한 사람으로, 변려문(騈儷文)을 비판하고 고문(古文)을 주장했다.
3) 청사(淸士): 청렴하고 결백한 선비.
4) 유건(儒巾): 검은 베로 만든 유생들의 예관(禮冠).
5) 어탑(御榻): 임금이 앉는 의자로, 흔히 임금을 상징함.

함께 선비들이 지어올린 글을 하나하나 살펴보셨으나, 마음에 드는 것이 없어 얼굴에 근심이 가득 어리셨다. 그런데 마지막 남은 시전詩箋 한 장은 묵화[6]가 날아 춤을 추고 오채五彩가 영롱했으며, 상서로운 기운과 구름이 시전을 덮어 눈이 부실 정도로 찬란하게 빛났다. 황제께서 크게 놀라 그 글을 읽어보고 말씀하셨다.

"진즉 보았던 시들은 모두 어쭙잖았는데, 이 시를 지은 사람은 어찌 속세에 묻혀 사는 시재詩才리오?"

황제께서 다시 자세히 보시니 필획이 정교해 아홉 마리 용과 한 쌍의 봉황이 서려 있는 듯했다. 글의 뜻 또한 주옥을 펼쳐놓은 듯 심원하고 사리에 딱 들어맞으면서도 매우 맑고 고상했다. 시를 짓는 재능은 높은 하늘에 있고 글의 뜻은 강산에 머물러 있으니, 황제께서 크게 기뻐하며 여러 신하들에게 그 시를 보이고 말씀하셨다.

"짐朕이 날이 저물도록 천여 편의 시전을 보았으되 끝내 뛰어난 것을 보지 못했는데, 이 글은 맑고 깨끗하며 아름답고 향기로워 소동파와 이적선이라도 미치지 못하리라. 어찌 기특하지 아니하리오. 마땅히 이 글을 갑과[7] 으뜸으로 삼으리라."

여러 신하들이 일시에 훌륭한 인재를 얻게 된 것을 하례했다.

시험관이 북을 세 번 치고 장원을 호명하며 말하기를,

"화주 사람 방관주! 나이는 열두 살이요, 그 아버지는 유학이라."

하니 모두 놀라서 얼굴빛이 변했다.

방공자가 천천히 흰 도포를 여미고 우아하게 걸어가 옥계[8]에 이르러 허리를 굽히니, 조정에 가득 모인 신하들이 처음 볼 때는 태양이 동쪽 바다에서 막 솟아오르는 듯했는데, 가까이서 보니 얼굴에 강산의 영기靈

6) 묵화(墨花): 벼루에 스며든 먹의 빛깔을 꽃에 비유하여 이르는 말.
7) 갑과(甲科): 조선시대에, 과거 합격자를 성적에 따라 나누던 세 등급 가운데 첫째 등급.
8) 옥계(玉階): 대궐 안의 섬돌.

氣가 어려 있었다. 반짝반짝 빛나는 방공자의 풍채는 맑은 가을 연못에 핀 연꽃이요, 구슬 섬돌에 핀 모란꽃과 같았다. 화려하면서도 윤기가 흐르는 외모는 새잎 돋은 버드나무 가지가 봄바람에 휘날리는 듯하고, 단정하면서도 엄숙한 기상은 정직하고, 풍채가 수려하면서도 침중해 이 세상에는 이루 대적할 사람이 없을 듯했다.

천자께서 방장원方壯元을 보고 매우 기뻐하며 그를 애중愛重히 여기셔, 가까이 불러 손수 어사화와 남색 도포를 하사하셨다. 또한 축하의 술을 내리며 몇 잔 권하시니, 장원이 어주를 받아 마시고 반취하여 눈동자가 몽롱해지고 옥 같은 귀밑에 술기운이 어렸다. 붉은 기운이 백옥처럼 고운 얼굴에 스며드니, 마치 옥으로 만든 화분에 연꽃이 피어난 듯했다. 장원이 어사화를 숙여 쓰고 옥계에 올라서서 천자께 사은숙배謝恩肅拜할 때는 풍채가 헌출하고 법도가 넉넉해 마치 태을진군[9]이 옥경[10]에서 상제께 조회하는 것 같았다. 이를 본 조정의 신하들이 모두 방장원을 바라보며 칭찬하기를 마지않았다.

천자께서 한 쌍의 동자童子와 일산日傘, 금으로 된 안장과 백마를 하사하고 한림학사[11]에 제수하시니, 방장원은 관복 차림으로 일산을 든 화동花童을 좌우에 거느리고 대궐 문을 나왔다. 말 위에 앉은 방장원의 아름다운 풍채가 찬란하게 빛났고, 이를 구경하려는 사람들이 구름처럼 모여 길을 가득 메웠다.

천자께서 방장원에게 논밭과 하인 등을 내려주시고 장원각壯元閣을 지어주라고 명령하시니, 팔도의 수령과 자사刺史들이 집을 짓는 데 필요한 모든 물자를 모아 장원각을 지었다. 그러니 어찌 범상하게 지었겠는가? 채 열흘이 못 되어 백여 칸이나 되는 기와집이 완성되었는데, 옥난간과

9) 태을진군(太乙眞君): 도교에서 말하는 최고의 신선.
10) 옥경(玉京): 하늘 위에 옥황상제가 산다고 하는 가상적인 서울.
11) 한림학사(翰林學士): 한림원에 속한 정4품 벼슬. 임금의 조서를 짓는 일을 맡아보았다.

붉은 다락, 긴 담과 붉은 처마가 은은하게 허공에 솟구쳤다. 이를 본 장원은 성은에 감격하면서도 분수에 넘치는 일이라 몸 둘 바를 몰라했다. 이후 장원이 맡은 직책을 청렴하고 강직하게 수행했는데, 한漢나라의 급암[12]과 당唐나라의 위징[13]보다 더 훌륭했다.

방한림方翰林은 등용되어 이렇듯 영화를 누리게 되었다. 하지만 이를 부모님께 보이지 못하는 것이 슬퍼 봉황의 눈에서 구슬 같은 눈물이 줄줄 흘러내렸다. 이에 몇 달간 말미를 얻어 고향으로 내려와 부모님 산소에 찾아가 제사를 올렸다. 그런 후 하인들과 하녀들에게 고향을 지키게 하고, 오직 유모인 주유랑과 함께 가묘[14]를 모시고 서울로 돌아와 가묘를 넓은 사당에 봉안했다. 유모에게도 아주 후하게 대접해주었는데, 유모는 소저가 이렇듯 계속 남자로 행세하는 것이 민망스러웠다. 그러나 감히 한림에게 여자의 도리를 지키라는 말을 다시는 아뢰지 못했다. 그래서 한편으로는 근심하면서도 다른 한편으로는 이같이 영화를 누리게 된 것을 몹시 기뻐했다.

12) 급암(汲黯): 중국 전한(前漢) 무제 때의 간신(諫臣). 성정이 엄격하고 직간을 잘하여 무제로부터 '사직(社稷)의 신하'라는 말을 들었다.
13) 위징(魏徵): 중국 당나라 초기의 공신·학자. 현무문의 변(變) 이후, 태종을 모시고 간의대부가 되었다.
14) 가묘(家廟): 한 집안의 사당(祠堂).

남자와 혼인하기 싫어하는 혜빙

삼정승을 비롯한 조정의 모든 고관은 방한림이 옥같이 아름다운 용모와 품격을 갖춘데다가 어린 나이에 등과한 것을 흠모해 구혼하려고 구름처럼 모여들었다. 그러나 한림은 마음이 민망하고 우습게 여겨 허락하지 않았다.

차설. 이때 병부상서兵部尙書 겸 태학사 서평후 영공이 있었는데 그의 자字는 균지였다. 그는 성품이 매우 공손하고 검소하며 어질고 후덕했는데 충성심도 대단히 높아 항상 바른 도리로 천자를 받들었다. 집안에 부인을 오직 하나만 두었는데, 그 부인 또한 정숙하고 사리에 밝아 투기로 분란을 일으키거나 분수에 어긋나는 일을 하지 않았다. 서평후 부부는 여러 해 동안 화목하고 즐겁게 지냈으며, 자녀도 아주 많이 낳아 아들 일곱과 딸 다섯을 두었다. 자녀들은 모두 사가[1]의 옥수玉樹요 순가[2]의

1) 사가(謝家): 중국 동진 때의 명문가였던 사씨 가문. 이 가문에서 뛰어난 인물이 많이 나왔다고 한다.
2) 순가(荀家): 중국 후한 때 순숙(荀淑)의 가문. 순숙은 여덟 아들을 두었는데 모두 덕업이 뛰

여덟 마리 용과 같았다. 아들들은 모두 용의 비늘을 붙잡고 봉황의 날개에 붙을 풍격風格을 갖추었으며, 딸들은 모두 요조숙녀요 군자의 좋은 배필감이었다.

서평후 부부는 자녀들을 매우 애지중지하고 어여삐 여겼으며, 사윗감과 며느릿감도 매우 신중히 골라 위로 일곱 아들과 네 딸을 모두 결혼시켰다. 막내딸 혜빙 소저도 점차 성장하여 바야흐로 꽃다운 나이인 열세 살이 되었는데, 용모와 재주가 여러 형제들 가운데 가장 뛰어났다. 용모를 따져본즉, 얼굴은 팔월 보름달이 맑은 물에 비친 듯했고, 하얀 연꽃 같은 귀밑과 맑고 깨끗한 두 뺨은 복사꽃이 갓 피어난 듯했으며, 앵두처럼 곱고 예쁜 입술은 단사[3]를 찍어 바른 듯했다. 밝은 별처럼 반짝이는 눈동자와 가볍게 나부끼는 두 어깨는 봉황이 운산雲山을 향하는 듯했으며, 가냘프고 여린 허리는 촉 땅에서 나는 좋은 비단을 묶어놓은 듯했다. 기질은 가을달 같고, 성정은 동쪽 하늘에 막 떠오른 한월寒月 같았으며, 그 마음은 철석鐵石과 빙옥氷玉처럼 굳고 맑고 깨끗했다. 또한 행동거지에 거침이 없고 자신감이 흘러넘쳐 세속의 자질구레한 일에는 전혀 구애를 받지 않았다. 특히 세상 부부들의 영욕榮辱을 거부하기를 마치 초나라와 월나라가 서로 원수로 여긴 것처럼 하여 수시로 말하기를,

"여자는 죄인이라 이미 모든 일을 마음대로 하지 못하고 남편의 규제를 받아야만 하니, 남자가 되지 못할진댄 인륜을 끊는 것이 옳으리라."

하며 형제들이 부부의 연을 맺어 구차하게 살아가는 것을 비웃었다. 다른 형제는 이런 혜빙 소저가 여자답지 않게 활달하다고 조롱했으며, 부모 또한 그녀의 생각을 이상하게 여겼다.

어났다고 한다.

3) 단사(丹砂): 수은으로 이루어진 황화 광물. 육방 정계에 속하며 진한 붉은색을 띠고 다이아몬드 광택이 난다.

청혼을 허락하다

서평후 영공이 방한림을 매우 사랑하여 지극정성으로 구혼하니, 한림이 매우 괴로워하다가 생각했다.

'이미 죽을 때까지 남자로 행세하기로 마음을 정했으나, 처자妻子를 두지 않으면 주위 사람들이 의심할 것이다. 그럴 바에는 차라리 아름다운 숙녀를 얻어 평생 동안 지기知己로 삼는 것이 마땅하리라. 그러나 차마 남을 속여 인륜을 해치기 어렵고, 또한 어리석고 못난 여자를 만나 내 본색이 누설될까 두렵구나.'

이리저리 온갖 생각을 해보았으나 뾰족한 수가 없어 어쩔 수 없이 영공의 청혼을 공손하게 사양하며 말했다.

"제가 아직 나이가 어린 까닭에 아내를 얻는 것이 급하지 않사옵니다. 또한 제 평생소원은 인물이 아무리 못났더라도 진중하고 부덕婦德이 있는 여자를 구하는 것이기에, 비록 서시西施처럼 아름다운 여자라고 할지라도 심지가 굳지 못한 사람은 원하지 않사옵니다. 당돌하오나 대인大人의 규수가 착한지 그렇지 않은지 모르오니, 감히 구혼을 받아들이지 못하겠나이다."

서평후 영공이 그 말을 듣고 마음속으로 생각하는 바가 있어 활짝 웃으면서 말했다.

"요조숙녀는 군자의 좋은 짝이요, 관관저구는 재하지주[1]라 했네. 늙은 아비가 자식을 칭찬하는 것이 우습기는 하지만, 지금 그대는 군자의 풍모가 있고 내 딸은 숙녀의 풍모가 있어서 말을 꺼낸 것이니 의심하지 말게."

한림이 영공의 뜻을 짐작하고 대답하지 않으니, 영공이 청했다.

"내일 우리 집으로 오시게."

한림이 대답하고 집으로 돌아갔다.

다음날 한림이 수레를 몰고 서평후의 집에 이르니, 영공이 크게 기뻐하며 한림을 맞이하고는 한림에게 고마움을 표하면서 말했다.

"어제 당돌하게 족하[2]의 내방을 요청했는데, 이렇듯 와서 우리집을 빛내주니 기쁘고 다행한 일이로소이다."

한림이 공손하게 말했다.

"여기에 오는 것이 어찌 저에게도 기쁜 일이 아니겠나이까?"

영공이 좋은 술과 맛있는 안주를 내와 한림과 함께 술을 두어 잔 돌려 마신 후, 큰 손으로 수염을 어루만지더니 활짝 웃으면서 말했다.

"어제 억지로 그대를 우리 집에 오라고 한 것은 다른 일 때문이 아니라 그대가 내 딸의 선악善惡을 알지 못해 내 청혼을 받아들일 수 없다고 했기 때문이오. 그러한즉 특별히 그대에게 내 딸을 한번 보여 의심을 풀어주고자 한 것이니, 모름지기 의심하지 마시게."

영공이 말을 마친 후 하인에게 명하여 소저를 불러오라고 했다. 얼마

1) 관관저구(關關雎鳩) 재하지주(在河之洲): '끼룩끼룩 짝지어 우는 물수리는 황하의 모래톱에 있네'라는 뜻으로, 숙녀와 군자가 잘 어울림을 비유한 말.
2) 족하(足下): 같은 또래 사이에서, 상대편을 높여 이르는 말.

후 소저가 아버지의 명에 따라 나왔는데, 한 소년 명사가 자리에 앉아 있었다. 소저가 그를 보고 놀라 맑고 아름다운 눈동자를 숙이고 단정하게 앉아 있는데, 그 태도와 행동거지와 몸가짐이 진실로 요조숙녀다웠다. 또한 소저가 전혀 단장을 하지 않았는데도 매우 곱고 아름다웠는지라, 한림은 소저를 보자마자 뜻밖에 기쁜 마음이 들었다. 그런 마음이 겉으로 나타나 옥처럼 고운 얼굴이 붉게 물들었으니, 그 모습이 가히 볼만하더라. 한림은 소저의 아름다운 풍모를 경탄하고 애모愛慕하여 마음속으로 칭찬했다.

'저렇듯 미모와 재주를 갖춘 여자는 만 년을 기다려도 다시 얻지 못할 것이로다. 이런 숙녀가 나에게 오면 부부의 인륜이 끊어지고 일생이 묻혀버리리라. 이를 생각하니 잔인하고 애석하구나. 그러나 이제 와서 어떻게 다시 영공의 청혼을 거절할 수 있으리오?'

한림이 무릎을 거두고 옷자락을 바로하여 단정히 앉아 있으니, 영공이 말했다.

"내 딸을 보았는데, 그대는 이제 어떻게 결단하려 하는가?"

한림이 몸을 굽히며 대답했다.

"소저는 진실로 요조숙녀입니다. 소저를 만난 행운이 사라질까 두려워할지언정 소생이 어찌 감히 사양할 수 있겠나이까?"

영공이 매우 기뻐하며 거듭거듭 감사의 뜻을 표했다. 영공이 한림과 딸아이를 함께 보니, 둘은 과연 잘 어울리는 배필이었다. 한림은 부용芙蓉 같고 딸아이는 홍련紅蓮 같았으며, 한림은 맑고 깨끗한 물 같고 딸아이는 탐스럽고 어여뻤으니, 마치 해와 달 한 쌍이 함께 솟아 밝게 빛나는 것 같았다. 영공이 매우 기뻐하며 딸아이를 들여보낸 후 한림을 데리고 하루 종일 즐기다가 헤어지더라.

방한림이 집으로 돌아와 영가와의 혼사를 주유랑에게 말하니, 유모가 놀라 얼굴빛이 달라지며 말했다.

"그것은 옳지 않은 일이옵니다. 우리 낭군의 혼사는 옥처럼 잘생긴 군자와 이루어져야 할 일인데, 어찌 규방의 여자와 관계가 있겠습니까? 이렇듯 괴이한 행동을 했다가 나중에 어떻게 하려 하시나이까?"

한림이 웃으면서 말했다.

"이 일은 내가 다 생각해둔 것이 있으니, 모름지기 어미는 다시는 그런 말 하지 말고 혼례 치를 준비나 하라. 주위에 보고 듣는 사람이 많으니 어미의 구설口舌로 철옥鐵玉 같은 내 마음과 일생을 망치지 마라."

영가에서 택일하니, 두 사람의 길일이 열흘 뒤로 정해졌다. 이에 서평후 영공이 더욱 기뻐했다.

신랑은 숙녀

한편, 영소저 혜빙은 본래 총명하고 신기하기가 보통 사람과 달라 목소리만 듣고서도 선악을 분별할 수 있었다. 아버지의 명으로 방한림의 얼굴을 보았으니 어찌 남녀를 분별하지 못하겠는가? 방한림의 외모가 비록 남자처럼 준수했지만 영소저가 일생 동안 닦아온 거울에는 그 참모습이 오히려 잘 비쳤으니 거짓이 어찌 능히 용납될 수 있겠는가? 한림의 말소리가 낭랑하기는 했으나, 목청이 가늘고 말씨도 조용하고 나직했다. 영소저는 한림의 음성을 듣고 마음속으로 이상하게 생각하다가 한번 추파를 던져 한림의 얼굴을 살짝 보고는 곧바로 한림이 여자인 것을 분명히 깨달았다. 이에 영소저는 깊은 생각에 잠겨 있다가 자리에서 일어나 내당으로 돌아와 조용히 홀로 생각하며 말했다.

"옛날부터 호탕한 남자 가운데 여자처럼 고운 얼굴이 있다고는 하나, 한림은 여자보다도 얼굴이 더 곱다. 세상에 어찌 이런 남자가 있겠는가? 그의 얼굴은 매우 아름답고 어여쁘며 이슬 맞은 꽃송이처럼 맑고 깨끗하다. 또한 온갖 자태가 더없이 아름답고 우아하니, 한림은 본래 여자임이 분명하도다. 그런데 어려서부터 부질없이 남자 옷을 입었는데, 부모가 일찍 돌아가신 탓에 여자의 도리를 권하여 가르치는 사람이 없을 것이며, 저 또한 끝내 스스로 억제하지 못하고 지금까지 왔을 터이다. 진실로 가소로운 일이로다. 내가 보건대, 방씨는 얼굴이 맑고 깨끗하며 행동거지가 단정하고 엄숙하여 일세의 기남자奇男子라 할 만하다. 이런 영웅 같은 여자를 만나 평생 동안 지기가 되어 부부의 의리와 형제의 정을 맺어 일생을 마치는 것이 나의 소원이었다. 나는 본래 남편에게 사랑받는 아내가 되어 그의 통제를 받고, 눈썹을 그리며 남편의 환심을 사려고 아첨하는 것을 괴롭게 여겨왔다. 그래서 평소 금슬우지[1]와 종고지락[2]을 원하지 않았는데, 뜻밖에 이런 일이 생겼구나. 이를 어찌 우연이라 하리오? 반드시 하느님께서 내 뜻을 헤아리신 것이리라. 평생 남편을 위해 수건과 빗을 관리하는 것은 졸렬하고 구차한 일인데, 그보다는 방씨와 인연을 맺어 지기로 평생을 함께하는 것이 더 낫지 않겠는가?"

영소저가 생철生鐵, 옥돌의 결과 같은 맑고 깨끗한 마음으로 이렇듯 방침을 정하니, 세상의 모든 일이 더욱 뜬구름 같고, 의지와 신념은 굳건해 기이하면서도 아름다운 일이었다. 옛날에는 유비·관우·장비의 도원결의와 유백아 · 종자기의 지음知音을 일컬었는데, 오늘날에는 바로 방한림과 영소저 두 사람의 만남을 일컬을 만하도다.

1) 금슬우지(琴瑟友之): 부부간의 금슬이 좋아 마치 친구처럼 지냄.
2) 종고지락(鐘鼓之樂): 종과 북을 치며 즐긴다는 뜻으로, 부부 사이의 화목한 정을 이르는 말.

혼례를 올려 평생지기가 되리라

어느덧 백마가 달리는 것을 문틈으로 보듯이 시간이 빨리 지나가 방한림과 영소저의 혼례날이 되니, 두 집안에서는 각각 혼구婚具를 성대하게 준비하고 예물을 교환했다. 옥처럼 아름다운 얼굴과 영웅다운 풍채를 지닌 방한림이 혼례복을 입고 수행원들을 거느리고 친영[1]을 하러 신부집으로 향하니, 향기로운 바람이 두 사람의 혼례를 축하하듯 살랑살랑 불었다. 수행원들이 금으로 만든 안장을 얹은 백마를 탄 한림을 옹위하여 나아가니, 구경하는 사람들이 탄복하며 극찬하기를,

"하늘에서 내려온 신랑이라."

하더라.

영공의 집에 이르러 먼저 천지신명께 절하여 아뢰고 신부가 가마에 오르기를 기다릴 때, 서평후가 붓과 먹 등을 내놓으며 최장시[2]를 지으

1) 친영(親迎): 육례(六禮)의 하나로, 신랑이 신부의 집에 가서 신부를 직접 맞이하는 의식.
2) 최장시(催裝詩): 신부에게 옷단장을 재촉하는 시.

라고 재촉했다. 한림이 그윽이 웃다가 산호 붓에 먹을 묻혀 채색 종이를 펼치고 주옥같은 글을 써서 서평후에게 받들어 전하며 말했다.

"소자의 재주가 둔하여 장인어른의 높은 안목을 욕되게 하나이다."

서평후가 이를 받아 보니 시상이 바람으로 변했다가 다시 비로 변하는 듯 기이하여 기쁜 웃음을 참지 못했다. 이에 뭇 하객들이 여기저기서 치하했다. 영공은 매우 기쁘고 즐거워서 이쪽저쪽으로 부산하게 돌아다니며 하객들을 대접했다. 영공의 일곱 아들과 네 사위가 모두 아름다우나 방생方生에 비하면 흠집이 나서 버려지거나 속이 텅 빈 구슬 같더라.

이윽고 신부가 꽃단장을 마치고 화려하게 치장한 가마에 올라 칠보七寶 발을 내리자, 한림이 순금 자물쇠로 가마 문을 잠그고 신부가 탄 가마와 일행을 휘동[3]하여 집으로 돌아왔다. 신랑과 신부가 맞절을 마치고 화촉을 밝힌 식장으로 나아가 자하상[4]에 술을 따라 나누어 마실 때, 신부가 칠보 부채로 가렸던 얼굴을 살짝 드러냈다. 신랑이 눈을 들어 신부를 보니 불꽃처럼 활활 타오르는 광채가 사방을 밝게 비추었으며, 풍만하고 어여쁜 자태가 더욱 생생하고 산뜻하게 느껴졌다.

석양이 질 무렵 함께 신방으로 들어갔는데, 한림이 첫날밤을 치를 생각은 하지 않고 수려한 눈썹에 근심이 잔뜩 어린 채 묵묵히 앉아 있기만 했다. 이에 영소저는 그가 여자임을 알고 남몰래 속으로 기뻐했다.

이렇듯 신랑과 신부가 서로 마주 대하고서도 한동안 묵묵히 앉아 있었다. 한참 침묵이 흐른 뒤 한림이 손을 가지런히 모으고 신부에게 사례하며 말했다.

"학생學生은 천박한 필부匹夫에 불과하옵니다. 그런데 장인께서 저를 어여삐 보아주신 덕분에 감히 소저를 맞이하게 되었으니, 매우 다행한

3) 휘동(麾動): 지휘하여 움직이게 함.
4) 자하상(紫霞觴): 신선들이 들고 마셨다는, 좋은 술잔.

일이옵니다. 우리가 서로 지기가 되기를 바라나이다."

영소저가 얼굴을 바로하고 옷깃을 여미어 자세를 바로잡으면서 말했다.

"소첩은 규방에서만 보고 들어 융통성이 없고 견문도 좁으며, 별로 쓸모가 없는 미천한 여자이옵니다. 아버지의 엄명에 의지해 외람되게도 그대와 부부의 인연을 맺게 되었지만, 어찌 지기를 삼을 만한 사람이겠습니까? 하오나 낭군께서는 스스로 돌아보시어 여자의 식견을 어둡게 하지 마소서. 첩이 낭군께서 마음속으로 생각하는 일을 누설하지 않을 터이니, 첩마저 속이지는 마소서."

한림은 의아스럽게 생각하면서도 한편으로는 부끄러운 마음이 절로 들어 백옥처럼 하얀 얼굴이 붉게 물들고 정신을 차릴 수 없을 정도로 머리가 어지러웠다. 그러나 억지로 활짝 웃으면서 말했다.

"부인의 말씀에 깊은 뜻이 담겨 있는 듯하옵니다. 그러나 주인과 객이 만난 지 채 몇 시간도 안 되었는데, 어찌 속인다는 말씀을 하시며 저를 꾸짖나이까? 무엇 때문인지 그 까닭을 알 수 없으니, 부인께서 자세히 풀어서 말씀해주소서."

영소저가 꽃처럼 아름다운 얼굴을 숙인 채 정색을 하고 아무 대답도 하지 않으니, 한림은 소저가 이미 자기의 본색을 알아챘다는 사실을 깨닫고 그 높고 밝은 식견에 경탄하지 않을 수 없었다. 그러나 소저가 너무 맑고 바른 것에 마음이 상해 더이상 입을 열지 않은 채 첫날밤을 보냈다.

다음날 신부가 폐백을 갖추어 한림과 함께 사당에 배알할 때, 한림과 소저는 서로 번갈아 돌아가신 부모님 영전에 술잔을 올렸다. 이때 한림이 옛일을 생각하고 슬픔에 젖어 눈물이 연꽃처럼 고운 두 뺨을 적시니, 소저 또한 감동하여 애처롭게 눈물을 흘렸다.

한림이 소저의 거처를 중당中堂 해월각으로 정해주었는데, 이곳은 한림의 부중府中에서 가장 큰 집이었다. 붉은 다락과 옥난간, 비단으로 바른 창과 하얗게 꾸민 벽이 화려하고도 아름다워 인간 세상 같지 않았다. 영소저는 규방의 여자치고는 매우 통쾌하면서도 지혜롭고 사리에 밝았다. 이날 밤 한림이 정침[5]에 이르니, 이미 그가 여자인 줄 알고 별처럼 반짝이는 눈동자를 낮추고 옆으로 살짝 비켜 앉으며 말했다.

"첩이 상공께 아뢸 말씀이 있으니, 혹 당돌할지라도 용서하소서."

한림이 소저가 이미 자기의 본색을 알아챘다는 사실을 간파하고 탄식하며 말했다.

"저에게 무슨 말씀을 하고자 하시느뇨? 한번 듣고자 하나이다."

소저가 옷깃을 여미면서 대답했다.

"소첩이 만일 한림을 알지 못했다면 어찌 당돌하게 말씀을 올릴 수 있겠나이까? 그윽이 헤아려보니, 한림께서는 해와 달을 속이고 세상을 기망하여 여자이면서도 남이 알아보지 못하도록 남자 옷을 차려입었소. 그러한 사실을 잘 알고 있으니, 사정을 한번 자세히 말씀해주시면 첩이 죽을 때까지 저버리지 아니하리이다."

한림은 소저의 이처럼 밝고 분명한 결단에 항복하면서도 한편으로는 슬프고 참혹해, 옥처럼 고운 얼굴에 구슬 같은 눈물을 줄줄 흘리면서 능히 기운을 수습하지 못했다. 한동안 이렇게 구슬피 운 뒤 팔을 들어 사례하며 말했다.

"저의 근본은 소저가 의심한 것과 같소이다. 하느님께 무거운 죄를 지은 탓에 여덟 살에 양친을 모두 여의고 제 한몸만 외로이 남았는데, 궁벽한 시골 고향에는 일가친척 등 어디에도 의탁할 곳이 없었소. 살아갈 계교가 전혀 없어 스스로 이런 행동을 하게 되었는데, 속절없이 세월이 흘러 이미 열 살이 되었는데도 행색을 바꾸지 않고 그대로 지냈소. 나이가 어린 탓에 남자 행색을 계속하다가 이 지경에 이르렀는데, 오늘 그대

5) 정침(正寢): 거처하는 곳이 아니라, 주로 일을 보는 곳으로 쓰는 몸채의 방.

가 내 본색을 분명히 알게 되었으니, 감히 다시는 속이지 못하리다. 나는 이미 길을 잘못 들었고 곡경지심[6]이 있어 부부 사이의 다정하고 화목한 즐거움에는 전혀 관심이 없었지만, 존경하는 영공께서 강하게 권유하시기에 차마 거절하지 못하여 소저의 일생과 인륜을 희롱하게 된 것이오. 소저에게는 너무 죄송하고 부끄러워 낯을 들 수가 없소만, 이제 와서 내 본색을 누설할 수는 없으니, 그대가 침묵하기를 바랄 뿐이오."

영소저가 기뻐하며 말했다.

"그대를 처음 볼 때 이미 분명히 알아보았던 터이니, 이제 그대와 평생을 함께 지낼지라도 아내로서의 도리를 잃지 않겠나이다. 다만 그대가 나이를 많이 먹었는데도 수염이 나지 않으면 어떤 사람인들 몰라보겠소? 그 시절을 당하면 어떻게 대처하려 하시나이까?"

한림이 처량하게 탄식하며 말했다.

"모든 일이 되어가는 대로 두고 볼 생각이기에 저는 조금도 염려하지 않으나, 소저의 일생을 생각하면 무안하기 그지없소. 이미 나와 지기가 되어 일생을 함께 마치고자 한다면 우리 두 사람이 형제의 의를 맺어 서로의 호칭을 어지럽게 하지 맙시다."

영소저가 냉랭하게 말했다.

"그래서는 아니 되나이다. 만약 그렇게 한다면 그대의 본색이 자연히 드러나 우리 부모님께서 알게 되어 좋지 않을 것이옵니다. 다만 우리가 부부의 예의를 차리면 될 뿐인데, 어찌 주저할 필요가 있겠습니까?"

한림이 기꺼이 허락한 뒤 팔뚝 위의 주표[7]를 소저에게 보이니, 소저가 쌀쌀맞게 웃으며 말했다.

---

6) 곡경지심(曲徑之心): 개인의 이익을 위해 바르지 못한 방법이나 행동을 취하는 마음.
7) 주표(朱標): 여자의 팔에 꾀꼬리의 피로 문신한 자국으로, 처녀임을 드러내는 징표.

"주위 사람이 보면 어떻게 하려고 그러십니까?"

한림이 말했다.

"제가 스스로 깊이 감추었는데 누가 능히 알 수 있겠습니까?"

두 사람은 함께 웃었다. 또한 지기를 얻어 서로의 뜻을 잃지 않게 된 것을 다행스럽게 여기며 기뻐했다.

이후로 두 사람은 화평하고 즐겁게 지냈다. 한림이 조정에 갔다 오면 내당에서 종일토록 지내고 외당에 손님을 모으지 않으니, 사람마다 두 사람의 고요한 생활을 더욱 칭찬하더라.

방한림이 형주 안찰사가 되어 민심을 안정시키다

화설. 방한림은 조정에 들어간 지 몇 년 만에 옥당[1]에서 제일가는 명사가 되었다. 맡은 업무를 엄숙하고 강직하게 수행하고 지극한 충절로 천자를 보필하니, 당나라 때의 위징과 한나라 때의 급암을 합쳐놓은 듯했다. 나이는 비록 열세 살의 어린아이에 불과했으나, 조정의 관리들이 천자 다음으로 어렵게 여기고 스승처럼 추앙했다. 한림이 해와 달이 밝게 비추듯 맡은바 업무를 확실하게 처리하니, 벼슬은 날로 올라가고 충절은 시간이 갈수록 더욱 빛을 발했다.

임금께서도 이런 한림을 태자보다 더 애지중지하고, 한림의 벼슬을 높여 이부시랑[2] 겸 태학사에 제수했다. 한림이 간곡하게 사양했지만 임금께서 허락하지 않으셨다. 이에 방시랑方侍郎이 더욱 충절을 가다듬어

1) 옥당(玉堂): 조선시대 삼사(三司) 가운데 궁중의 경서, 문서 따위를 관리하고 임금의 자문에 응하는 일을 맡아보던 관아. 홍문관(弘文館)이라고도 한다.
2) 이부시랑(吏部侍郎): 이부의 버금 벼슬.

금옥군자[3]처럼 청렴하고 강직하게 실행하니, 조야朝野의 모든 사람이 두려워 고개를 숙였다. 임금도 시랑을 대할 때마다 무릎을 모으고 안색을 가다듬어 공경의 뜻을 표했으며, 시랑의 별호別號를 '강직현명렬剛直賢明烈' 이라 했다. 이때부터 방시랑의 명망과 청명淸名이 더욱 높아졌다.

또한 임금이 영소저에게 명부[4]의 복색服色인 봉황을 새긴 화관花冠과 꽃신을 하사하니, 영소저의 영광이 더욱 크게 빛나고 그 풍채를 아름답게 돋우었다. 시랑이 눈을 들어 소저를 보고 차갑게 웃으면서 말했다.

"부인이 나 같은 훌륭한 남편을 만나서 열세 살이라는 어린 나이에 시랑의 본부인이 되고 봉황을 새긴 화관과 꽃신으로 아름다운 풍채를 돋우게 되었으니, 젊은 나이에 일찍 높은 지위에 오른 것을 하례하나이다."

영소저가 화관을 기울이고 붉은 입술과 하얀 이를 드러내며 말했다.

"이 모든 것이 그대 은덕이옵니다. 그 성덕盛德이 산처럼 높고 훌륭하거니와 여자가 남편의 은총을 입는 것은 사리事理에 당연한 일일진대, 어찌 그대는 도리어 아까워하시나이까?"

시랑이 크게 웃었으나, 한편 남자로 태어나지 못한 것을 슬퍼했다.

서평후는 시랑처럼 마음에 드는 좋은 사위를 얻고, 두 부부가 잠시도 떨어지지 않을 정도로 사랑하니 크게 기뻤다. 그러나 두 사람 사이에서 일어난 일을 어찌 알겠는가?

이후 방시랑의 풍채와 명망을 흠모하여 소실을 들이려는 사람들이 끊이지 않고 찾아오니, 시랑이 괴로워 핑계를 대며 말했다.

"소생은 외롭게 홀로 살아온 몸이기에 번거롭고 화려하게 살 뜻이 전혀 없으며, 죽을 때까지 한 명의 부인에게만 남편의 도리를 지키고자 하는데, 어찌 다른 생각이 있겠소?"

3) 금옥군자(金玉君子): 몸가짐이 단정하고 점잖으며 지조가 굳은 사람을 이르는 말.
4) 명부(命婦): 봉작(封爵)을 받은 부인을 통틀어 이르는 말.

말을 마친 시랑의 기색이 눈서리처럼 차가워 감히 다시 요청하는 사람이 없더라.

차설. 자고로 소인배가 권력을 농단하는 것은 예삿일인지라, 한 간신이 임금께 아뢰었다.

"요즘 변방 인심이 이상한데, 특히 형주[5] 주변 지역 민심이 소란해 난신적자[6]들이 모여 있사오니, 마땅히 이부시랑 방관주를 안찰사[7]로 삼아 인심을 진정시키소서."

임금께서 그 간신의 말을 듣고 방시랑을 일 년 동안 형주 안찰사에 제수하시니, 시랑은 어쩔 수 없이 임금의 명을 받들었다. 형주로 떠나기 전 어전에 나아가 임금께 하직을 고하니, 임금께서 술을 따라주며 시랑이 떠나가는 것을 애틋하게 여기셨다.

시랑이 집으로 돌아와 부인과 이별할 때, 두 사람 모두 헤어지기가 서운하여 차마 떠나지 못하고 애틋해했다. 시랑이 부인의 고운 손을 잡고 말했다.

"그대를 만난 지 몇 개월 만에 아주 절친한 벗이 되어 잠시 떨어져 있는 것도 삼 년처럼 길게 느껴지는데, 오늘 몇 년 동안 떨어져 있게 될 것을 생각하니, 슬픈 마음을 자제할 수가 없구려. 원컨대 어진 벗은 몸을 잘 보존하고 제사도 정성껏 받들어 모시길 바라오."

부인이 대답했다.

"첩이 이미 그대의 아내가 되었으니, 그대가 굳이 당부하지 않더라도 마땅히 제사를 잘 모실 것이옵니다. 그러나 그대와 이별하는 것이 정녕 괴로운지라, 관중과 포숙아의 지기가 보통이 아니었다는 것을 오늘에야 새삼 깨닫게 되었나이다."

---

5) 형주(荊州): 중국의 형산(荊山) 남쪽 지방에 있던 고을 이름.
6) 난신적자(亂臣賊子): 나라를 어지럽히는 불충한 무리.
7) 안찰사(按察使): 각 도의 행정을 맡아보던 으뜸 벼슬.

시랑이 자리에서 일어나서도 연연하여 차마 떠나지 못하고 머뭇거리더니, 이윽고 선선히 일어나며 말했다.

"대장부가 나라에 몸을 허락하였는데, 어찌 아녀자처럼 처자와 이별하는 것을 안타까워하리오. 부디 몸에 병이나 탈이 없길 바라오."

시랑이 말을 마치고 유모를 불러 몸을 잘 보존하라고 당부하니, 유모 주씨가 눈물을 비 오듯이 흘렸다. 이에 시랑이 말했다.

"어미는 어찌 이렇듯 슬퍼하느냐? 필경 내가 먼저 죽을 터인데, 그때는 어떻게 하려고 이러느냐?"

유모가 크게 놀라고 낙심하며 말했다.

"말이 씨가 된다고 했는데, 낭군은 어찌 이렇듯 괴이한 말을 하십니까?"

이렇게 말하고는 몹시 염려하니, 시랑이 밝게 웃으며 유모를 위로했다. 시랑이 술을 내와 네댓 잔 기울이고 떠나면서 부인을 잊지 못해 두세 번 돌아보니, 집안사람들은 다만 시랑이 부인을 지극히 사랑해서 그러는가 하더라.

방안찰사가 형주에 도착해 공무를 잘 다스리니, 몇 달 만에 교화가 크게 일어나고 풍속이 온순하고 도타워졌다. 그리하여 밤에도 대문을 닫지 않고 남녀가 서로 길을 양보하니, 백성들이 그의 위엄과 덕망을 매우 우러러 칭찬하더라.

이렇듯 방안찰사가 백성을 잘 다스린 지 오륙 개월이 지나자 천자도 그 소식을 듣고 매우 기뻐했으며, 그의 덕망을 아름답게 여겨 안찰사를 조정으로 불러 쓰려고 하셨다. 이 무렵 방안찰사는 타향 객지에 머무른 지 오래되어 영소저가 규방에서 외롭게 지낼까 걱정스럽기도 하고, 용안이 가물가물하여 임금을 그리워하는 신하의 회포가 날이 갈수록 더하더라.

우연히 얻은 아들

이때 방안찰사가 맡은 일을 잘 처리하니 관아의 일도 저절로 한가해졌다. 그사이 바야흐로 계절이 또 바뀌어 따스한 봄바람과 함께 동헌 정원에 활짝 피었던 살구꽃이 시들고, 어느덧 오동나무에 가을빛이 완연해 경치가 몹시 아름다웠다. 이에 방안찰사는 따르는 종들을 모두 떨치고 미복[1] 차림으로 관아를 나섰다. 미복에 푸른 도포를 걸치고 비단 두건을 쓰고서 한 쌍의 소동小童에게 담배와 거문고를 들려 근처에 있는 명승지를 찾아갔다. 산골짜기에 이르러 점점 깊은 계곡으로 걸어 들어가니, 시절은 구월 초순이었다. 산속의 경치가 비할 데 없을 만큼 빼어났으며, 국화가 사방에 활짝 피어 있고, 단풍은 붉은 비단 휘장을 둘러친 듯했다. 향기로운 바람이 산 가득 불고 뾰족뾰족 솟은 산봉우리가 첩첩이 쌓여 있으며, 옥처럼 깨끗한 바위 절벽에서 떨어지는 폭포수가 잔잔

1) 미복(微服): 지위가 높은 사람이 무엇을 몰래 살피러 다닐 때 남의 눈을 피하려고 입는 남루한 옷차림.

하게 흘러내리고, 가을철 맑은 물이 햇살을 받아 한가롭게 반짝였다. 방안찰사는 바위 위에 올라가 담배를 태우고는 거문고 줄을 고르며 노래도 부르고 시도 읊조렸다. 그 소리가 웅장하면서도 맑고 빼어났으며, 낭랑하면서도 지극히 우아해 진실로 옥을 깨뜨리는 듯이 맑고 아름다운 목소리라 할 만했다. 붓과 먹을 꺼내어 바위 위에 시를 한 수 썼는데, 다음과 같았다.

가을바람이 소슬하니	秋風蕭蕭兮
나의 마음과 같도다.	此我如心
살아서 소원을 이루어	生有願臨兮
죽은 후에도 이름이 남으리라.	死後姓名有

안찰사는 시를 다 쓰고 그 아래에 제목을 달았다.

'한림학사 이부시랑 태학사 현명선생 방관주는 쓰노라.'

안찰사가 시 쓰기를 마치고 돌아오려는데 문득 벼락이 크게 치고 하늘이 어두워져 앞뒤를 분간할 수 없었다. 동자는 놀라서 얼굴을 감싸고 엎드렸는데 안찰사는 평소와 다름없이 침착한 얼굴로 날이 밝기를 기다렸다. 얼마 후 갑자기 천둥소리가 한 번 더 울리면서 큰 별이 하나 떨어졌는데, 별의 밝은 기운이 환하게 빛나면서 온 산에 서기瑞氣가 어리더니 순식간에 날빛이 밝고 환해졌다. 안찰사가 별이 떨어진 곳을 다시 바라보니 별의 광채는 없고 옥같이 곱게 생긴 아이가 그 자리에 놓여 있었다. 크게 놀라 자세히 바라보니 그 아이는 태어난 지 몇 개월 정도 되어 보였다. 아이의 얼굴 생김새가 비범하고 두 눈동자는 거울처럼 맑고 깨끗했다. 옥 같은 용모에 해와 달의 정기가 어려 있어, 안찰사가 몹시 기뻐하며 말했다.

"하늘이 나에게 내려주신 아이다."

아이를 품에 안고 자세히 보니, 영웅다운 기상이 넘쳐흐르고 가슴에 '낙성落星'이라는 두 글자가 분명하게 쓰여 있었다. 안찰사는 몹시 기이하게 여기며 아이를 안고 관아로 돌아와 유모를 구해 기르게 했다. 아이는 날로 무럭무럭 건강하게 자랐다. 안찰사는 더욱 신기해하며 아이의 이름을 '낙성'이라 지었다.

낙성을 얻은 지 수십 일이 지났을 무렵 서울에서 대장군 양덕이 죽었다는 소식이 들려왔다. 안찰사가 문득 깨닫고 그날 밤 천문天文을 보니, 과연 양장군의 주성[2]이 떨어져 있었다. 더욱 이상하여 자기 주성인 문곡성[3]을 바라보니, 문곡성은 광채가 찬란해 맑은 빛이 하늘 한가운데서 밝게 빛나 뭇 별들의 광채를 빼앗았다. 이것을 보고 안찰사는 벼슬이 높아지리라는 것을 스스로 알았다.

그러는 사이 어느덧 계절이 또 바뀌어 다음해 봄이 되었다. 안찰사는 삼성과 상성[4]처럼 멀리 떨어져 있는 부인을 향한 그리움을 참지 못하고, 탑전榻前에 계신 임금님께 나아가 알현하고 싶은 마음도 간절했다. 그러던 차에 임금께서 안찰사의 공적과 정직함을 아름답게 여겨 그의 벼슬과 직위를 돋우어 병부상서兵部尙書 겸 추밀사[5]로 불렀다. 이에 안찰사는 향안[6]을 마련해 어명을 받들어 모시고, 임금님이 계신 북쪽을 향해 네 번 절을 올렸다. 낙성을 데리고 형주를 떠나 서울에 도착해 궁궐로 들어가니, 임금이 반가워하며 은근한 말로 위로하셨다.

"경이 어린 나이에도 불구하고 한결같은 충성으로 짐을 도운 지 벌써 삼 년이 되었도다. 또한 술렁거리고 소란한 형주의 인심을 반석같이 평

2) 주성(主星): 어떤 사람의 운명을 맡고 있는 별.
3) 문곡성(文曲星): 북두칠성 가운데 넷째 별.
4) 삼성(參星)과 상성(商星): 동서로 멀리 떨어져 있는 두 별로, 흔히 멀리 떨어져서 서로 그리워한다는 뜻으로 쓰임.
5) 추밀사(樞密使): 나라의 기밀과 군사 문제를 다루던 관리.
6) 향안(香案): 제사 때 향로나 향합을 올려놓는 상.

정하고 돌아왔으니, 경의 공이 범상치 아니하도다. 어찌 국가의 고굉지신[7]이라 하지 않을 수 있으리오?"

임금께서 손수 술을 내려주셨다. 방상서方尙書는 이 술을 받아 임금의 은혜에 사례하고 땅에 엎드려 아뢰었다.

"신이 폐하의 성은을 크게 입었으나 척촌지공[8]도 없었는데, 다행스럽게 형주의 인심을 평정하는 조그만 공을 이루었나이다. 그런데 폐하께서 마치 큰 공을 이룬 것처럼 말씀하시니 몸 둘 바를 모르겠사오며, 더욱이 폐하께서 내려주신 벼슬과 지위는 나이가 어린 신에게는 너무 외람되옵니다. 그러하오니 부디 어명을 거두어주시길 바라나이다."

임금께서 웃으면서 말씀하셨다.

"경은 지금 우리 조정에서 가장 소중한 사람이로다. 이런 벼슬과 녹봉을 경에게 내리지 않으면 누구에게 줄 수 있겠소? 그러니 경은 고집을 부리지 마라."

상서가 어쩔 수 없이 임금의 은혜에 감사하면서 아뢰었다.

"폐하께서 내려주신 향기로운 술이 신의 온몸을 붉게 물들였사온지라, 신은 이만 물러가고자 하나이다."

임금께서 윤허하시더라.

방상서는 궁궐에서 나와 집으로 돌아오는 길에 서평후를 만났는데, 서평후가 매우 기뻐하며 상서의 손을 잡고 집으로 데려갔다. 방상서가 장모님을 비롯해 모든 처남과 함께 오랜 이별 후에 다시 만나게 된 회포를 풀고 이슥해져서야 집으로 돌아오니, 영부인이 반갑게 맞이했다. 상서와 부인이 서로 떨어져 있던 동안의 회포를 이야기했다. 상서가 흔연히 이런저런 일들을 이야기하며 어떻게 낙성을 얻게 되었는지도 말

---

7) 고굉지신(股肱之臣): 다리와 팔같이 중요한 신하라는 뜻으로, 임금이 가장 신임하는 신하를 이르는 말.

8) 척촌지공(尺寸之功): 얼마 되지 않는 약간의 공로.

했다. 부인 또한 기특하게 여기며 유모를 데려다가 낙성을 기르게 했다. 낙성이 점점 자라 능히 상서를 아버지라 부르고 부인을 어머니라 부르며 지극히 따르니, 상서 부부는 그를 사랑해 후사後事를 낙성에게 의탁하고자 했다.

아들의 혼약, 유모의 간청

낙성 공자公子가 점점 자라 네댓 살이 되니 기개와 도량이 비범하고, 옥돌로 만든 꽃처럼 화사한 풍격과 관옥[1]처럼 아름다운 얼굴은 반악[2]과 다름없었으며, 뛰어난 글재주는 이백과 두보의 풍모를 아우른 듯했다. 두 눈은 샛별처럼 반짝이고, 이마는 강산의 맑은 정기를 거둬들였으며, 붉은 입술과 하얀 치아는 곤산[3]의 옥玉을 귀부[4]로 다듬은 듯했다. 풍채는 당당하고 빼어나서 늦은 봄날 수많은 가지를 펼친 수양버들 같은 데다가 골격이 의젓하고 말쑥했으니, 짐짓 만 년 만에 태어난 인재요, 기린과 봉황의 새끼처럼 훌륭한 사내아이라 일컬을 만했다.

상서는 낙성을 애지중지하고 어여삐 여겼으며, 아끼기를 장중보옥[5]

1) 관옥(冠玉): 관의 앞을 꾸미는 옥으로, 남자의 아름다운 얼굴을 비유적으로 이르는 말.
2) 반악(潘岳): 중국 서진(西晉)의 문인으로, 미남의 대명사로도 통하는 인물.
3) 곤산(崑山): 중국의 곤륜산(崑崙山)으로, 이곳에서 나는 옥이 유명함.
4) 귀부(鬼斧): 귀신의 도끼라는 뜻으로, 신기한 연장이나 훌륭한 세공(細工)을 이르는 말.
5) 장중보옥(掌中寶玉): 손안에 있는 보배로운 구슬.

같이 하여 잠시도 그의 곁을 떠나지 않았다. 낙성 또한 효성을 타고나서 육적[6]이 어머니께 드리려고 귤을 가슴에 품은 일, 자로[7]가 부모님을 봉양하려고 매일 쌀을 등에 지고 백 리 밖까지 날랐던 일을 본받으려 했다. 비록 나이가 적은 어린아이였으나 날이 밝기 전에 일어나 세수를 하고 하루 종일 응대하며 부모님을 모시는 모습이 노숙한 현인군자 같았다. 상서 부부가 더욱 사랑하여 글자를 가르치니, 하나를 들으면 백 가지를 통할 만큼 총명했다.

낙성의 글이 날마다 빠르게 발전하고 시법詩法이 기이해 마치 배 속에 일만 권의 책을 간직하고 입에는 일만 개의 진주를 머금은 듯했다. 그 실력이 일취월장해 이백의 청평사[8]와 자건[9]의 칠보시[10]를 업신여겨 깔볼 정도였으니, 이는 하늘이 특별히 방상서의 서릿발 같은 충성심을 마음에 두어 그의 후사가 끊어지지 않게 하신 것이로다. 상서와 부인이 낙성을 어루만지며 친자식을 얻은 것처럼 기뻐하니, 이런 일은 옛날부터 지금까지 드문 일이더라.

이해 가을 팔월은 상서가 태어난 달이었다. 이에 상서가 생일을 맞아 큰 잔치를 베풀고 조정의 모든 공경公卿과 천자의 친인척들을 초청해 즐겼다. 천자께서도 어악[11]과 상방[12]에서 임금에게 올리는 음식을 내려주시니, 이처럼 성대한 잔치는 먼 옛날에도 볼 수 없던 일이었다. 수놓은

6) 육적(陸績): 중국 삼국시대 오나라의 관료로, 여섯 살 때 원술(袁術)에게 받은 귤 세 개를 어머니께 드리기 위해 가슴에 품었다고 함.
7) 자로(子路): 공자(孔子)의 제자로, 매일 쌀을 등에 지고 백 리 밖까지 운반해 그 운임을 받아 양친을 봉양했다고 함.
8) 청평사(淸平詞): 이백이 현종·양귀비의 모란 향연에서 지은 세 편의 악부.
9) 자건(子建): 중국 삼국시대 위나라의 시인인 조식(曹植)의 자. 조조의 셋째 아들로, 「칠보시七步詩」의 고사가 유명함.
10) 칠보시(七步詩): 일곱 걸음 걷는 동안에 지은 시.
11) 어악(御樂): 임금 앞에서 아뢰던 궁중 아악.
12) 상방(尙方): 임금의 의복과 궁내의 일용품 따위의 관리를 맡아보던 관아.

비단으로 꾸민 방상서 내외의 처소가 하늘 가운데 흰 구름처럼 솟아 있었는데, 이곳에서 잔치를 즐기던 손님들이 낙성을 보고 모두 기특하게 여겼다. 상서에게 복이 있어 이처럼 훌륭한 친자식을 두었노라며 다들 축하했다.

이날 잔치에 참석한 손님 가운데 추밀사 김희는 대대로 이어져 내려오는 명문가 출신이었다. 슬하에 아들 셋과 딸 하나를 두었는데, 딸의 나이가 바야흐로 아홉 살이었다. 얼굴이 매우 빼어나 마치 요지[13]에 핀 하늘 꽃과 옥섬돌에 핀 난초 같았으며, 하늘을 날던 기리기가 부끄러워서 땅으로 떨어지고 달이 숨고 꽃이 부끄러워할 정도로 아름다웠다. 길쌈과 옷 깁기는 물론 문장도 뛰어나 견줄 사람이 없을 정도였기에 부모가 그녀를 매우 사랑했다. 추밀이 방공자를 보니 자신의 딸과 동갑이었으며, 진실로 당대 최고의 영웅군자였다. 추밀이 방공자를 보고 크게 흠모해 상서에게 말했다.

"제가 선생께 청할 말씀이 하나 있는데 들어주시겠나이까?"

상서가 웃으면서 말했다.

"존형께서 저에게 무슨 청을 하려고 하시나이까? 듣고자 하니 말씀해 보소서."

추밀이 감사를 표하며 말했다.

"다름이 아니오라, 오늘 아드님이 매우 준수하고 통달한 것을 보고 외람되게도 우러러 진진[14]처럼 좋은 인연을 맺고자 하오니, 추한 제 딸을 며느리로 받아주실 수 있겠나이까?"

상서는 어렸을 때부터 김소저를 보아왔기 때문에 기꺼이 허락하며 말했다.

---

13) 요지(瑤池): 중국 곤륜산에 있다는 연못으로, 신선이 이곳에서 살았다고 함.
14) 진진(秦晉): 진(秦)나라와 진(晉)나라가 대대로 혼인을 하였다는 사실에서, 우의가 두터운 관계를 비유적으로 이르던 말.

"형의 귀한 딸을 제 어린 아들에게 허락코자 하시는데, 제가 어찌 사양하겠나이까? 다만 두 아이가 다 어리니 몇 년만 더 기다렸다가 혼례를 올립시다."

추밀이 매우 기뻐하며 상서에게 거듭 감사의 뜻을 표했다. 상서와 추밀이 황하지맹[15]과 태산지약[16]을 다짐한 후, 추밀이 공자의 손을 잡고 환하게 웃으면서 말하기를,

"너는 이제부터 사랑스러운 내 사위이니, 나를 장인이라 일컬어라."

하고 붓과 먹을 가져와 공자에게 글 지을 것을 청했다. 공자가 자리에서 일어나 추밀에게 공경의 뜻을 표했다. 그런 다음 고운 손으로 산호 붓을 잡고 순식간에 칠언율시를 지어 두 손으로 받들어 부친에게 드렸다. 모든 하객이 공자가 시를 매우 신속하게 쓴 것을 칭찬했는데, 그 시를 보고서는 더욱 놀라 박수를 치며 탄복했다. 추밀은 기쁨을 이기지 못하고 활짝 웃었으며, 상서는 고운 얼굴과 반짝이는 눈동자에 미소를 띠면서 여러 손님의 과찬을 겸손하게 사양할 뿐이었다.

잔치의 즐거움이 극에 달하고 해가 서쪽으로 기울 무렵 파연곡[17]이 어지러이 울리자, 뭇 빈객들이 흩어져 각각 자기 집으로 돌아갔다. 상서도 내당으로 들어가 부인에게 낙성과 김소저의 혼약에 대해 말하니, 부인 또한 매우 기뻐했다. 그런데 갑자기 유모가 내당으로 들어와 깊이 탄식하며 말했다.

"상공과 부인께서 매사 이렇게 즐거워하시는데, 이는 바로 '기둥에 이미 불이 붙었는데도 제비와 참새는 그것도 모르고 오히려 즐거워한다'

15) 황하지맹(黃河之盟): 황하처럼 변치 않을 맹세. 황하는 중국에서 두번째로 큰 강이며, 흐린 물이 백 년이 넘어도 변하지 않는다는 뜻을 지닌 '백년하청(百年河淸)'이라는 고사성어가 있다.
16) 태산지약(泰山之約): 태산처럼 굳건한 약속. 태산은 중국 산동성 중부에 있으며, 중국의 오악(五嶽) 중에 으뜸으로 꼽히는 산이다.
17) 파연곡(罷宴曲): 잔치를 끝낼 때 부르는 노래나 연주하는 음악.

는 것과 흡사하옵니다. 세상에 있는 모든 것들은 이름이 있고 초목금수草木禽獸라도 음양陰陽이 서로 어울리는 것이 떳떳하거늘, 상공과 부인은 스무 살이 넘었음에도 자연의 섭리와 인륜을 저버리고 계십니다. 젊고 아름다운 두 분의 얼굴이 아깝기도 하거니와, 위로 늙으신 두 부모님께서 돌아가신 후 제사를 받들 자손이 없을까 근심스럽사옵니다. 장차 훗날 어떻게 되겠습니까? 더구나 부인께서는 침묵을 지킨 채 갈수록 더 고집을 부리며 지금껏 실상을 대부인大夫人께도 아뢰지 않으시고, 한결같이 그대로 주표를 감추어 스스로 자식을 낳지 못하는 것처럼 하시니, 어찌 괴이하지 않겠습니까? 바라건대 두 분 주인께서는 짐짓 좋은 꾀로서 훌륭한 군자를 얻어 황영[18]의 자매처럼 지내는 것이 옳을까 합니다. 첩이 두 분의 실상을 누설하고 싶었으나 상공께서 하도 강고하시기에 발설하지 못하고 지금까지 입을 다물고 있습니다만, 어찌 제 마음이 애달프지 않겠습니까? 어린 공자도 오래지 않아 부인을 얻게 될 터인데, 상공과 부인께서는 언제쯤이 되어야 인륜을 차리려 하십니까?"

유모가 말하는 동안 부인은 반짝반짝 빛나는 수려한 눈동자를 내리깔고 아름다운 눈썹을 찡그리며 정색을 한 채 묵묵히 앉아 있었다. 그런데 상서는 두 눈을 부릅뜨고 꾸짖어 말했다.

"할미는 어찌 그런 괴로운 말로 즐거운 기분을 상하게 하고, 다른 사람들이 우리를 더욱 의심하게 하는가? 만일 우리와 관련해서 괴이한 소문이 떠돌게 된다면, 비록 나를 젖 먹여 품속에서 기른 은혜가 있을지라도 결코 용서하지 않으리라."

상서가 말을 마친 후 버들 같은 눈썹을 치켜세우고 왈칵 성을 내니,

18) 황영(皇英): 중국 고대 요임금의 두 딸인 아황(娥皇)과 여영(女英)으로, 자매가 모두 순(舜)에게 시집감. 순이 천자가 되자 아황은 후(后)가 되고 여영은 비(妃)가 되었으며, 순임금이 남쪽을 순시하던 중 창오(蒼梧)에서 죽자 둘 다 소상강에 투신하여 죽은 후 소상강의 여신이 되었다고 한다.

유모는 어쩔 수 없이 물러나왔다. 이에 부인이 냉소를 머금은 채 상서에게 천천히 말했다.

"문백[19] 형은 어찌 우연한 일을 가지고 이렇듯 심하게 유모를 꾸짖으시나요? 유모는 오로지 주인을 위한 충성심으로 그런 말을 한 것이니, 또한 아름답지 아니하오?"

상서가 봉황 같은 눈을 흘겨 뜨고 영씨를 자세히 들여다보면서 말했다.

"이제 부인은 여자의 도리를 알 때인데 어찌 가장의 자字를 함부로 부르는가? 내가 오히려 묘주[20]라 알았는데, 과연 부인의 일이 옳다고 할 수 있는가?"

영부인이 낭랑하게 웃더라.

상서의 나이가 스물네 살이 되도록 수염이 나지 않았으나, 당시 사람들이 상서의 절개를 아름답게 여겨 칭찬하되 능히 의심하는 사람이 없더라.

---

19) 문백: 방관주의 자(字).
20) 묘주: 미상. 「낙성전」에는 영혜빙의 자(字)라고 되어 있다.

방상서가 전쟁터로 뛰어들다

각설. 정덕 천자께서 점차 바른말을 아뢰는 충신을 괴롭게 여기고 간신을 사랑하게 되면서 환관이 국정을 농락했다. 이에 나라가 위태롭고 사방이 요란했으며, 충신들이 벼슬을 그만두고 분분하게 고향으로 돌아갔다. 방상서는 이를 탄식하며 임금께 자주 상소를 올려 간신들을 물리치시라고 아뢰었으나, 임금께서는 상서를 사랑하면서도 끝내 그의 의견을 받아들이지 않으셨다. 상서도 어쩔 수 없이 조정에서 물러나와 집에서 오로지 부인과 더불어 답답하고 우울한 마음으로 세월을 보내고 있었다. 그러는 사이 아첨하는 신하들이 국권을 농락해 천하가 아침저녁 사이에 망할 정도로 위태롭게 되었다. 이때 갑자기 북방 오랑캐가 들고 일어나 수만 명의 강병을 거느리고 대국을 침범하니, 그 형세가 두려울 만큼 대단했다.

천자가 근심해 문무중신文武重臣들을 모아 대책을 논의했지만 신하들은 한 명도 나서서 말하지 않고 서로 구경만 했다. 이때 갑자기 한 소년 명사가 자줏빛 도포를 끌고 옥패를 당당하게 차고 나왔는데, 그 풍채는 우람하고 기상이 가을밤 하늘에 밝게 빛나는 보름달 같았다. 그가 신하들 사이에서 앞으로 나와 아뢰었다.

"나라를 어지럽히는 무리들의 재앙이 국가에 미쳐 안으로는 간신이 국권을 농락하고 밖으로는 오랑캐가 침략해왔나이다. 이렇듯 나라가 위태로운 때 신하 된 자는 마땅히 먹고 자는 것마저 편해서는 안 될 터인데, 어찌 걱정 없이 태연하게 지낼 수 있겠나이까? 미천한 신하인 제가 비록 재주는 없으나, 원컨대 대병大兵을 내어주시면 북방 오랑캐를 평정하고 사직을 보호하여 폐하의 성은을 갚겠나이다."

임금께서 보니 그 명사는 병부상서 방관주였는지라, 얼굴에 기쁜 빛을 띠고 무릎을 모으고 단정한 자세로 앉아 그를 칭찬하면서 말씀하셨다.

"경은 한나라 때 급암과 같은 명재상인데, 짐이 어찌 경을 공경하지 않을 수 있겠소? 경이 만일 한번 수고를 아끼지 않고 오랑캐 땅을 평정하고자 한다면, 이는 국가의 크나큰 다행이요 온 백성의 큰 복일 것이니 짐의 근심이 없어질 것이로다."

상서가 임금의 은혜에 감사해하며 아뢰었다.

"변란이 일어났다는 소식이 급하니 당장 내일이라도 출발하고자 하나이다."

임금께서 그 말을 듣고 더욱 기뻐하시며 병부상서 방관주를 대원수大元帥 정북장군征北將軍에 임명하셨다. 또한 친히 금으로 장식한 인끈[1]을 원수의 허리에 채우고 십만 명이나 되는 많은 병사와 백여 명의 명장名將을 내어주셨다. 원수가 임금의 명령을 감사하게 받들고 대궐 문을 나오니, 삼공육경三公六卿이 모두 치하하며 말했다.

"선생이 병사를 이끌고 나가시니 무엇을 근심하리오?"

상서가 옥대玉帶를 어루만지며 천천히 대답했다.

1) 인끈: 병권(兵權)을 가진 무관이 발병부(發兵符) 주머니를 매어 차던, 길고 넓적한 녹비 끈.

"공들께서 저를 믿는다고 말씀해주시니 감사하옵니다. 학생이 다만 나라의 은혜를 갚고자 출전을 자원하기는 했으나, 본래 군사를 부리는 재주가 없어 나라의 병사를 욕되게 할까 두렵나이다."

조정의 모든 신하들이 그 말을 듣고 일시에 소리를 내어 원수의 재주와 덕망을 추앙했다.

상서가 집으로 돌아오니, 영부인이 두 마리 봉황을 수놓은 관을 비껴 쓰고 비단 저고리에 붉은 명주치마를 끌고 패옥 소리를 낭랑하게 울리면서 급히 나와 상서를 맞이했다. 상서의 허리에 금으로 장식한 인끈이 비스듬히 채워져 있는 것을 보고 영부인이 놀라 물었다.

"상공이 무슨 일로 대도독[2]의 인끈을 차고 있느뇨?"

상서가 고운 손으로 인끈을 끌러놓고 붉은 비단으로 만든 관복을 부인에게 벗기게 한 후, 빙그레 웃으면서 말했다.

"대장부가 천하에 입신하여 요순堯舜처럼 어진 임금을 돕고 있는데, 어찌 대장이 되지 못하리오? 옛날에 소진[3]이 가난할 때는 집에 돌아와도 형수와 아내가 베틀에서 내려오지도 않더니, 훗날 육국六國의 재상이 되었을 때는 형수와 아내가 다 베틀에서 내려와 고개를 숙이고 땅에 엎드렸다고 하더이다. 부인은 내가 문인文人의 소임을 맡을지언정 백만 장졸을 호령하는 대장의 재주는 없을 것이라고 생각했음이 분명하오. 그렇지 않았다면 내가 장군이 된 것을 보고 어찌 이렇듯 심하게 놀란단 말이오? 내가 이제 북방 오랑캐를 치러 가는데, 오랑캐 땅은 험한 곳이라 생사가 여기에 달려 있으니, 부인은 내가 떠나는 것이 괴로울까 하오."

부인이 크게 놀라며 말했다.

---

2) 대도독(大都督): 옛 중국에서, 전군을 지휘하고 통솔하던 벼슬.

3) 소진(蘇秦): 중국 전국시대의 책사(策士). 한·위·조·연·초·제의 6국을 합종해 진(秦)나라에 대항하게 하고 스스로 6국의 재상이 되었다.

"첩이 상공과 결혼한 지 칠 년 만에 상공께서 이제 처음 만리타국에 가시게 되었는데, 어찌 슬프지 않겠나이까? 또한 상공께서 능히 용병하는 재주를 갖고 계신지 궁금하옵니다."

상서가 대답했다.

"그대는 나와 절친한 지기이면서 오히려 나를 모르는도다. 내가 비록 짧은 칼조차 사용할 줄 모르고 활시위도 당겨보지 않았지만 조금도 염려할 것이 없으니, 그대는 모름지기 안심하고 내가 떠나 있는 동안 몸이나 잘 보존하길 바라오."

이렇듯 두 사람은 한동안 화기애애하게 이야기를 나누다가 술을 내와 함께 십여 잔을 마셨다. 그러고는 원수가 죽침竹枕에 기대어 곱고 낭랑한 소리로 이별시를 읊었는데, 다음과 같았다.

밖으로는 부부라는 이름이 있고,	名爲夫婦有
가슴 가운데는 지기가 보이도다.	胸中見知己
오늘 아침 일 년 넘게 이별하려니,	今朝隔年別
슬프고 애련한 마음 한 조각 머무는구나.	哀憐丹心守[4]

부인이 화답하는 시를 지었는데, 다음과 같았다.

때 지은 기러기는 북녘 하늘에 날고,	儔雁北天飛
쌍쌍이 나는 제비는 아름다운 시절 알리다.	雙燕報佳節
어진 벗이 나라를 위하여 출발하니,	賢侯爲國忠
이별하여 천리 먼 곳으로 가도다.	離別千里去

4) 원문에는 '의현난산귀'라 되어 있으나, 의미가 모호하고 한글 풀이와 어울리지 않아 이본인 『낙성전』의 구절을 활용함.

시 쓰기를 마친 상서와 부인은 이별의 슬픔을 이기지 못한 채 처량한 마음으로 밤을 지새웠다. 다음날 아침 장졸들이 이르러 깃발을 세우고 북을 울리며 출발할 시각을 아뢰었다. 상서가 낙성의 손을 잡고 머리를 쓰다듬으며 시 짓기와 글쓰기를 부지런히 하라고 당부하니, 공자가 눈물을 흘리면서 절을 하고 상서의 명을 받들었다.

이어서 상공이 부인과 이별할 때 처량하고 슬픈 눈물이 어리었으나, 이내 마음을 다잡고 집을 나와 궁궐로 들어갔다. 천자께 하직인사를 올리면서 출전을 아뢰니, 천자께서 말씀하셨다.

"경은 나라에 없어서는 안 될 소중한 신하인데, 이제 흉악한 도적을 물리치러 만 리 밖으로 떠나게 되었도다. 짐이 좌우 팔과 다리를 모두 잃은 듯하니, 경은 짐이 바라는 뜻을 잊지 말고 하루빨리 오랑캐를 평정하고 무사히 돌아오라."

상서가 엎드려 고개를 숙이고 아뢰었다.

"신이 재주가 적사오니, 어찌 성은을 다 갚을 수 있겠나이까? 바라건대 전하께서는 편안히 건강하게 지내옵소서."

상서가 하직을 아뢰니, 천자께서 상방검[5]을 주며 말씀하셨다.

"명령을 어긴 자는 선참후계[6]하라."

원수가 상방검을 받아 허리에 찼다. 절월[7]을 높이 들고 군사를 지휘하여 북으로 향하니, 군사들의 행렬이 엄숙했다. 칼과 창은 서리 같고, 말은 맹호 같았으며, 나부끼는 깃발들은 햇빛을 가렸다. 또한 지나는 곳

5) 상방검(尙方劍): 임금이 간악한 신하를 제거할 때 쓰는 날카로운 칼.
6) 선참후계(先斬後啓): 군율을 어긴 사람을 먼저 처형하고 나중에 임금에게 보고함.
7) 절월(節鉞): 고위 관리가 지방에 부임할 때 임금이 내어주던 절(節)과 부월(斧鉞). 절은 수기(手旗)와 같고, 부월은 도끼같이 만든 것으로 생살권을 상징한다.

마다 추호도 백성을 침범하지 않으니, 백성들이 단사호장[8] 으로 천자의 군대를 맞이하더라.

8) 단사호장(簞食壺漿): 백성이 군대를 환영하기 위해 갖춘 음식.

오랑캐를 물리치다

원수는 병사들을 이끌고 오랑캐 땅에 이르러 진영을 설치한 후 먼저 호왕胡王에게 격서[1]를 전했다. 호왕이 여러 신하들과 함께 보니, 그 글에 이르기를,

명나라 대원수 병부상서 태학사 정북장군은 글로써 먼저 호왕의 죄를 문책하노라. 위로는 하늘이 있고, 가운데 임금이 계시며, 아래로는 땅이 있으니, 천자는 곧 하늘이요 제후는 백성이라. 게다가 임금은 온 신하와 백성의 부모이니라. 그런데도 이제 너희 무리가 대국이라고 자칭하면서 감히 하늘의 명령을 거역하고 하늘에 항거하니, 이는 스스로 패망을 취한 것이로다. 내가 황제의 명령을 받들어 특별히 너희 무도한 오랑캐를 쓸어버리려고 하노니, 만일 항복한다면 멸족지화滅族之禍를 면할 것이나, 그러지 않은즉 용서하지 아니하리라.

1) 격서(檄書): 군병을 모집하거나, 적군을 달래거나 꾸짖기 위한 글.

하였더라.

호왕이 원수의 격서를 보고 크게 화나 병사를 몰고 와서 싸움을 돋우었다. 그러나 비록 오랑캐 장수가 많다 하나 어찌 방원수의 용병술을 감당할 수 있으리오? 원수가 호통을 치고 나아가 단 한 번의 싸움으로 오랑캐 군사들을 크게 물리치니, 오랑캐 군사들의 주검이 산처럼 쌓이고 피가 흘러 시내가 되었다. 첫 싸움에서 대승을 거둔 원수는 여러 장수에게 각각 상을 내려주고, 다시 오랑캐를 깨트릴 계교를 생각했다.

호왕이 대패하고 남은 군사를 수습하니 겨우 천여 명뿐이기에 울분을 참지 못하고 있을 때 갑자기 한 신하가 큰소리로 아뢰었다.

"신이 마땅히 방원수를 잡고 천하를 얻어 대왕께 바치고, 소장小將 등의 공적을 온 천하에 밝히겠나이다."

호왕이 놀라서 보니 승상 야율달이었다. 호왕이 율달에게 물었다.

"경은 적을 물리칠 재주와 계교가 있느뇨?"

율달이 아뢰었다.

"신이 어렸을 때 기이한 술법을 지닌 벗이 하나 있었는데, 그에게서 그 술법을 익히 배웠나이다. 그것은 몸을 감추고 바람과 구름이 되어 사람을 해치는 술법이옵니다. 신이 오늘밤 당당히 명나라 진영에 나아가 방관주를 죽이고 명나라 진영을 깨뜨려 대왕의 근심을 덜겠나이다."

호왕이 크게 기뻐하며 보검을 하나 내어주니, 율달은 한줄기 검은 기운으로 변신해 명나라 진영으로 향했다.

이날 밤 방원수는 진중에서 홀로 조용히 촛불을 돋우고 앉아 있다가 손으로 점괘를 짚어보았다. 점괘가 불길하기에 놀라서 문밖으로 나와 천문天文을 보니, 자기 진중에는 승전의 징후인 상서로운 구름이 서려 있고, 오랑캐 진중에는 살기殺氣가 등등했다. 다만 자기 진중에 살기 한줄기가 쏘여 있기에, 원수가 매우 놀라 생각했다.

'오늘밤에 반드시 자객이 오리라!'

원수는 곧바로 장막 안으로 들어와 등불과 촛불을 물리치고 보검을 잡은 채 몸을 숨기고 있었는데 과연 삼경三便이 되자 창틈으로 살기를 띤 한줄기 검은 기운이 들어오거늘, 원수가 칼을 들고 평생의 힘을 다해 검은 기운의 한쪽 마루를 끊어버렸다. 그러자 갑자기 비명 소리가 나면서 그것이 꺼꾸러졌는데, 자세히 보니 오랑캐였다. 그 오랑캐의 몸이 두 조각으로 나뉘어 붉은 피가 방 안에 가득했다. 원수가 봉황 같은 눈썹을 찡그리고 급히 장졸을 불러 시체를 치우라고 하니, 여러 장수들이 들어와서 원수의 뛰어난 재주와 용력에 탄복했다.

다음날 아침 원수가 율달의 머리를 깃발에 매달고 오랑캐 진영으로 나아가 싸움을 돋우니, 호왕은 그제야 율달이 죽은 것을 알고 간담이 서늘해져 넋이 나갈 정도로 놀랐다. 호왕이 방원수를 물리칠 묘계를 이리저리 궁리하는데, 갑자기 한 미인이 들어와 슬프게 통곡하며 말했다.

"신첩은 야율 승상의 총첩[2]인 달녀이온데, 금일 지아비의 원수를 갚고자 하나이다."

호왕이 달녀의 얼굴을 보니 곱고 아름다운 얼굴에 슬픔을 띠고 있는지라, 불쌍히 여기며 말했다.

"과인이 직접 방원수와 맞붙어 싸우려고 했는데, 마침 잘되었도다. 네가 마땅히 선봉이 되어 공을 이루면 원수도 갚게 되리라."

달녀가 눈물을 머금고 갑옷과 투구를 갖추어 날듯이 말에 올랐다. 호왕이 명나라 진영과 마주해 진을 펼치고 싸움을 돋우니, 방원수가 여러 장수들을 거느리고 진문의 깃발 아래로 나섰다. 호왕이 바라보니 한 소년 대장이 머리에는 봉황의 깃을 단 투구를 쓰고, 몸에는 황금으로 된

2) 총첩(寵妾): 특별히 귀염과 사랑을 받는 첩.

쇄자갑[3]에 붉은 비단으로 수놓은 전포[4]를 껴입었으며, 허리에는 양羊의 기름 덩이같이 반짝반짝 빛나는 백옥으로 만든 띠를 두르고 있었다. 섬섬옥수로 긴 창을 잡고 천리마를 탔는데, 백옥처럼 깨끗하고 아름다운 얼굴을 지닌 호걸이요, 재주와 기상이 세상을 뒤덮을 만큼 뛰어난 영웅이었다. 풍채는 가을밤 하늘에 떠 있는 보름달 같고, 기개는 당당하고 웅장하면서도 맑고 깨끗했으며, 도량은 부드럽고 온화하면서도 진중했다. 마치 하늘에서 강림한 천신이 자기가 가진 재주를 일부러 드러내지 않는 듯했으나, 짐짓 분 바른 하랑[5]이요 소복 입은 반악潘岳이더라.

이와 같았으니 호왕은 방원수를 보고 놀라 넋이 나갔으며, 두렵고 무서운 나머지 몸이 절로 움츠러들고 털끝이 쭈뼛해졌다. 이에 싸울 생각마저 잃고 원수에게 말했다.

"이기고 지는 것은 사람의 마음먹기에 달려 있으니, 원컨대 진법陳法을 겨뤄 이기지 못한 사람이 머리를 숙여 항복하기로 하자."

원수가 웃으면서 말했다.

"오랑캐와 재주를 겨루는 것은 차마 하지 못할 일이나, 네가 하고자 하니 한번 시험 삼아 해보자꾸나."

호왕이 먼저 큰소리를 내지른 후 징과 북을 치며 군사를 지휘하여 일시에 진을 쳤는데, 원수가 그것을 보고 비웃으며 말하기를,

"이것은 팔괘진[6]으로, 진을 치기가 쉬우니라. 이제 내가 진을 칠 테니 잘 보아라."

하고 일시에 대포를 쏘며 진을 쳤는데, 그 진법이 기이하여 어디로 들고

3) 쇄자갑(鎖子甲): 사방 두 치 정도 되는 돼지가죽으로 된 미늘을 작은 고리로 꿰어 만든 갑옷.
4) 전포(戰袍): 장수가 입던 긴 웃옷.
5) 하랑(何郎): 삼국시대 위나라의 관료 겸 사상가인 하안(何晏). 젊어서부터 수재(秀才)로 명성을 얻었으며, 용모가 아름다운데다 얼굴이 하얀 편이어서 사람들이 '부분하랑(傅粉何郎)'이라 불렀다.
6) 팔괘진(八卦陳): 팔괘의 모양을 본뜬 진.

나는지 알 수가 없더라. 원수가 진을 다 치고 나서 호왕에게 물었다.

"네가 이 진의 이름을 아느냐?"

호왕이 그윽이 보다가 말했다.

"이것은 천문주작진[7]이니, 내가 어찌 모르겠느냐?"

원수가 웃으면서 말했다.

"네가 이 진을 다 안다고 할 수 있으랴?"

원수가 말을 마치자마자 호왕의 뒤에서 한 여자 장수가 달려나오면서 외치기를,

"오늘 방원수를 죽여 내 원수를 갚으리라!"

하고 일시에 호왕과 합세하여 달려들었다. 두 나라 군사들이 맞붙어 싸웠으나 한동안 승부를 가릴 수가 없었다. 이에 원수가 화살 하나를 쏘아 달녀의 가슴을 맞히니, 달녀가 크게 비명을 지르고 말에서 떨어져 죽었다. 호왕이 달녀가 죽는 것을 보고 급히 말을 돌려 달아나려고 할 때, 명나라 장졸들이 모두 함성을 지르며 달려들어 호왕을 포위했다. 호왕이 포위망을 벗어나지 못하고 마침내 사로잡힌 것을 보고 원수도 진을 풀었다. 원수가 장막 안으로 돌아와 포승줄에 묶여 있는 호왕을 풀어주면서 말했다.

"전쟁에서 이기고 지는 것은 흔히 있는 일이니, 왕이 아직 진심으로 항복할 뜻이 없다면 다시 돌아가 승부를 다투고자 하는데 어떠한가?"

호왕이 머리를 조아리며 사죄하여 말했다.

"원수께서 이 한 목숨을 살려주시면 마땅히 항복 문서를 갖추어 바치겠나이다. 어찌 감히 뉘우치는 뜻이 없겠나이까?"

원수가 환하게 웃으면서 칭찬하여 말하기를,

"그리한다면 어찌 아름답지 아니하리오? 성인이 말씀하시기를, '깨달

7) 천문주작진(天文朱雀陣): 하늘의 별자리 28수 가운데 남쪽을 지키는 일곱 별을 본뜬 진.

음이 지극히 귀하다'고 하셨으니, 왕이 잘못을 뉘우쳤다면 곧 현자賢者라고 할 수 있을 것이오."

하고 호왕을 풀어주니, 호왕이 원수의 선처에 감격하여 돌아가 항서降書를 올렸다. 항서에 쓰인 어투는 매우 공손했으며, 호왕이 자기의 죄를 일일이 거론하면서 사죄하는 내용으로 가득 차 있었다. 원수가 크게 기뻐하며 호왕을 후하게 대접하고 병마兵馬를 돌려 귀국길에 오르니, 호왕이 큰 잔치를 배설해 원수를 대접하고 백 리 밖까지 나와 전송했다. 이때 원수가 군사를 거느리고 오랑캐 땅에 온 지 여덟 달이나 되었으며, 그러는 사이 해도 바뀌었다. 원수는 서울로 돌아가고 싶은 마음이 간절해 하루에 천 리씩 행군하곤 했다.

이때 천자는 방원수가 승전해 호국胡國을 평정하고 회군한다는 첩서[8]를 보고 크게 기뻐하며 즉시 원수를 우승상 강릉후에 봉하고 겸하여 구석[9]을 하사하셨다. 또한 사신을 보내 원수를 맞이하도록 했는데, 원수의 군마가 유하촌에 이르렀을 때 사신도 그곳에 도착했다. 원수가 향안香案을 차리고 사신이 가져온 조서[10]를 읽었다.

"경이 승전해 오랑캐 땅을 평정하고 돌아오니, 그 공이 매우 넓고 크도다. 이에 짐이 특별히 작은 벼슬과 녹봉으로 정을 표하노니, 경은 모름지기 너무 사양하지 말고 빨리 돌아와 짐을 기쁘게 하라."

원수가 황공한 마음을 이기지 못하여 북쪽을 향해 임금의 은혜에 감사하는 절을 올리고, 이어서 가지고 온 재물을 오래 알고 지내던 친구들과 친척들에게 나눠주었다. 유하촌을 떠나 서울에 이르러 바로 천자께 문안을 올리고 승전을 아뢰니, 천자께서 반기며 승상의 손을 잡고 못내 기뻐하셨다. 또한 전쟁터에서 수고한 공로를 재삼 칭찬하며 어주御酒를

8) 첩서(捷書): 싸움에서 승리한 것을 보고하는 글.
9) 구석(九錫): 천자가 특히 공로가 큰 제후와 대신에게 하사하던 아홉 가지 물품.
10) 조서(詔書): 임금의 명령을 일반에게 알릴 목적으로 적은 문서.

내려주시니, 승상이 몹시 황송해 땅에 엎드려 아뢰었다.

"호왕을 평정한 것은 폐하의 홍복洪福과 사직의 성덕聖德이며, 여러 장수들의 힘 덕분이옵니다. 신에게 무슨 공이 있겠사옵니까? 더욱이 새로 제수하신 벼슬은 신에게 너무 과분한지라, 신이 복을 잃을까 두렵나이다. 황송하오나 성스러운 명령을 거두어주시기 바라옵나이다."

임금께서 허락하지 않으시고 손수 승상을 붙들어 일으켜 자리에 앉히셨다. 그런 후 영부인을 진국부인에 봉하고, 승상의 부모를 추존[11]해 아버지는 좌승상 평양후에 봉했으며, 어머니 보씨는 한국부인에 봉하셨다. 승상이 감히 사양하지 못하고 감격의 눈물을 흘리면서 임금의 은혜에 감사의 절을 올렸다. 돌아가신 부모님을 추존할 때는 승상이 옛일을 생각하며 한편으로는 기뻐하고 한편으로는 슬픔을 금하지 못하더라.

이윽고 승상이 조정에서 물러나 집으로 돌아오니, 집안의 모든 사람들이 춘풍春風 같은 환호성을 질렀다. 낙성 공자도 마중 나와 재배했는데, 승상이 애정 어린 눈으로 바라보며 공자의 손을 잡고 기뻐했다. 집안으로 들어가 가묘에 절을 올릴 때는 속절없는 영위[12]만 반기니, 더욱 슬픔을 이기지 못했다. 이렇듯 귀한 몸이 되어 이름이 세상에 빛나게 되었지만 아뢸 곳이 없었다. 또한 부모님을 일찍 여윈 탓에 어른이 되어서도 효도 한번 다하지 못하고 보잘것없는 증직[13]만 이루었을 뿐이니, 손길 닿은 곳마다 슬픈 마음이 절로 일어나 흐르는 눈물이 넓은 소매를 적셨다.

사당에서 나와 부인과 함께 서로 반기며 한창 담소를 나누고 있는데 갑자기 서평후가 와서 승상이 싸움에서 이기고 돌아온 것과 벼슬이 더

11) 추존(追尊): 왕위에 오르지 못하고 죽은 이에게 임금의 칭호를 주던 일. 여기서는 '죽은 사람의 벼슬을 높여준다'는 뜻으로 쓰였다.

12) 영위(靈位): 상가(喪家)에서 모시는 혼백이나 가주(假主)의 신위.

13) 증직(贈職): 죽은 뒤에 품계와 벼슬을 추증하던 일.

욱 높아진 것을 극구 치하하며 비할 바 없이 기뻐했다. 또한 자기 앞에 나란히 앉아 있는 딸과 사위를 보니, 둘 다 대인大人의 풍모를 갖추고 있었다. 딸은 붉은 비단옷을 입고 다섯 줄 명패[14]와 일곱 줄 면줄[15]을 드리운 왕후의 복색이요, 승상은 아홉 마리 용이 그려지고 아홉 줄 면줄이 드리워진 통천관[16]을 쓰고 있어서 풍채가 더욱 신이했다. 이에 영공이 기쁨을 이기지 못하고 활짝 웃으면서 말했다.

"너희 부부가 모든 일을 마음대로 이루었으나, 자녀가 많지 않으니 어찌 흠이 아니겠는가?"

부인이 나직이 고했다.

"오복五福을 모두 갖춘다는 것은 쉬운 일이 아니옵니다. 또한 저희는 대를 이을 아이가 있는데, 어찌 우리에게 결함이 있다고 하십니까?"

승상은 웃음을 머금고, 영공은 기뻐할 뿐이더라.

---

14) 명패(命牌): 임금이 3품 이상의 벼슬아치를 부를 때 보내던 나무패. 여기서는 '명부(命婦)의 봉작을 받은 부인임을 나타내는 패'라는 뜻으로 쓰였다.

15) 면줄: 면류관에 늘어뜨린 줄.

16) 통천관(通天冠): 황제가 정무를 보거나 조칙을 내릴 때 쓰던 관.

집안의 경사

각설. 어느덧 김추밀의 딸의 나이가 열두 살이 되었다. 추밀이 낙성과 딸의 혼인날을 택일해 보냈는데, 길일이 음력 팔월 스무날이었다. 이때 낙성의 나이도 열두 살이었는데, 신장이 늠름하고 풍채가 준수해 물속에서 날아다니는 비룡飛龍 같았다. 낙성의 재주와 명성이 온 나라에 자자했으며, 방승상 부부 또한 낙성을 비할 데 없이 귀중하게 여겼다.

승상과 부인은 며느리를 빨리 보고 싶었기에 길일이 오기를 간절히 기다리고 있었다. 이윽고 길일이 되니 좌우 축하객들이 구름처럼 모여들었고, 잔치마당에는 좋은 술과 음식이 넘쳐날 정도로 많았다. 방공자가 혼례복을 정성들여 곱게 차려입고 금 안장이 채워진 백마를 타고 신부를 맞으러 가는데, 따르는 행렬이 백 리를 늘어서고 여러 악기로 연주하는 음악이 천지를 뒤흔들었다. 추밀의 집에 이르러 전안[1]하고 신부

1) 전안(奠雁): 혼례 때, 신랑이 기러기를 가지고 신부 집에 가서 상 위에 놓고 절함. 또는 그런 예(禮).

가 가마에 오르기를 재촉하니, 추밀이 활짝 웃으며 방공자의 손을 잡고 말했다.

"그대는 내가 아끼고 사랑하는 사위로다. 노부[2]가 무슨 복으로 이런 영웅을 얻어 슬하의 재미를 삼게 되었을꼬? 신랑이 신부가 빨리 가마에 오르기를 재촉하는 최장시를 짓는 것은 떳떳한 시흥詩興이라. 현서[3]는 사양하지 말고 한 수 짓기 바라노라."

방생方生이 엷은 미소를 지으며 산호 붓을 들어 꽃무늬가 그려진 좋은 종이 위에 휘둘렀는데, 그 빠르기가 세찬 풍운 같아서 마치 붓끝에 쇠로 만든 자를 드리운 듯 순식간에 시를 지어 추밀에게 바쳤다. 김공이 보니 이백과 두보처럼 글재주가 뛰어나고 자건子建처럼 시를 짓는 것이 재빨랐다. 이를 자랑하니 여러 손님들이 여기저기서 치하했다.

김소저가 꽃가마에 오를 때, 추밀이 경계하여 말하기를,

"남편을 공경하고 시부모를 지극한 효로 섬기며, 숙흥야매[4]하여 옛 교양과 예의와 품격을 갖춘 현숙한 여자를 본받도록 하라."

하고, 모친 또한 소저에게 허리띠와 수건을 매어주며 일렀다.

"너는 밤낮을 가리지 않고 집안일을 부지런히 해야 하며, 온순히 자신을 낮추어 남편을 예로 섬겨야 할 것이다. 부디 부모의 명과 경계를 잊지 마라."

이렇게 당부하니, 소저가 부모의 명령을 받든 뒤 가마에 올랐다. 이에 방공자가 순금으로 된 자물쇠로 가마의 문을 잠그고 가마를 호송해 돌아왔다. 이때 등불과 깃발을 들고 따라오는 사람들이 햇빛을 가릴 정도로 많았다.

---

2) 노부(老父): 늙은 남자가 자기를 낮춰 이르는 말

3) 현서(賢壻): 어진 사위. 사위를 높여 이르는 말.

4) 숙흥야매(夙興夜寐): 아침에 일찍 일어나고 밤에 늦게 잔다는 뜻으로, 부지런히 일함을 이르는 말.

방공자 일행이 집으로 돌아오니 해월각 대청에 식장이 마련되어 있어, 신랑과 신부는 용무늬가 그려진 꽃돗자리에 올라 서로 번갈아가며 절을 올렸다. 승상 부부와 좌우에 모인 빈객들이 보니 연꽃 같은 신부의 안색과 옥빈홍안[5]이 몹시 기이하고 오묘했으며, 조용하고 그윽하며 곧고도 깨끗한 태도는 이루 대적할 사람이 없을 정도였다. 신랑 또한 관옥冠玉처럼 아름답고 잘생긴 얼굴에 늠름하고 호탕한 풍채를 지녔으니, 두 사람은 삼생三生 동안 이어질 아름다운 인연이요 당대에 가장 잘 어울리는 짝이었다.

신랑과 신부가 친인척 부부들과 쌍쌍이 절을 주고받고 시부모에게 폐백을 올릴 때는 두 사람이 움직일 때마다 발밑에서 향기로운 구름이 일어나는 듯했다. 이를 본 방승상 부부는 모든 바람을 다 이룬 듯 크게 기뻐 눈가와 얼굴에 희색喜色이 가득했고, 좌우에 모인 빈객들도 떠들썩하게 두 사람의 결혼을 치하했다.

예식을 마친 후 방승상이 신부의 숙소를 부용각으로 정해주니, 신부가 부용각으로 들어 평상복으로 갈아입고 그림이 그려진 병풍에 의지해 앉았다. 방생이 아버지의 명령에 따라 신방으로 나아가니, 신부가 꾸밈 없이 몸을 일으켰다가 다시 자리에 앉아 몸을 가지런히 했다. 그런 신부의 태도가 더욱 아리땁고 산뜻해 방생은 마치 원앙이 맑고 푸른 물을 만난 것처럼 기쁨을 이기지 못했다. 이후 김소저가 시부모를 지극한 효성으로 섬기고 남편을 예로 대접하니, 승상과 부인이 소저를 몹시 사랑하고 방생 또한 소저를 매우 귀하게 대했다.

이때부터 승상은 조정에 일이 없으면 곧바로 해월각으로 가서 며느리를 앞에 앉히고 담소를 나누는 등 지극히 사랑했으며, 부인 영씨와 더

5) 옥빈홍안(玉鬢紅顔): 옥 같은 귀밑머리와 붉은 얼굴이라는 뜻으로, 아름다운 젊은이를 이르는 말.

불어 시를 짓거나 바둑을 두는 등 한가로운 생활을 마음껏 즐겼다.

이해가 다 가고 다음해 봄 천자께서 과거를 베푸셨는데, 방생이 시험에 응시해 갑과甲科에 장원으로 뽑혔다. 그날 천자께서 장원에 급제한 방생의 이름을 부르고 직접 어사화와 푸른 도포를 내려주시니, 방생이 어사화와 푸른 도포 차림으로 집에 돌아와 부모님께 절을 올렸다. 이에 모부인母夫人이 방생의 고운 손을 잡고 기뻐하며 말했다.

"네 부친이 열두 살에 장원을 하셨는데 너 또한 열세 살 어린 나이에 과거에 급제했으니 이 모든 것이 선조들께서 쌓아오신 덕 덕분인가 하노라."

승상도 매우 기뻐하며 큰 잔치를 베풀어 방생의 장원을 축하했다.

얼마 후 천자께서 방장원方壯元의 벼슬을 돋우어 도어사[6]에 제수하시고, 김소저에게는 봉황이 그려진 관과 꽃신을 내려주셨다. 그리하여 방승상 가문의 영광이 더욱 찬란하게 빛났다.

방어사가 맡은 직책을 아버지 방승상이 하는 것처럼 청렴하고 정직하게 수행하니, 임금께서 칭찬하며 말씀하셨다.

"방낙성은 옥당玉堂에서 제일가는 명사가 되어 충절과 재주와 명망이 아비보다 못하지 않으니, 이런 자식을 키우고 가르친 승상이 더욱 기특하도다."

이후에도 임금께서는 수시로 승상을 불러 어주를 하사하셨다.

세월이 빠르게 흘러 김소저가 결혼한 지 두어 해 만에 옥동자를 하나 낳으니, 승상과 부인이 그 아이를 장중보옥처럼 사랑했다. 어사도 김씨를 더욱 귀하게 대했으며, 어린 아들을 몹시 사랑해 이름을 현이라 하고 자를 방백이라 지었다.

6) 도어사(都御使): 어사의 우두머리.

도사가 예견한 죽음

그러던 어느 날 승상이 조회를 마친 후 천자를 모시고 조용히 담소를 나눌 때 천자께서 말씀하셨다.

"짐이 오래전부터 경의 문필을 사랑해 항상 경의 문필을 받아 병풍을 만들어 침전에 치고자 했으나, 그간 번거롭고 요란스러운 일들이 많아 경에게 부탁하지 못했노라. 오늘은 한가롭고 조용하니 글을 지어 금박을 입혀서 올리도록 하라."

승상이 아뢰었다.

"폐하께서는 마땅히 재주가 기특하고 필획이 아름다운 명필을 얻어 침전에 두고 보셔야 할 터인데, 어찌 신처럼 글재주가 없는 사람에게 시를 지어 바치라 하시나이까? 비록 그러하나 이처럼 하교하시니, 한번 못난 재주로 폐하의 웃음을 돕겠사옵니다."

임금께서 크게 기뻐하시며 좌우에 있는 시종들에게 일러 승상에게 얇고 흰 비단 여덟 폭과 용미연[1]과 봉미필[2]을 가져다주라고 하셨다. 승상이 비단을 펼치고 즉시 글을 써내려가니, 임금께서 글제의 어려움을 조금도 걱정하지 않고 주저 없이 재빠르게 글을 쓰는 승상의 신이한 재주에 탄복하셨다. 승상이 마지막으로 쓴 글에 금박을 입혀서 어탑에 받들어 올리니, 임금께서 더욱 기특하게 여기며 그 글을 받아 보셨다. 필획이 정밀하면서도 공교하고 글자체가 맑고 깨끗해 광채가 났으며, 글의 내용도 지극히 올바르고 이치에 합당한 정론이었다. 임금께서 다 보시고는 크게 칭찬하며 말씀하셨다.

"경의 문장과 필법을 익히 알고 있었지만 이토록 기이하고 아름다울 줄은 미처 몰랐노라. 오래전부터 이런 문장을 얻어 금자金字로 새기고자 했지만 뜻을 실현할 수 없었는데, 오늘에야 소원을 이루었도다. 무엇으로 경의 공에 보답하리오?"

승상이 정색을 하고 아뢰었다.

"폐하께서 용렬한 신의 재주를 과히 칭찬하시니, 부끄럽고 송구스러움을 이기지 못하겠나이다. 어찌 그것을 공이라 하십니까? 이는 신이 바라는 바가 아니옵나이다."

임금께서 듣고 웃으시며 손수 쓰신 책 두 권과 황금으로 된 서진 한 쌍, 그리고 칠보로 장식한 통천관通天冠을 내려주시니, 승상이 머리를 조아려 은혜에 감사를 표하고 물러나왔다. 임금께서는 즉시 장인을 불러 승상의 글로 금자 병풍을 만들어 침전에 치게 하시고, 볼 때마다 승상의 뛰어난 재주를 칭찬하셨다.

승상이 집으로 돌아와 부인을 대하며 연석[3]에서 있었던 일을 이야기하고, 어사를 불러 천자께 하사받은 책과 서진을 주면서 말했다.

"내가 임금께 얻은 것을 네게 전하노라."

어사는 크게 기뻐하며 두 손으로 공손하게 책과 서진을 받아 들고 물

1) 용미연(龍尾硯): 중국 장시성 용미산(龍尾山)에서 생산되는 좋은 벼루.
2) 봉미필(鳳尾筆): 봉황의 꼬리처럼 생겼다는 좋은 붓.
3) 연석(筵席): 임금과 신하가 모여 자문(諮問)이나 주달(奏達)을 하던 자리.

러났다. 어사가 물러간 후 승상이 통천관을 쓰는데, 부인이 쌀쌀맞게 웃으면서 말했다.

"폐하께서 군자에게 상급하신 것을 아들과 그대는 나누어 가지되, 어찌하여 첩에게는 아무것도 주지 않나이까?"

승상이 웃으면서 말했다.

"이것들은 모두 부인에게 쓸모없는 것이기에 주지 않았을 뿐이오. 하나 지금 부인이 몸에 걸치고 있는 것이 모두 내게서 나온 것이니, 그것만으로도 충분히 넉넉하다 할 것이오. 그런데도 이렇듯 투정하시니 부인의 욕심이 지나치게 심하구려."

부인이 가만히 웃으면서 말했다.

"나에게 쓸모없는 것이 어찌 유독 그대에게만 쓸모가 있겠소? 그런데도 굳이 이렇게 쾌활한 척하십니까?"

승상이 웃던 얼굴을 찡그리고 흥이 사그라들어 말했다.

"부인은 더이상 그런 말을 들먹이지 마오. 지금 사람들은 나를 어엿한 관료라 생각할지언정 그중에 특별히 의심하는 사람을 보지 못했소이다."

부인이 가만히 웃기만 했다.

이때 방어사의 명망이 더욱 높아져 천자께서 병부상서를 제수하시니, 방상서가 병부상서로서의 직책을 훌륭하게 수행했다. 이에 조야朝野가 모두 놀라고 임금님의 총애도 날로 더욱 깊어지시니, 누가 방상서를 추앙하지 아니하리오? 그러자 승상이 상서에게 경계하여 말했다.

"네가 불과 열일곱 살의 어린 나이에 벼슬이 일품一品에 오르고 지위가 육경六卿에 이르렀으니, 조물造物이 시기할까 두렵구나. 옛날 말에 이르기를, '그릇에 물이 차면 넘치고 달이 뚜렷하면 줄어든다' 했는데, 이는 세상의 당연한 이치니라. 하물며 '목이 마를 때 우물을 찾으면 기갈을 면할 수 있다'고 한다. 무릇 사람이 일을 당한 후에는 뉘우쳐도 소용없느니라. 내 아이는 모름지기 마음을 닦아 평소 검소하게 생활하도록 힘쓰고, 충성을 가다듬어 우리 선조의 명예를 더럽히지 마라."

상서가 아버지의 명을 받은 이후 더욱 조심하여 나라에 대한 충성과 부모에 대한 효성이 더욱 깊어지더라.

하루는 승상이 홀로 외헌外軒에 조용히 앉아 있는데, 홀연 갈건[4]을 쓰고 학창의[5]를 입은 사람이 대나무 지팡이를 짚고 승상 앞에 나타났다. 승상이 보니 그 사람의 기골이 신선처럼 고상하고 우아하기에 놀라서 어찌할 줄 모르다가 황급히 의관을 바로하고 나아가 맞으며 말했다.

"귀한 손님께서 이렇듯 누추한 곳에 찾아오셨는데, 제가 미처 예의를 갖추지 못하고 오래 서 계시게 하여 부끄럽기 그지없나이다. 청컨대, 대청으로 올라오소서."

그 사람이 허리를 굽히며 대답했다.

"빈도[6]는 천산도사라고 하온데, 작은 술법으로 가끔 관상을 보곤 하나이다. 지나가던 중 잠깐 들른 것이온데, 어찌 귀인께서 이렇듯 맞아주시리라 생각했겠나이까?"

승상이 활짝 웃으면서 말했다.

"도인께서 신이한 재주를 가지신 듯하니, 제 얼굴도 보아주소서."

도사가 한동안 승상의 얼굴을 지긋이 보고 있다가 대답했다.

"그대의 이마는 보름달처럼 넓고 팔자八字 눈썹은 높고 맑으니 비록 재주는 많으나 부모를 일찍 여읠 것이요, 코가 살지고 두 귀뺨은 희미한 복사꽃 같으니 출장입상出將入相하여 만인지상[7]이 될 것이요, 두 눈이 가늘고 길며 흐르는 눈빛이 물결 같으니 재기才氣가 넘치고 지극히 귀하게 될 것이요, 입술이 단사丹砂를 찍은 듯 얇으니 말주변은 소진蘇秦처럼 뛰

4) 갈건(葛巾): 칡베로 만든 두건.
5) 학창의(鶴氅衣): 소매가 넓고 뒤 솔기가 갈라진 흰옷의 가를 검은 천으로 넓게 댄 웃옷.
6) 빈도(貧道): 덕(德)이 적다는 뜻으로, 승려나 도사가 자기를 낮추어 이르는 일인칭 대명사.
7) 만인지상(萬人之上): 예전에, 영의정의 지위를 이르던 말.

어나고, 치아는 백옥처럼 희니 짐짓 나라를 위태롭게 할 만큼 아름다운 얼굴이옵니다. 그러나 너무 아름답기에 도리어 부부의 즐거움이 없을 것이요, 이마에 사마귀가 하나 있으며 피부가 너무 맑고 빼어나서 자녀가 없을 얼굴이요, 골격이 아담하고 풍치가 있으며 지저분하고 어지러운 속세의 태態가 전혀 없으니 수명은 사십을 넘지 못할 것이옵니다. 반드시 오래지 않아 천궁天宮에서 옥제玉帝께 조회朝會하게 되리이다. 제가 본 승상의 관상을 사실대로 아뢰었으니, 당돌한 점이 있었다면 용서하소서."

말을 마친 도사는 한줄기 맑은 바람이 되어 사라져버렸다. 다만 그가 앉아 있던 자리에 꽃부채가 하나 놓여 있었다. 승상이 집어서 보니 도사의 글이었다. 그 글에 이르기를,

"음양을 바꾸어 임금과 세상을 속였으니, 그에 대한 벌이 없지 아니하리로다. 천궁에 있을 때 방자하게 호색好色하여 이승에서 부부의 즐거움을 끊은 것이니, 스스로 그 죄를 아는가? 물이 그릇에 차면 넘치고 영화가 지극하면 슬픔이 오는 것이 세상의 이치니라. 이제 옥제께서 옛 신하를 보고자 하시니, 원컨대 내년 삼월 초나흗날에 공을 다시 만나길 기약하노라."

하였더라.

승상이 그 글을 다 보고 나서 하늘을 우러르며 탄식했다.

"내가 일개 아녀자로서 남자 행세를 한 지 이미 오래되었는데, 어찌 천벌이 없겠는가? 편안하고 태평함이 극에 달하면 이윽고 재난이 온다고 했다. 이제 천궁으로 돌아가 상제께 조회하고 부모님도 만나뵙고 싶구나. 다만 부인이 나 때문에 인륜을 모르고 젊은 시절을 헛되이 마치게 된 것이 가련하구나. 그러나 저 또한 더할 수 없이 맑고 깨끗하여 부부의 도리를 괴로워하는 사람이라. 우리가 서로 유비·관우·장비가 한날 죽지 않은 것을 낮게 여기며 한날한시에 죽기를 기약했는데, 이제 내가

먼저 죽으면 누구를 의지하리오? 아, 가련하고 안타깝구나."

승상은 안석에 의지해 멀리 하늘 끝을 바라보면서 남아로 태어나지 못한 것을 슬퍼했다.

그해 초가을 팔월에 김소저가 또 아들을 낳았는데, 그 아이가 구슬처럼 아름다워 첫째 아들 현과 조금도 다름이 없었다. 이에 승상과 부인이 크게 기뻐했다.

임금 앞에 본색을 밝히다

아아, 슬프도다. 어느덧 이해가 가고 다음해 봄이 되니, 방승상이 큰 잔치를 베풀고 삼 일 동안 조정의 모든 관리와 옛 친구와 친척들을 초대해 즐겼다. 승상이 다시는 이처럼 경사스러운 잔치를 보지 못하게 될 것을 슬퍼하며 옥 술잔을 잡고 처량하게 비가悲歌를 읊조리니, 그 소리가 곱고 청아하며 낭랑하고도 맑아 흘러가는 구름이 멈추고 봉황이 마주서서 너울너울 춤을 추는 듯했다. 이를 듣고 있던 사람들도 저절로 슬픈 마음이 일어나 모두 승상을 바라보며 탄식했다. 승상의 얼굴빛이 변하면서 오래도록 눈물을 머금고 있으니, 여러 사람이 놀라서 물었다.

"상공께서는 바야흐로 청춘이신데, 어찌 이렇듯 불길한 시를 지어 읊조리시나이까?"

승상이 처량한 목소리로 대답했다.

"제가 본래 기질이 약하고 질병이 있어 인간 세상에 오래 머물지 못할 듯합니다. 비록 나이는 아직 청춘이지만 다시는 여러분과 이처럼 즐거운 시간을 갖지 못하리란 생각이 들었습니다. 이에 저절로 슬픈 마음이 일어 가사歌詞를 지어 읊은 것인데, 뜻하지 않게 여러분께 염려를 끼치게 되었군요."

이어서 승상이 술상을 물리치고 안석에 의지해 몹시 슬퍼하면서 봉황 같은 눈에서 눈물을 흘려 소매를 적시니, 이를 지켜보고 있던 사람들이 매우 불안해하며 승상을 위로했다. 승상의 말을 듣고 놀란 상서가 승상에게 슬픔을 거두고 마음을 편안하게 가지라고 간청했으나 승상은 탄식하면서 상서의 손을 잡고 슬픈 감정을 억누르지 못했다. 이에 뜰에 가득 모여 있던 빈객들이 모두 안타까워하면서 흩어졌다.

이날 밤 승상이 상서 부부를 데리고 내당으로 들어가 영부인과 이야기를 나눌 때 간간이 한숨을 쉬면서 탄식하니, 며느리 김부인은 근심과 걱정을 떨치지 못하고 어찌할 줄 모른 채 두려워 떨기만 했다. 영부인은 그가 세상에 오래 머물지 못할 줄 알고 길이 탄식하며 말했다.

"우리 두 사람이 사십 년을 영화롭게 지냈으니, 태평함이 지극하면 슬픔이 오는 것은 당연한 일이오. 오로지 우리 두 사람은 서로 생사를 같이할 것입니다."

승상이 탄식하며 말했다.

"비록 우리가 지기로서 두터운 정을 나누었다고는 하나, 부인은 어찌 나를 따라서 죽으려 하십니까?"

승상 부부의 말을 듣고 있던 상서가 나아가 아뢰었다.

"아버지와 어머니께는 밖으로는 삼강오륜 중 부부유별의 이름이 있고, 안으로는 관중과 포숙아의 지음이 있사옵니다. 함께 백년해로하시게 될 터인데, 어찌 이렇듯 불길한 말씀들을 하시나이까?"

승상과 부인이 상서가 근심하는 것을 보고 걱정되어 도리어 상서 부부를 위로하더라.

이달부터 승상은 음식을 제대로 먹지 못하고 몸이 수척해지더니 마침내 자리에서 일어나지 못했으며, 영부인과 며느리 김부인은 망극하여 천명天命만 기다렸다. 그러던 어느 날 밤 승상의 꿈에 선친께서 나타나 말씀하셨다.

"네가 일개 소녀로 이같이 영귀榮貴하게 된 것은 천명이지만, 좋은 일이란 본래 오래가지 아니하느니라. 네가 남자처럼 건장한 체격이 아니라서 이 병을 이기지 못할 것이니, 이 일을 어찌하리오?"

승상이 상세히 묻고자 했으나 선친께서 또 말씀하시길,

"오래지 아니하여 너를 만나게 될 것이니 나는 바삐 가노라."

하고 서둘러 떠나셨다. 승상이 잠에서 깨어났으나 꿈에 나타난 일이 분명했는데, 부모를 만나 한마디 말도 못하고 홀홀히 떠나보낸 것이 한스럽기만 했다. 승상이 부인에게 꿈속에서 있었던 일을 말하며 슬퍼하니, 영부인도 간담肝膽이 다 녹는 듯 가슴이 아팠지만 억지로 참고 승상을 위로했다.

이후 승상의 병세가 더욱 위중해지니, 상서 내외는 망극하여 천지신명께 부친이 더 오래 살게 해달라고 빌었다. 천자께서도 어의를 보내어 승상의 병을 돌보게 하고 약탕을 친히 달여 보내시는 등 걱정을 많이 하셨으나, 승상의 병이 조금도 차도가 없다는 소식을 듣고 더욱 슬프고 안타깝게 여기셨다. 그러다가 승상을 다시 보지 못할까 염려해 친히 승상의 집에 이르시니, 승상이 병약한 몸을 움직여 조복朝服을 몸 위에 걸치고 어가御駕를 맞이했다. 천자께서 보시기에 승상의 용모가 수척하고 호흡이 가빠 며칠도 지탱하지 못할 듯했다. 천자가 놀라서 용안이 참혹해지면서 구슬픈 눈물을 흘렸다. 승상의 손을 잡고도 슬픈 나머지 차마 말씀을 이루지 못하시니, 승상이 상서의 부축을 받고 일어나 임금께 감사의 인사를 올렸다. 또한 자기의 본색이 죽은 뒤에 알려진다면 그것은 임금을 속이는 일일 뿐 아니라 신하의 도리가 아니라고 생각해, 마음을 굳게 정하고 병든 몸을 억지로 일으키며 임금께 아뢰었다.

"신이 오늘 용안을 마지막으로 뵈옵게 되었기에 그간의 소회를 모두 말씀드리고자 하오니, 성상께서는 죽을죄를 지은 저를 용서하소서."

천자께서 물으셨다.

"경에게 무슨 소회가 있는가?"

승상이 귀밑으로 구슬 같은 눈물을 비 오듯 흘리고 오열하며 아뢰었다.

"신은 본래 여자입니다. 일찍 부모가 돌아가시고 어린 생각에 가문이 망할까 염려하고 있었는데, 신이 열두 살 되던 해 폐하께서 널리 인재를 구하신다는 소식을 듣고 구경하려고 나왔다가 폐하의 성은을 입사와 오늘에 이르게 되었으나, 그간 신의 본색을 차마 아뢰지 못했사옵니다. 또한 영공이 강요하기에 부득이 영녀와 인연을 맺게 되었습니다. 영녀는 처음부터 신의 본색을 알고서도 성품이 괴이하여 발설하지 않았나이다. 그리하여 신과 영녀는 한낱 지기가 되어 다른 사람의 시비를 피한 지 오래되었사옵니다. 오늘에 이르러 신이 천벌을 받아 황천에 가게 되었기에 그간의 소회를 모두 아뢰옵나이다. 낙성도 신의 친아들이 아니라 하늘이 내려주신 것을 신이 기른 것이옵니다. 마침내 죽기에 이르러 더이상 폐하를 속일 수가 없어 실상을 모두 아뢰옵고, 또한 신이 규중의 여자인데도 몸을 함부로 드러내 예법을 흩트렸기에 감히 팔뚝 위의 주표를 보여드린 후 폐하와 세상을 속인 죗값을 청하고자 하나이다."

승상이 말을 마치고 넓은 소매를 걷어올려 옥처럼 고운 팔뚝의 주표를 드러내 어람御覽하시기를 기다렸다. 천자께서는 전혀 뜻하지 않게 승상의 참된 사정을 듣고 매우 놀라시더니, 이내 기쁜 얼굴로 크게 칭찬하여 말씀하셨다.

"오늘 경의 실상을 들으니 놀랍고도 기특하다. 경은 어질면서도 기이한 사람이도다. 규중 여인의 지혜가 어찌 이 같으리오? 규중의 연약한 몸이 이토록 지혜와 용기가 뛰어나고 굳세어 적진을 대할 때마다 신출귀몰하며 싸움마다 이길 줄 누가 알았겠는가? 짐은 경의 신체와 용모에 부족함이 없다고 생각했지만 오직 키가 다른 신하들에 비해 작고 수염이 없는 것을 이상하게 여기긴 했도다. 그러면서도 망연히 깨닫지 못해 경의 인륜을 온전하게 지켜주지 못했으니, 이는 짐이 어리석고 사리에 밝지 못한 탓이로다. 백 번 뉘우치고 천 번 애달파할지라도 누구를 원망하리오? 경은 안심하고 하루빨리 자리에서 일어나길 바라노라. 짐은 마땅히 저버리지 아니하리라. 주표를 보지 않을지라도 어찌 경의 절개를 모르겠는가?"

그러시더니, 승상의 일을 더욱 기이하게 여기며 천자가 재삼 승상을 위로하셨다.

천자께서는 승상이 십칠 년 동안 늘 남장을 하고 조정에 들어와 근시近侍하고, 태학사로서 문연각[1]에서 수없이 숙직을 했는데도 허다한 동료 관리들에게 주표를 들키지 않은 것을 희한하게 여기셨다. 또한 영씨의 높은 절개와 맑은 덕을 칭찬하며 영씨는 사람을 알아보는 눈도 탁월하지만 진정 의협심이 강한 여인이라고 탄복하시니, 천자를 모시고 있던 여러 신하도 승상과 영부인의 일을 희한하게 여기며 놀라고 아끼지 않는 사람이 없더라.

승상이 머리를 조아리며 죄를 청하여 아뢰었다.

"소신이 폐하를 속인 죄는 백번 죽어도 갚기 어려운 일이오니, 폐하께서 엄하게 다스려주시길 바라나이다."

천자께서 위로하여 말씀하시기를,

"경은 만고에 다시없을 영웅이요, 슬기롭고 절개가 굳은 여자로다. 이 세상에 경을 대적할 만한 사람이 없을 것인데, 어찌 경에게 죄가 있다고 하겠는가?"

하며 재삼 너그러운 말로 위로하셨다.

이에 승상이 대승상大丞相 광록후光祿侯의 인印을 받들어 올리니, 천자께

1) 문연각(文淵閣): 중국 명나라 · 청나라 때에, 북경에 있던 궁중 장서(藏書)의 전각(殿閣).

서 말씀하셨다.

"가당치 않다. 경의 공덕이 몹시 넓고 크며, 비록 몸은 승상이 되기에 적절하지 않은 여자이나 지금까지 항상 남자로 처신해왔으니, 어찌 경의 벼슬을 거둘 수 있겠는가? 이 문제는 경의 몸이 다 낫거든 처치할 것이니, 경은 어서 침소에 들라. 몸조리를 제대로 하지 못할까 두렵도다."

천자께서 재삼 당부하면서 승상의 뛰어난 재주와 높은 충절을 차마 잊지 못해 감탄의 눈물을 흘리시니, 승상이 길이 하직을 고하며 아뢰었다.

"소신이 회복하지 못할 것이기에 오늘 폐하께 마지막 인사를 바칩니다. 용안을 다시 뵙지 못하고 지하에 가게 되었으니, 엎드려 바라건대 성상께서는 저승으로 돌아가는 신 때문에 상심하지 마시고 천 년 넘도록 오래오래 편안하고 즐겁게 지내소서."

승상이 말을 마치고 눈물을 비 오듯이 흘려 비단 도포를 흠뻑 적시니, 천자께서도 처연히 눈물을 흘리며 재삼 승상을 위로하고 궁으로 돌아가셨다.

한날한시에 세상을 떠난 방승상과 영부인

승상은 붓과 먹을 구하여 명정[1]을 친히 쓰고, 향을 넣어 끓인 물을 재촉하여 목욕을 한 뒤 깨끗한 새 옷으로 갈아입었다. 그러고는 영부인과 아들 부부를 영결했는데, 영부인이 황하黃河의 물이 불어날 정도로 눈물을 철철 흘렸다.

이에 승상이 길게 탄식하고 오언시 한 수를 지어주었다.

"아아, 슬프도다. 그대와 함께 시를 짓고 읊조리는 것도 오늘이 마지막이구려."

부인이 시를 받아 보고 화답하며 슬퍼했다.

서평후가 이날이 되어서야 비로소 사위의 본색을 알고 넋이 나갈 정도로 놀라서 승상의 집으로 달려와 딸의 팔을 빼어 보니, 옥처럼 고운 팔 위에 앵두처럼 붉은 점 하나가 선명하게 보였다. 이에 영공이 탄식하며 말했다.

1) 명정(銘旌): 죽은 사람의 관직과 성씨 따위를 적은 기.

"승상의 본색을 몰라본 것은 다 내가 허술하고 어설픈 탓이거니와, 네 처신은 자식의 도리를 어긴 것이니라. 이렇게 지금까지 부모를 속인 것이 옳은 일이냐?"

영부인이 처량하고 슬픈 목소리로 아뢰었다.

"제가 그렇게 한 것은 한갓 승상을 위한 것이었을 뿐만 아니라 부모님께서 부질없이 놀라실까 염려했기 때문이옵니다. 비록 그러하나 아버지의 말씀을 듣고 보니 죽고자 해도 죽을 땅이 없을 정도로 죄송하옵니다."

서평후도 슬퍼하며 탄식하기를 그치지 않았다.

승상은 상서와 김소저를 가까이 오라고 해 경계하고 영결하니, 상서와 김소저가 망극하여 마음을 가라앉히지 못했다. 영부인과는 날이 어두워지도록 이야기를 나누면서 영결했는데, 그 말이나 말씨가 평소와 다름없이 침착하면서도 간절했다.

아아, 슬프도다. 이윽고 승상의 기운이 다하여 목숨이 끊어지니, 이때 승상의 나이 서른아홉 살이었다. 윗사람과 아랫사람을 가리지 않고 집안의 모든 사람이 통곡하니, 그 소리가 하늘까지 넘쳐흘렀다. 영부인이 자주 기절해 영공이 옆에서 붙들고 구완했으나, 영부인은 기운이 다해 숨을 가쁘게 헐떡이다가 이내 숨을 거두고 말았다. 아아, 애석하도다. 그러나 또한 두 사람이 천명에 따라 천상으로 돌아가 유쾌하게 즐기는도다.

서평후 부부는 뜻하지 않게 딸을 잃어 간장이 다 삭고 오장이 갈기갈기 찢기는 듯했다. 영공이 딸의 시신을 어루만지며 눈물로 흰 소매를 다 적시더니 탄식하며 말했다.

"너의 뛰어난 재주와 용모, 화려한 자태, 크고 훌륭한 덕이 가히 아깝도다."

아아, 슬프도다. 영부인 또한 목숨이 끊어졌으니, 어찌 불쌍하지 아니하리오?

천자께서는 상국相國이 별세했다는 말을 듣고 너무 애통해 사 일 동안 고기국물을 물리치고, 널 등 장례에 쓰이는 온갖 기물을 국례國禮로 하되 초상[2]에서부터 졸곡[3]에 이르기까지 모두 남자의 장례로 치르라고 명령하셨다. 또한 해와 달처럼 밝게 빛나는 승상의 충절과 관옥처럼 곱고 아름다운 승상의 얼굴을 생각할 때마다 보배를 잃고 수족을 베인 듯해서 한시도 승상을 잊지 못하셨다. 침전에 들어가 승상이 쓴 금자 병풍을 볼 때는 용루[4]로 어의御衣를 적시었으니, 천자께서 해를 꿰뚫을 만한 승상의 풍모를 얼마나 총애하셨는지 알 수 있으리라.

한편, 상서 부부는 승상과 영부인이 비록 친부모는 아니었으나 사랑하고 길러주신 은혜가 깊어 친자식 못지않게 두 분에 대한 정이 두텁고 넉넉했다. 그러던 차에 두 분을 연이어 잃은 고통을 만나게 되어 머리를 풀어헤치고 뛰면서 통곡해 뼈가 앙상하게 드러날 정도로 몸이 여위었다. 또한 상주喪主로서 장례를 주관하되, 보통 상례喪禮보다 더욱 극진하게 예의를 갖추더라.

일월日月이 여류如流하여 이윽고 발인하는 날이 임박하니 두 분을 장지로 모실 상여가 꾸며졌다. 상주를 앞세우고 상여가 나아가니, 상여를 따르는 조문객과 기구가 수백 리에 늘어섰고 붉은 명정과 흰 만사[5]는 길 가운데서 펄럭였다. 윗사람과 아랫사람들의 곡소리가 천지를 움직이니, 수운水雲이 참담하여 밝게 빛나던 해마저 희미해지더라. 상서 내외는 장

2) 초상(初喪): 사람이 죽어서 장사 지낼 때까지의 일.
3) 졸곡(卒哭): 삼우제를 지낸 뒤 곡을 끝낸다는 뜻으로 지내는 제사. 사람이 죽은 지 석 달 만에 오는 첫 정일(丁日)이나 해일(亥日)을 택하여 지낸다.
4) 용루(龍淚): 임금의 눈물.
5) 만사(輓詞): 죽은 이를 슬퍼하여 지은 글. 또는 그 글을 비단이나 종이에 적어 기(旗)처럼 만든 것.

사를 마치고 속절없이 반혼[6]하여 돌아와 신주를 사당에 안치했으니, 승상과 영부인이 생사를 같이한 지기로 한 무덤에 묻히게 된 것은 영원히 사라지지 않을 아름다운 이야기요, 천고에도 없던 기이한 일이었다.

상서 내외는 부모의 깊은 자취를 잊지 못해 아침저녁으로 눈물을 흘리며 슬프게 울었으며, 삼년상을 지내는 동안 한 번도 가볍게 운 일이 없고, 너무 슬퍼 심하게 통곡한 탓에 기운이 쇠약해져 뼈가 앙상하게 드러났다. 이러한 상서 내외의 효성과 의리에 탄복하지 않는 사람이 없었다.

천자께서도 자주 조문하시고, 소상[7]과 대상[8] 때는 예관禮官을 보내어 치제[9]하셨다. 승상에 대한 천자의 총애가 이토록 넓고 컸으니, 저승으로 돌아간 넋이라도 성은에 감격하리라. 상서는 삼년상을 마친 후 부모님의 사랑과 은혜를 잊지 못해 더욱 슬퍼했다.

방상서가 삼년상을 다 마치고 나자 천자께서 상서를 불러 위로하시고, 벼슬을 높여 참지정사[10] 태중대부[11]에 제수하셨다. 상서가 마지못해 조정에 나아가 임금께 충성을 다하고 맡은 일을 선친 못지않게 청렴강직하게 처리하니, 방상서를 칭찬하지 않는 사람이 없더라.

6) 반혼(返魂): 장례 지낸 뒤 신주(神主)를 집으로 모셔오는 일.
7) 소상(小祥): 사람이 죽은 지 1년 만에 지내는 제사.
8) 대상(大祥): 사람이 죽은 지 2년 만에 지내는 제사.
9) 치제(致祭): 임금이 제물과 제문을 보내어 죽은 신하를 제사 지내던 일. 또는 그 제사.
10) 참지정사(參知政事): 중서문하성에 속한 종2품 벼슬.
11) 태중태부(太中太傅): 왕세자의 교육을 맡아보던 종1품 벼슬.

가문의 영광

방참정方參政은 김부인과 화락하게 지내어 자녀를 많이 두었으며, 그 뒤에 자색姿色이 매우 뛰어난 이씨를 둘째 부인으로 맞이했다. 김부인이 이씨를 지극히 사랑해 두 사람이 자매처럼 지내고, 아황과 여영처럼 서로 좇아서 따르는 풍도가 있어 집안이 화목했다. 이에 주변에서 두 사람을 기리는 소리가 자자했다.

참정은 두 사람을 한결같이 소중하게 대하는 것을 집을 다스리는 법도로 삼았으나, 오히려 김부인을 더욱 극진히 대우했다. 이는 어린 나이에 김부인과 결혼해 함께 부모님의 삼년상을 모신 까닭에 자연히 김부인에게 마음이 조금 더 간 것일 뿐, 두 사람의 외모에 차이가 있었기 때문은 아니었다.

참정은 자녀를 많이 낳아 김부인과의 사이에 칠남삼녀를, 이씨와의 사이에 일남이녀를 두었다. 이들 자녀는 하나하나가 옥수경지[1]요 여수경

1) 옥수경지(玉樹瓊枝): 옥처럼 아름다운 나뭇가지라는 뜻으로, 번성하는 집안의 귀한 자손

금[2]이었다. 아들들은 풍류와 문장을 겸비했으며, 딸들은 화용월태에 백희[3]의 높은 절개와 부녀자로서 지녀야 할 어질고 너그러운 덕행을 갖추었다. 사위들도 모두 뛰어나서 서주西周의 강상[4]처럼 당대의 영웅호걸이었으며, 며느리들은 요조숙녀이더라.

참정의 벼슬이 점점 올라가 가정[5] 때는 우승상 진양후에 봉해졌으며, 후에 위국공이 되어 부귀가 혁혁했다. 열 명의 아들도 모두 벼슬이 높았으며, 장자長子인 현은 정승의 지위에까지 올랐다. 위국공 부부 세 사람은 모두 칠십여 살에 세상을 떠났는데, 이때 자손이 남자는 오십여 명이요 여자는 이십여 명이나 되었다. 당시 위국공보다 번성한 가문이 없었으며, 열 명의 아들도 모두 승상의 위엄과 풍모를 이어받아 벼슬이 일품一品에 이르렀으니, 가문의 빛남과 부귀가 명나라 조정에서 으뜸이더라.

방승상과 육촌 형제간인 민한림의 부인 방씨方氏는 위국공의 복록과 방승상의 기이한 일과 영부인의 의협義俠한 기질에 탄복하고, 그 집 사적事跡을 잘 알아 이렇듯 괴이한 말로 그 대략만을 기록해 세상에 전한다. 내가 비록 일가친척이었지만 현명공의 몸이 여자인 것을 몰랐는데, 현명공이 임종할 때 천자께 본색을 고백한 이후에야 비로소 그 사실을 깨달았다. 이 일을 전후로 해서 기이한 말이 많았지만 규중 여인의 견문이 고루하고 언담言談이 모호하여 세세한 이야기는 빠지고 대강만 기록한다. 위국공의 행적 또한 매우 신이하고 기이해 후세에 전할 것이 많지만

들을 이르는 말.

2) 여수경금(麗水硬金): 중국 여수에서 생산되는 단단하고 좋은 금.

3) 백희(伯姬): 중국 춘추시대 노(魯) 선공(宣公)의 딸. 궁궐에 불이 났으나 법도에 어긋나는 행동을 하지 않기 위해 궁에 남아 있다가 불에 타 죽었다고 한다.

4) 강상(姜尙): 무왕(武王)을 보좌하여 상(商)나라의 주(紂) 임금을 정벌하고 주(周)나라를 건립하는 데 큰 공을 세웠으며, 후대에는 흔히 '강태공'이라 불림.

5) 가정(嘉靖): 중국 명나라 세종 때의 연호(1522~1566).

그 이야기까지 기록하면 책의 권수가 너무 많아 번거로울 듯하고, 또한 정신이 혼미하여 그 사적을 다 모을 수가 없어 시작도 못했으니, 가히 안타깝고 애석하도다. 민한림 부인의 정신이 가물가물하고 어두운 것은 더욱 한탄할 일이더라.

애초 현명공의 소상小祥 때 위국공 부부가 눈물을 흘리며 목놓아 통곡하다가 기이한 꿈을 얻었는데, 꿈에 승상과 부인이 오색구름을 타고 내려와 아들의 손을 잡고 말하기를,

"우리는 본래 천상의 문곡성文曲星과 상아성[6]이었는데, 부부간의 정이 너무 깊어 잠시도 떨어지지 않았으며, 맡은 일도 아예 돌보지 않았노라. 상제께서 이를 밉게 여기시던 차에 태을太乙이 우리를 농간하려고 상제께 아뢰니, 상제께서 문곡성은 방가方家에 내치고 상아성은 영가에 내치셨느니라. 문곡성은 본래 남자이기에 남자의 사업을 해야 하는데 태을이 나를 희롱하려고 일부러 여자로 태어나게 하고, 또 영부인과 헛된 이름으로만 부부가 되게 하여 우리가 천상에서 너무 방자하게 행동한 것을 징벌했노라. 지난 일을 생각하면 할수록 우습고 한심하구나. 하나 이제 우리 둘 다 예전처럼 천상에서 화락하게 지내고 있으니, 너희는 서러워하지 말고 부디 가문의 명예를 빛내고 만수무강하라."

하고 표연히 하늘로 올라갔다. 위국공이 기이하게 여겼으나 발설하지 않다가 일을 다 마무리한 뒤 부인에게만 알렸다. 그런데 낮말은 새가 듣고 밤말은 쥐가 듣는다고 했듯이, 이 말이 나에게 전해져 여기에 기록하노라.

이 책은 원본을 베껴 옮기는 과정에 오자誤字와 난필亂筆이 많사오니,

6) 상아성(嫦娥星): 달.

보는 사람이 잘 살펴서 보시기 바람.

경자년庚子年 윤팔월閏八月 초육일初六日 등서謄書

| 원본 |

방한림전

딸로 태어난 방관주가 남자 행세를 하면서 자라다

ᄃᆡ명(大明)[1] 북경(北京) 유ᄒᆞ촌의 일위(一位) 셔생(書生)이 잇시니, 승명(姓名)은 (방)관쥬요 ᄌᆞ(字)난 문ᄇᆡᆨ[2]인니, 이곳 권문도[3] 명인(名人) 위군입졀(爲君立節)[4] 태학ᄉᆞ(太學士)[5] 츙녈공(忠烈公) 효유(孝孺)[6] 방시(方氏) 후예(後裔)라. 그 부친(父親)은 션죠(先朝)의 츙열(忠烈)노덕(德)이 쳥졍(淸淨)ᄒᆞ고, 그 모친(母親) 보씨난 슉녀현완지풍(淑女賢婉之風)[7]이라.

1) [교감] ᄃᆡ명: 낙성전 '대명 경덕 년간'. 쌍완기봉 '대명 명홍 년간'.
2) [교감] 문ᄇᆡᆨ: 낙성전 '문ᄇᆡᆨ'. 쌍완기봉 '묘ᄇᆡᆨ'.
3) [교감] 권문도: 낙성전 '건문됴'. 쌍완기봉 '건문시'. '건문(建文)'은 중국 명나라 혜제 때의 연호(1399~1402)다.
4) 위군입절(爲君立節): 임금을 위하여 절개를 세움.
5) 태학사(太學士): 경연(經筵)의 임무를 맡았던 한림원(翰林院)의 으뜸 벼슬아치.
6) 효유(孝孺): 중국 명나라 초기의 학자이면서 충신인 방효유(方孝孺). 1402년 연왕(燕王, 뒤의 영락제)이 황위(皇位)를 찬탈한 뒤, 그에게 즉위의 조(詔)를 기초하도록 명했는데, 끝까지 거부하다가 극형을 당했다.
7) 숙녀현완지풍(淑女賢婉之風): 어질고 아름다운 숙녀로서의 풍모.

부부(夫婦) 참치(參差)[8] 읍산 직화(財貨)로 상유(桑楡)[9]훈 여러 십년(十年)의[10] 싱산(生産)이 묘연(杳然)ᄒᆞ야 농장(弄璋)[11]의 경ᄉᆞ(慶事) 읍더니,[12] 노년(老年)의 비로쇼 일몽(一夢)을 읏고 옥(玉)으로 식이고 쏫갓튼 녀아(女兒)을 싱(生)ᄒᆞ니, 이곳 관쥬라. 비록 여아(女兒)나 산쳔경긔(山川精氣)를 모도아 난 ᄃᆞᆺ 광치(光彩) 찰난(燦爛)ᄒᆞ야 산실(産室)의 이향(異香)이 만실(滿室)ᄒᆞ고, 신치(身體ㅣ) 찰난ᄒᆞ야 일월졍긔(日月精氣)를 품슈발월(稟受發越)[13]ᄒᆞ여 풍용윤턱(風容潤澤)[14]ᄒᆞ며, 안광(眼光)이 츄슈(秋水) 깃고, 갓나희며 그이(奇異)훈 증죠(徵兆) 만터라. 부모 비록 남ᄌᆞ(男子) 아니믈 아연(啞然)ᄒᆞ나, 이러틋 그이(奇異)ᄒᆞ믈 희출만우[15]러라.

ᄎᆞ후(此後) 방공(方公) ᄂᆡ외(內外) 농장의 자미 다시 절원(絶遠)ᄒᆞ니, 여아 슈삼(數三) 셰(歲)의 풍용진식(風容才色)이 쇄락(灑落)[16]ᄒᆞ고 긔상(氣象)이 쥰슈(俊秀)ᄒᆞ야, 규리독녀(閨裏獨女)[17]의 거동(擧動)과 신양[18]이 날로 늠늠(凜凜)ᄒᆞ야, ᄇᆡᆨ년(白蓮) 갓튼 안식(顔色)과 츄쳔(秋天) 갓튼 긔운(氣運)이며 진쥬(珍珠) 갓튼 안광(眼光)이며, ᄇᆡ야흐로 말을 일으ᄆᆡ 글ᄌᆞ를 가라친니, 혼아흘 드러 열을 통(通)ᄒᆞ고 열을 드르면 쳔

8) 참치(參差): 길고 짧고 들쭉날쭉하여 가지런하지 아니함.
9) 상유(桑楡): 노년이나 만년을 비유적으로 이르는 말.
10) [교감] 참치 읍산 직화로 상유훈 여러 십년의: 낙성전 'ᄎᆞᆷ치 업산 지ᄒᆞ을 득ᄒᆞ년지 여러 십년의'. 쌍완기봉 '상쥬ᄒᆞ여 동쥬 여러 세월의'.
11) 농장(弄璋): 아들을 낳은 즐거움.
12) [교감] 싱산이 묘연ᄒᆞ야 농장의 경ᄉᆞ 읍더니: 낙성전 '싱ᄌᆞ하기 묘년ᄒᆞ야 농장의 경녀 업더니'. 쌍완기봉 '싱산이 ᄎᆞ연ᄒᆞᄆᆡ 부뷔 조션 탁ᄉᆞ를 우려ᄒᆞ더니'.
13) 품수발월(稟受發越): 선천적으로 타고난 용모가 깨끗하고 훤칠함.
14) 풍용윤택(風容潤澤): 풍채에서 윤기가 남.
15) [교감] 희출만우: 낙성전 '희출망의'. '희출망외(喜出望外, 뜻밖의 일에 기뻐함)'의 오기인 듯하다.
16) 쇄락(灑落): 기분이나 몸이 상쾌하고 깨끗함.
17) [교감] 규리독녀: 낙성전 '규리옥녀'.
18) [교감] 신양: 낙성전 '신장'.

(千)을 ᄭᆡ친니, 부모 ᄋᆡ즁(愛重)ᄒᆞ야 아달 읍스믈 ᄒᆞᆫ(恨)치 안니ᄒᆞ고 홍금ᄎᆡ의(紅錦彩衣)[19]로 입피되, 문ᄇᆡᆨ 쇼제(小姐) 쳔셩(天性)이 쇼탈(疎脫)ᄒᆞ고 금소(儉素)ᄒᆞ야 취삼(翠衫)[20]으로 졔긴[21] 옷슬 입고ᄌᆞ ᄒᆞ난지라.[22]

방공 ᄂᆡ외 녀ᄋᆞ의 뜻슬 맛쵸아 쇼원(所願)ᄃᆡ로 남복(男服)을 지여 입피고, 아직 어린 고로 여공(女工)을 가라치지 안고 오직 시셔(詩書)[23]를 가라친니, 방쇼제(方小姐) 나히 어리나 셔공(書工)이 날로 장진(長進)ᄒᆞ야 시셔ᄇᆡᆨ가어(詩書百家語)[24]를 무불통지(無不通知)ᄒᆞ야 니두(李杜)[25]를 모시(侮視)[26]ᄒᆞ니, 용안풍ᄎᆡ(容顏風采) 더옥 쇄락(灑落)ᄒᆞ야 츄월(秋月)이 무광(無光)ᄒᆞ고 츈화(春花) 붓그럴지라. 츄쳔 갓ᄐᆞᆫ 긔상(氣像)과 만월(滿月) 갓튼 이마의 교교(皎皎)ᄒᆞᆫ 자ᄐᆡ(姿態) 진션진미(盡善盡美)ᄒᆞ야 일월경긔를 모도이슨니, 일홈이 원근(遠近)의 진동(振動)ᄒᆞ고 공열(功烈)이 쳔츄(千秋)의 유방(流芳)[27]할 쥬를 알더라.

방젹수션(紡績修繕)을 권(勸)ᄒᆞᆫ즉 스ᄉᆞ로 폐(廢)ᄒᆞ니, 부모 ᄯᅩᄒᆞᆫ 여ᄋᆞ의 ᄌᆡ모(才貌) 범인(凡人)이 안니라 ᄯᅩᄒᆞᆫ 슬피 역이믈 굿ᄐᆡ여 권치 안코, 여복(女服)을 나오지 안이ᄒᆞ고 친쳑(親戚)으로 ᄒᆞ야금 아달이라

19) 홍금채의(紅錦彩衣): 붉은 비단에 여러 가지 빛깔과 무늬를 넣어 만든 옷.
20) 취삼(翠衫): 윗도리에 입는 홑옷 가운데 짙푸른 빛을 띠는 적삼.
21) 체긴: 얽은.
22) [교감] 홍금ᄎᆡ의로 입피되~입고ᄌᆞ ᄒᆞ난지라: 낙성전 '홍금취삼을 장만ᄒᆞ여 닙피되 문ᄇᆡᆨ 쇼졔 쳔셩이 소탈ᄒᆞ고 고은 비촐 쉬치 아니ᄒᆞ고 취삼과 나상을 믈이치고 졔긴 오ᄉᆞᆯ 닙고져 ᄒᆞ난지라'. 쌍완기봉 '홍상ᄎᆡ의로 나온즉 쇼졔 녀ᄌᆞ의 정소을 물니쳐 ᄆᆞᄎᆞᆷᄂᆡ 입지 아니코 남ᄌᆞ 건복을 입고져 ᄒᆞᄂᆞᆫ지라'.
23) 시서(詩書): 유교 경전인 『시경詩經』과 『서경書經』.
24) 시서백가어(詩書百家語): 『시경』, 『서경』과 제자백가의 책을 아울러 이르는 말.
25) 이두(李杜): 당나라 때 시인인 이백(李白)과 두보(杜甫)를 아울러 이르는 말. 이백은 이별과 자연을 제재로 한 작품을 많이 남겨 시선(詩仙)으로 칭해졌으며, 두보는 인간의 슬픔을 노래한 작품을 많이 남겨 시성(詩聖)으로 불렸다.
26) 모시(侮視): 업신여기거나 하찮게 여겨 깔봄.
27) 유방(流芳): 꽃다운 이름이 후세에 길이 전함.

ᄒᆞ던니,[28] 불힝(不幸)ᄒᆞ야 문빅 소졔(小姐ㅣ) 팔(八) 셰(歲) 되미 방공 부부 일시(一時)의 쌍망(雙亡)ᄒᆞ니, 불의(不意)예 호천지통(呼天之痛)[29]을 만나 이훼(哀毁)ᄒᆞ미 예(禮)의 념고 집상(執喪)ᄒᆞ미 규구(規矩)의 어긔미 읍셔 친쳑과 노복(奴僕)으로 더부러 부모 양예(襄禮)[30]를 지닉고, 스ᄉᆞ로 가ᄉᆞ(家事)를 다ᄉᆞ려 삼ᄉᆞᆼ(三喪)을 극진(極盡)니 밧드러 죠셕(朝夕) 읍혈지통(泣血之痛)[31]을 방인(傍人)이 감동(感動)ᄒᆞ더라.

독셔(讀書)룰 부즈런이 ᄒᆞ고, 더옥 의ᄉᆡ(意思ㅣ) 여도(女道)의 다다라난 닝낙(冷落)ᄒᆞ야 일양(一樣) 남ᄌᆞ(男子)로 쳐신(處身)ᄒᆞ고, 비복(婢僕)을 위영(威令)ᄒᆞ야 ᄌᆞ가(自家) 본젹(本迹)을 친쳑도 아지 못ᄒᆞ던니,[32] 일일(一日)은 유모(乳母) 쥬유랑이 쇼져를 묘셔 말삼ᄒᆞ던니, 유모 고왈(告曰),

“이졔 쇼져의 방년(芳年)이 구(九) 셰라. ‘규리(閨裏)의 녀ᄌᆞ 십 셰의 불츌문외(不出門外)라’ ᄒᆞ온니, 원컨ᄃᆡ 공ᄌᆞ(公子)난 도라 ᄉᆡᆼ각ᄒᆞ시고 우온[33] 거죠(擧措)을 그만 긋치ᄉᆞ 나종을 어ᄌᆞ럽게 말으ᄉᆞ, 션노야(先老爺)[34] 부인(夫人) 영혼(靈魂)을 평안(平安)이 ᄒᆞ쇼셔.”

공ᄌᆞ 발연(勃然) 변ᄉᆡᆨ(變色) 왈(曰),

“ᄂᆡ 님의 션친(先親)과 모명(母命)을 밧ᄌᆞ와 남아(男兒)로 ᄒᆡᆼ(行)ᄒᆞᆫ지 십 년이 거의요, ᄒᆞᆫ 변도[35] ᄀᆡ복(改服)ᄒᆞᆫ ᄇᆡ 읍난니, 웃지 졸연(猝

28) [교감] 친쳑으로 ᄒᆞ야금 아달이라 ᄒᆞ던니: 낙성전 ‘친쳑으로 ᄒᆞ야 아달이라 ᄒᆞ더니’. 쌍완기봉 ‘향당친쳑이 다 남ᄌᆞ로 아라더니’.

29) 호천지통(呼天之痛): 하늘을 우러러 부르짖을 만큼 큰 고통으로, 부모가 죽은 것을 뜻함.

30) 양례(襄禮): 장례(葬禮).

31) 읍혈지통(泣血之痛): 부모의 상을 당해 피눈물을 흘릴 정도로 애달파함.

32) [교감] 일양 남ᄌᆞ로~아지 못ᄒᆞ던니: 낙성전 ‘일양 남ᄌᆞ로 쳬신ᄒᆞ고 비복을 위령ᄒᆞ야 ᄌᆞ가 본젹을 친쳑도 아지 못ᄒᆞ더니’. 쌍완기봉 ‘맹셰코 일싱 남ᄌᆞ로 힝셰ᄒᆞ여 남ᄋᆞ의 ᄃᆡᄂᆞᆫ ᄉᆞ업을 일우고져 정성이 구든지라’.

33) 우온: 우스운.

34) 선노야(先老爺): 돌아가신 남을 높여 이르는 말.

35) [교감] ᄒᆞᆫ 변도: ‘ᄒᆞᆫ 번도’의 오기.

然)이 닉의 집심(執心)을 곳치며, 션부모(先父母)의 뜻슬 져바리이요? 닉 맛당이 입신양명(立身揚名)ᄒᆞ야 부모의 후ᄉᆞ(後事)를 빗닉린니,[36] 어미ᄂᆞᆫ 괴로온 얼논(言論)을 다시 말나. 닉의 본ᄉᆞ[37]을 타인(他人)게 말을 말물 ᄇᆞ라노라.”

쳥파(聽罷)의 유모,

‘그 나히 어린 고로 힘이 읍셔 져런가?’[38]

ᄒᆞ여 다시 이르지 안코, 또 강열엄위(强烈嚴威)ᄒᆞ야 비복 등도 부츌구외(不出口外)라.

ᄎᆞ후(此後) 쇼져 독셔(讀書)를 줌심(潛心)ᄒᆞ고, 혹 병서(兵書)도 보며 무예(武藝)도 익케 니두(李杜)의 문장(文章)과 손오(孫吳)[39]의 모략(謀略)이 흉즁(胸中)의 감초니, 유광(流光)[40]이 가지록 신속(迅速)ᄒᆞ야 부모의 삼상(三喪)을 얼픗 지나미, 쇼졔 더옥 부모의 잣최 깁흐믈 슬어ᄒᆞ더라.

삼츈(三春)을 당(當)ᄒᆞ니 만화난만(萬花爛漫)ᄒᆞ고 경치(景致) 아음다음을 보고 심ᄉᆞ(心思) 울울(鬱鬱)ᄒᆞ야, 스ᄉᆞ로 심ᄉᆞ를 위로(慰勞)코ᄌᆞ ᄒᆞ야 가ᄉᆞ(家事)을 유모와 비복 등의게 맛기고, 일필(一匹) 쳥여(靑驢)[41]를 쓸고 동ᄌᆞ(童子) 슈인(數人)으로 원근산쳔(遠近山川)과 지방닉

36) [교감] 닉 맛당이~후ᄉᆞ를 빗닉린니: 낙성전 ‘닉 맛당이 입신양명ᄒᆞ야 부모의 후ᄉᆡ 빗나게 ᄒᆞ리니’. 쌍완기봉 ‘뭇당이 입신양명ᄒᆞ여 현양부모ᄒᆞ고 놉히 계리롤 색거 농각을 붓들고 출댱닙상ᄒᆞ여 남졍북벌의 동졍셔벌ᄒᆞ여 님군을 요순으로 돕ᄉᆞ와 이음양슌ᄉᆞ시ᄒᆞᄂᆞᆫ 경승이 되리니’.

37) 본사: ‘본색’의 방언.

38) [교감] 그 나히~읍셔 져런가: 낙성전 ‘그 나히 어리어 혜임의 쳘히 져타’. 쌍완기봉 ‘그 나희 되디 아녀 이러ᄒᆞ미라’.

39) 손오(孫吳): 중국 춘추전국시대의 병법가인 손무(孫武)와 오기(吳起)를 아울러 이르는 말. 손무는 오나라에서 절도와 규율 있는 군사를 양성하였고 병법서인 『손자孫子』를 지었으며, 오기는 초나라에서 도왕(悼王)의 재상이 되어 법치적 개혁을 추진하였고 병법서인 『오자吳子』를 지었다.

40) 유광(流光): 흐르는 물과 같이 빠른 세월을 비유적으로 이르는 말.

41) 청려(靑驢): 털빛이 검푸른 당나귀.

히(地方大海)를 두로 도라, 곳곳치 풍경(風景)이 졀승(絶勝)ᄒᆞ야[42] 곳칠 보면 흉중(胸中)의 문ᄌᆞᆼ(文章)이 이러난니, 시흥(詩興)이 도도(滔滔)ᄒᆞ야 암상(巖上)의 쓰고 졔명(題名)하며, 일셰[43] 져문즉 암ᄌᆞ(庵子)의 유슉(留宿)ᄒᆞ고,[44] 이럿틋 두류(周流)ᄒᆞ기를[45] 오륙(五六) 삭(朔)이라. 님의 삼춘이 다 진(盡)ᄒᆞ고 금풍(金風)[46]이 쇼슬(蕭瑟) 계츄(季秋)[47] 염간(念間)[48]이라. 단풍(丹楓)은 슈곡(水谷)의 불것고, 유지(柳枝) 만쳡(萬疊)ᄒᆞ야 낙엽(落葉)은 분분(紛紛)ᄒᆞ며, 하날 긔운(氣運)이 경영ᄒᆞᆫ지라.[49]

쇼셔 고향(故鄕)을 ᄉᆡᆼ각ᄒᆞ나 경ᄀᆡ(景槪)를 인연(因緣)ᄒᆞ야[50] 부즁(府中)을 이젓던니, 쵸동(初冬) 염간이라. ᄇᆡᆨ셜(白雪)이 편편(翩翩)호ᄆᆡ 상노(霜露) 만쳡ᄒᆞᆫ 곳의 홍ᄆᆡ화(紅梅花) 만발ᄒᆞ야 향취(香臭) 은은(隱隱)ᄒᆞ고, 삭풍(朔風)이 나의(羅衣)을 음즉인니, 집 써난 지 일연(一年)이라. 쳥여(靑驢)를 두루여 부즁의 일은니, ᄉᆡ로이 셜어 부모 영연(靈筵)[51]의 곡ᄇᆡ(哭拜)할ᄉᆡ 각골지통(刻骨之痛)을 마지 안터라.

시셰(詩書ㅣ)로 셰월(歲月)을 보니던니, 광음(光陰)이 임염(荏苒)[52]ᄒᆞ야 명연(明年) 츈(春)을 당(當)ᄒᆞ니, 방공ᄌᆞ(方公子)의 나희 십이(十二) 셰라. 풍용(豊容)ᄒᆞᆫ 긔질(氣質)과 곳다은 용안(容顔)이 ᄇᆡᆨ옥(白玉)을 식인듯, 단슌호치(丹脣皓齒)와 양목(兩目)이 ᄀᆡ졔그이(愷悌奇異)[53]ᄒᆞ야 인

42) [교감] 곳곳치 풍경이 졀승ᄒᆞ야: 낙성전 '송□의롤 널리며 고산 풍경이 졀승ᄒᆞ야'.
43) 일셰: '날씨'의 함경북도 방언.
44) [교감] 일셰 져문즉 암ᄌᆞ의 유슉ᄒᆞ고: 낙성전 '날이 져문즉 졀을 차ᄌᆞ 쉬여'.
45) [교감] 두류ᄒᆞ기를: 낙성전 '유산ᄒᆞ기을'. 쌍완기봉 '한가이 츌유ᄒᆞ여'.
46) 금풍(金風): '가을바람'을 달리 이르는 말. 오행에 따르면 가을은 금(金)에 해당한다는 데에서 이르는 말이다.
47) 계추(季秋): 음력 9월을 달리 이르는 말.
48) 염간(念間): 스무날 전후.
49) [교감] 하날 긔운이 경영ᄒᆞᆫ지라: 낙성전 '하날 기운이 쳥영ᄒᆞᆫ지라'.
50) [교감] 경ᄀᆡ를 인연ᄒᆞ야: 낙성전 '경ᄀᆡ 무궁ᄒᆞ여'.
51) 영연(靈筵): 죽은 사람의 영궤(靈几)와 그에 딸린 모든 것을 차려놓는 곳.
52) 임염(荏苒): 차츰차츰 세월이 지나거나 일이 되어감.
53) 개제기이(愷悌奇異): 단아하고 화평하면서도 매우 잘생김.

간(人間) 연인(女人) 즁(中) ᄉᆞ람갓지 안터라. 그 엄위(嚴威) 강열(强烈)ᄒᆞ야 죠금도 여ᄌᆞ의 연연ᄌᆞ약(娟娟自若)[54]ᄒᆞᆫ ᄐᆡ도(態度) 읍셔 묵묵단좌(黙黙端坐)ᄒᆞᆫ즉 동쳔ᄒᆞᆫ월(冬天寒月)이 벽쳔(碧天)의 걸여난 듯, 담소(談笑)를 일은즉 유ᄒᆞᆫ(幽閑)ᄒᆞ고 유슌(柔順)ᄒᆞ미[55] 삼동(三冬) 눈이 녹난 듯ᄒᆞ고, 풍ᄎᆡ(風采) 양유(楊柳) ᄀᆞᆺ고 ᄎᆡ봉양익(彩鳳兩翼)[56]이 표표(飄飄)ᄒᆞ니, 진실(眞實)노 젹강션인(謫降仙人)인 쥴 알더라. 겸(兼)ᄒᆞ야 문필(文筆)이 날로 장진(長進)ᄒᆞ야 ᄑᆡᄃᆡᆨ[57] 오십(五十)슈(首)와 죵왕(鍾王)[58]의 필학(筆學)을 압두(壓頭)ᄒᆞ고,[59] ᄌᆡ명(才名)이 ᄌᆞᄌᆞ(藉藉)ᄒᆞ야 일향(一鄕)의 모로이 읍셔 시인(時人)이 흠탄층복(欽歎稱服)[60]ᄒᆞ더라.

54) 연연자약(娟娟自若): 어여쁘고 얌전함. 섬약하고 얌전하다는 뜻의 '연연자약(軟娟自若)'으로 볼 수도 있다.

55) [교감] 유ᄒᆞᆫᄒᆞ고 유슌ᄒᆞ미: 낙성전 '유화ᄒᆞ고 부드러오미'.

56) 채봉양익(彩鳳兩翼): 빛깔이 곱고 아름다운 봉황새의 두 날개.

57) [교감] ᄑᆡᄃᆡᆨ: 'ᄑᆡᆼᄐᆡᆨ(彭澤)'의 오기. 팽택은 본래 중국 강서성에 있는 고을 이름인데, 도잠(陶潛)이 이곳 현령(縣令)을 지냈으므로 도연명의 별칭으로도 쓴다. 도잠은 405년에 팽택현(彭澤縣)의 현령이 되었으나, 80여 일 뒤「귀거래사」를 남기고 관직에서 물러나 귀향하였으며, 당나라 이후 육조(六朝) 최고의 시인이라 불린다.

58) 종왕(鍾王): 중국의 대표적인 서예가인 종요(鍾繇)와 왕희지(王羲之)를 아울러 이르는 말. 종요는 해서(楷書)에 뛰어나 후세에 종법(鍾法)으로 일컬어졌으며, 왕희지는 해서·행서(行書)·초서(草書)의 3체를 예술적 완성의 영역까지 끌어올려 서성(書聖)이라고 불린다.

59) [교감] ᄑᆡᄃᆡᆨ 오십슈와 죵왕의 필학을 압두ᄒᆞ고: 낙성전 'ᄒᆡᄃᆡᆨ 오십슈와 죵왕의 필획을 압두ᄒᆞ고'. 쌍완기봉 '문당ᄌᆡ화 고금을 압두ᄒᆞ니'.

60) 흠탄칭복(欽歎稱服): 매우 흠모하고 감탄하여 마음으로 따름.

관주가 장원급제하여 한림이 되다

ᄎᆞ셜(且說). 뎍덕 쳔ᄌᆞ(天子)[1] 셜과(設科)ᄒᆞᄉᆞ 인ᄌᆡ(人材)를 ᄲᆡ을ᄉᆡ, 궁향촌즁(窮鄉村中)과 방방곡곡(坊坊曲曲)의 셔ᄉᆡᆼ(書生)이 ᄒᆡᆼ장(行裝)을 ᄎᆞ려 경ᄉᆞ(京師)로 향(向)ᄒᆞᆯᄉᆡ, 방공ᄌᆞ 이 소식(消息)을 듯고 심즁(心中)의 상냥(商量)[2]ᄒᆞᄃᆡ,

'ᄂᆡ 비록 여자나 그 쳐신(處身)을 남ᄌᆞ로 ᄒᆞ여ᄉᆞᆫ니, 시속(時俗) 여ᄌᆞ의 가부(家夫) 셤기ᄂᆞᆫ 도(道)를 뉘ᄒᆞ리요?'[3]

ᄒᆞ고 드듸여 가인(家人)을 명(命)ᄒᆞ야 ᄒᆡᆼ장을 쥰비(準備)ᄒᆞ고, 유랑

1) [교감] 뎍덕 쳔ᄌᆞ: 낙성전 '뎡덕 텬ᄌᆡ'. 쌍완기봉 '졍덕 쳔ᄌᆡ'. '정덕(正德)'은 명나라 제10대 황제 명무종(明武宗)의 연호다.
2) 상량(商量): 헤아려서 잘 생각함.
3) [교감] ᄂᆡ 비록~도를 뉘ᄒᆞ리요: 낙성전 'ᄂᆡ 비록 녀ᄌᆞ나 그 쳐신을 남ᄌᆞ로 ᄒᆞ얀 지 십여 ᄌᆡ예 친쳑이닌 다 녀진 줄 모라난디라 ᄌᆞ쳐ᄒᆞ야 셰속 녀ᄌᆞ의 가부 셤기난 일을 능히 ᄒᆞ리오'. 쌍완기봉 '비록 몸이 일ᄀᆡ 녀ᄌᆡ나 쳐신을 임의 남ᄌᆞ로 ᄒᆞ연 지 십 년의 친쳑이니 내 여진 쥴 모르니 내 다시 ᄎᆞ마 엇디 녀ᄌᆞ로 ᄒᆡᆼ셰ᄒᆞ리오 당당이 경ᄉᆞ의 나아가 횡힝 득의ᄒᆞᆫ즉 조션을 빗내고 ᄂᆡ 몸이 텬달ᄒᆞ여 영귀ᄒᆞᆯ진ᄃᆡ 초야에 늘기에 낫다 아니랴 엇디 ᄉᆞ여ᄒᆞ여 셰속 녀ᄌᆞ의 가부 셤기ᄂᆞᆫ 소임을 ᄎᆞ마 ᄒᆡᆼᄒᆞ리오'.

(乳娘)[4]을 불너 가즁딕소사(家中大小事)를 믹기고, 창두(蒼頭)와 쇼동(小童)을 다리고 발힝(發行)하야 남면[5]의 일으어 쥬인(主人)[6]ᄒ고, 장중제구(場中諸具)[7]를 증든(整頓)하야 궐ᄒ(闕下)에 나아가 글제을 볼시, 시각(時刻)의 급(急)ᄒ미 이빅(李白)의 신속(迅速)ᄒ더라도 두ᄌ미(杜子美)[8] 흔퇴지(韓退之)[9]라도 능(能)히 손을 놀이지 못훌 거시로딕,[10] 방공ᄌ 조금도 의려(意慮)치 안ᄒ야 당건(唐巾)[11] 빅포[12]을 붓치고[13] 빅회(徘徊)ᄒ야 시(詩) 지을 의ᄉ(意思) 읍던니, 시각이 당ᄒ니 날호여[14] 깁을 펴고[15] 옥슈셤지(玉手纖指)[16]로 산호필(珊瑚筆)을 두루니, 필ᄒ(筆下)의 운영(雲影)이 일고 용봉(龍鳳)이 넘놀고 구용(九龍)이 셜여슷니, 묵광(墨光)이 영고비무(榮高飛舞)[17]ᄒ야 ᄉ의(辭意) 격졀고상

4) [교감] 유랑: 낙성전 '쥬유랑'. 쌍완기봉 '유모'.
5) [교감] 남면: 낙성전 '남경'. 쌍완기봉 '남경'. '남경(南京)'은 중국 강소성(江蘇省) 서남쪽에 있는 도시로, 명나라의 도읍지다.
6) 주인(主人): 잠시 머물러 있을 집을 정함.
7) 장중제구(場中諸具): 과거 시험장에서 쓰는 여러 도구.
8) 두자미(杜子美): 두보의 자.
9) 한퇴지(韓退之): 중국 당나라의 문인·정치가인 한유(韓愈)의 자. 한유는 당송 팔대가의 한 사람으로, 변려문(騈儷文)을 비판하고 고문(古文)을 주장했다.
10) [교감] 시각의 급ᄒ미~못훌 거시로딕: 낙성전 '시긱의 급ᄒᄆ 니빅의 신속ᄒ기라도 붓두겁을 덥흘 비오 글제 어려오미 두즘 한퇴지라도 능히 손을 놀니지 못훌 거시로딕'. 쌍완기봉 '시긱이 급홈과 글제의 어려오미 심ᄒ딕'.
11) 당건(唐巾): 예전에, 중국에서 쓰던 관(冠)의 하나. 당나라 때는 임금이 많이 썼으나, 뒤에는 사대부들이 사용했다.
12) 백포(白袍): 예전에, 주로 예복으로 겉에 입던 흰 도포.
13) 붓치고: 나부끼고.
14) 날호여: 느리게, 천천히.
15) [교감] 시 지을~깁을 펴고: 낙성전 '지을 의ᄉ 업더니 시긱의 다다라 젼두관이 글 직촉ᄒ난 금종이 셰 번 울매 날호여 깁을 펴고'. 쌍완기봉 '글 지을 의ᄉ 업더니 글 바치기을 직촉ᄒ미 공지 날호여 명긔롤 펴고'.
16) 옥수섬지(玉手纖指): 여성의 옥같이 아름다운 손과 가는 손가락을 이르는 말.
17) 영고비무(榮高飛舞): 매우 빛나고 날아 춤추는 듯함.

(激切高尙)[18]ᄒᆞ니, 회두(回頭) ᄉᆞ이[19]의 휘필(揮筆)ᄒᆞ여 동ᄒᆡᆼ(同行)ᄒᆞᆫ 션ᄇᆡ를 듀어 밧치라 ᄒᆞ고,[20] 두루 걸어 졔유(諸儒)의 작시(作詩)을 구경ᄒᆞᆯᄉᆡ, 모든 션ᄇᆡ 쇼년(少年)도 잇고 혹 귀밋ᄐᆡ ᄇᆡᆨ발을 드리우난 이도 잇고 듕연(中年) 유ᄉᆡᆼ(儒生)도 잇슬ᄉᆡ, 츄용둔탁(醜容鈍濁)[21]ᄒᆞ고 ᄀᆡ질(氣質)니 완츄(頑醜)[22]ᄒᆞ고 ᄀᆡ졔(愷悌)[23]ᄒᆞᆫ 쳥ᄉᆞ(淸士)의 무리로,[24] 유건(儒巾)[25]을 ᄡᅳ덕이며 쓰난 이도 잇고,[26] ᄒᆞᆫ 숀을 집고 읍쥬어리난 ᄌᆞ(者)도 잇고, 혹 먼져 지어노라 양양승승(揚揚乘勝)[27]ᄒᆞ난 ᄌᆞ도 잇스며, 혹 ᄀᆡᄉᆡᆨ(氣色)이 창황(惝怳)ᄒᆞ야 오작 붓끗찰 입의 물고 양슌치ᄒᆞ(兩脣齒下)[28]의 흑ᄉᆡᆨ(黑色)이 덥펴슨니, 공ᄌᆞ 일댱(一場)을 실쇼(失笑)ᄒᆞ고, 일변(一邊) 탄왈(嘆曰),

"아국(我國)의 가희 인ᄌᆡ(人才) 희쇼(稀少)ᄒᆞ야 ᄀᆡ광(其光)을 엿ᄎᆞ(如此)ᄒᆞ니 ᄎᆞ셕(嗟惜)ᄒᆞ도다."

잇ᄯᅢ 만셰황야(萬歲皇爺)[29] 구용어탑(九龍御榻)[30]의 좌(坐)ᄒᆞ시고 ᄇᆡᆨ관(百官)으로 더부러 모든 글을 보실ᄉᆡ, 여러 장(張)을 보시나 ᄒᆞ나도 쳔심(天心)의 영합(迎合)지 안이ᄉᆞ 쳔안(天顔)의 근심ᄒᆞ시던니, 최후(最

18) 격절고상(激切高尙): (말이나 글 따위가) 격렬하고 절실하며 품위가 있음.
19) 회두(回頭) 사이: 머리를 돌리는 사이로, 아주 짧은 시간을 뜻함.
20) [교감] 회두 ᄉᆞ이의~밧치라 ᄒᆞ고: 낙성전 '동ᄒᆡᆼ 션ᄇᆡ을 주어 밧치라 ᄒᆞ고'. 쌍완기봉 '쓰기ᄅᆞᆯ 맛치ᄆᆡ 부셜 더지고 거두어 서동을 주어 밧치라 ᄒᆞ고'.
21) 추용둔탁(醜容鈍濁): 용모가 추하고 재주가 없음.
22) 완추(頑醜): 둔하고 못남.
23) 개제(愷悌): 용모가 단아하고 기상이 화평함.
24) [교감] ᄀᆡ졔ᄒᆞᆫ 쳥ᄉᆞ의 무리로: 낙성전 '개셰ᄒᆞᆫ 쳥ᄉᆞ의 물어보며'.
25) 유건(儒巾): 조선시대 유생들이 쓰던 실내용 두건의 하나.
26) [교감] ᄀᆡ졔ᄒᆞᆫ 쳥ᄉᆞ의~이도 잇고: 낙성전 '개셰ᄒᆞᆫ 쳥ᄉᆞ의 물어보며 어즈러니 유건을 ᄡᅳ덕이며 쓰난 니도 잇고'.
27) 양양승승(揚揚乘勝): 뜻한 바를 이룬 듯이 만족해하며 뽐냄.
28) 양순치하(兩脣齒下): 두 입술과 이빨 아래.
29) 만세황야(萬歲皇爺): 황제를 높여 부르는 말로, 영원한 황제님이라는 뜻임.
30) 구룡어탑(九龍御榻): 아홉 마리의 용이 새겨진 임금의 의자.

後) ᄒᆞᆫ 장 시젼(詩箋)이 잇스니, 몬져 묵화비무(墨花飛舞)[31] ᄒᆞ고 오ᄎᆡ 영농(五彩玲瓏)ᄒᆞ야 셔긔상운(瑞氣祥雲)니 시젼의 덥펴시며 광후죠요(光輝照耀)ᄒᆞ니, ᄃᆡ경(大驚)ᄒᆞ야 어람(御覽)ᄒᆞ시니, 엇지 진즉의 모든 시(詩) 어리거날 다시 보신니, 엇지 진쇽(塵俗)의 무든 시ᄌᆡ(詩才)리요?[32] 필혹(筆劃)이 경공(精工)ᄒᆞ고 구룡쌍봉(九龍雙鳳)이 셔렷시며, 쥬옥(珠玉)을 헛친 ᄃᆞᆺ ᄉᆞ의(辭意) 심원공달(深遠宏達)ᄒᆞ고 묵묵쳥고(默默清高)ᄒᆞ야 시ᄌᆡ(詩才)난 운쳔(雲天)의 잇고 ᄉᆞ의 강산(江山)의 머무러신니, 용안(龍顏)니 ᄃᆡ열(大悅)ᄒᆞᄉᆞ 졔신(諸臣)을 보이시고 갈아ᄉᆞᄃᆡ,

"짐(朕)이 날이 기우도록 쳔여(千餘) 츅(軸) 시젼을 보되 맛참ᄂᆡ ᄌᆡ죠를 보지 못ᄒᆞ던니, 이 글이 쇄락향염(灑落香艷)ᄒᆞ야 소동파(蘇東坡)[33] 니젹션(李謫仙)[34]이라도 밋치지 못ᄒᆞ린니, 읏지 긔특(奇特)지 안이리요? 맛당니 이 글을 갑과(甲科)[35] 졔일(第一)을 삼으리라."

졔신이 일시(一時)의 득인(得人)ᄒᆞ시믈 ᄒᆞ례(賀禮)ᄒᆞ더라. 젼두관(展頭官)[36]이 그문을 셰 번 치고[37] 장원(壯元)을 호명(呼名) 왈,

"화쥬인 방관쥬! 년(年)이 십이(十二) 셰(歲)요, 기부(其父)난 유학[38]이라."

ᄒᆞ니 모다 실식(失色)ᄒᆞ더라.

31) 묵화비무(墨花飛舞): 꽃이 날아 춤추는 것처럼 글씨가 수려함.
32) [교감] 엇지 진즉의~무든 시ᄌᆡ리요: 낙성전 '엇지 진속의 므든 시지리오'.
33) 소동파(蘇東坡): 중국 북송의 문인인 소식(蘇軾)의 호. 당송팔대가의 한 사람으로 구법파(舊法派)의 대표자이며, 서화에도 능하였다.
34) 이적선(李謫仙): 이백(李白)을 일컬음.
35) 갑과(甲科): 조선시대에, 과거 합격자를 성적에 따라 나누던 세 등급 가운데 첫째 등급. 정원은 세 명으로, 1등인 장원랑(壯元郞)은 종6품, 2등인 방안(榜眼)과 3등인 탐화랑(探花郞)은 각각 정7품의 품계를 받았다.
36) 전두관(展頭官): 궁궐에서 임금의 명령을 알리는 일을 맡은 내시.
37) [교감] 그문을 셰 번 치고: 낙성전 '금고를 셰 번 치고'.
38) [교감] 유학: 낙성전 '유한'.

방소져(方小姐) 날호여 빅포(白袍)을 붓치고 편편(翩翩)이[39] 거러 옥계(玉階)의 다다러[40] 국궁(鞠躬)홀식, 만죠졔신(滿朝諸臣)이 훈번 보미 틱양(太陽)이 부상(扶桑)[41]의 도닷는 둣, 갓가이 보니 미목(眉目)이 각산의[42] 영긔(靈氣) 얼의엿고, 그 윤틱(潤澤)훈은[43] 츄슈(秋水)의 부용(芙蓉)이요 옥계(玉階)의 화왕(花王)[44]이라. 윤택(潤澤) 화려(華麗)ᄒᆞ믄 신유(新柳) 츈풍(春風)의 휘듯난 둣, 긔상(氣像)이 담염(澹艷)ᄒᆞ여[45] 경직(正直)ᄒᆞ고 슈려침즁(秀麗沈重)한이 일우 응젹(應敵)치 못할너라.[46]

상(上)이 딕희(大喜) 인즁(愛重)ᄒᆞ샤 각가이 불으ᄉᆞ 어화쳥삼(御花靑衫)[47]을 쥬시고 ᄉᆞ쥬(賜酒)ᄒᆞ신이, 댱원(壯元)이 임의 반취(半醉)ᄒᆞ미 셩안(星眼)[48]이 몽농(朦朧)ᄒᆞ고 옥(玉) 갓튼 귀밋틔 쥬긔(酒氣) 얼의여[49] 불근 긔운(氣運)이 빅옥(白玉)을 침노(侵擄)ᄒᆞ니 옥분(玉盆) 연화(蓮花) 퓌여난 둣, 어화(御花)을 수기고 젼계(殿階)의 사빅슉샤(四拜肅謝)ᄒᆞ야 쳔은(天恩)을 ᄉᆞ례(謝禮)홀식, 풍치(風采) 헌츌(軒出)ᄒᆞ고 법도(法度) 유여(有餘)ᄒᆞ여 틱을진군(太乙眞君)이 옥경(玉京)의 죠회(朝會)함 갓튼이, 만조(滿朝) 눈을 옴기고 칭찬(稱讚) 안이하리 읍더라.

쳔동쌍기(天童雙蓋)[50]와 금안빅마(金鞍白馬)를 쥬시고 할임학사(翰林

39) 편편(翩翩)히: 풍채가 멋스럽고 좋게.
40) [교감] 옥계의 다다러: 낙성전 '단지 하의 다ᄃᆞᄅᆞ매'.
41) 부상(扶桑): 해가 뜨는 동쪽 바다 속에 있다는 상상의 신령스러운 나무. 흔히 해가 뜨는 동쪽 바다를 일컫는다.
42) [교감] 각산의: 낙성전 '강산의'.
43) [교감] 윤틱훈은: 낙성전 '윤틱ᄒᆞ문'.
44) 화왕(花王): 여러 가지 꽃 가운데 왕이라는 뜻으로, 모란꽃을 달리 이르는 말.
45) [교감] 긔상이 담염ᄒᆞ여: 낙성전 '의상이 단엄ᄒᆞ여'.
46) [교감] 일우 응젹치 못할너라: 낙성전 '사긔 범치 못홀너라'.
47) 어화청삼(御花靑衫): 조선시대, 문무과에 급제한 사람에게 임금이 하사하던 종이꽃과 남색 도포.
48) 성안(星眼): 별 같은 눈.
49) [교감] 옥 갓튼 귀밋틔 쥬긔 얼의여: 낙성전 '옥 ᄀᆞᆺ튼 미모의 쥬긔 편힝ᄒᆞ야'.
50) 천동쌍개(天童雙蓋): 임금이 하사한 동자와 두 개의 일산(日傘).

學士)을 ᄒᆞ이신니, 방자원(方壯元)이 오ᄉᆞ금포(烏紗錦袍)[51]의 화동쌍기(花童雙蓋)를 거나려 궐무[52]의 나온이, 마상(馬上)의 아름다은 풍치 조요찰난(照耀燦爛)ᄒᆞ니 관광지(觀光者ㅣ) 구름갓치 모야 젼도(塡道)[53]ᄒᆞ더라.

상이 젼답노복(田畓奴僕)을 ᄉᆞ급(賜給)하시고 젼교(傳敎)ᄒᆞᄉᆞ 장원각(壯元閣)을 지여쥬실ᄉᆡ, 팔도(八道) 지부(知府)[54] ᄌᆞ사(刺史)[55] 등이 물역(物役)을 모아 젼교로[56] 장원각을 지은니, 읏지 범연(凡然)ᄒᆞ리요? 일슌(一旬)이[57] 못ᄒᆞ야 빅여(百餘) 간(間) 와가(瓦家)를 필역(畢役)ᄒᆞ니, 옥난쥬탑(玉欄朱闥)[58]과 긴 담과 불근 쳠ᄒᆞ(檐下) 은은(隱隱)ᄒᆞ야 반공(半空)의 쇼ᄉᆞ슨니, 장원니 외람(猥濫)함을 이긔지 못ᄒᆞ더라. 인(因)하야 직ᄉᆞ(職事)를 다ᄉᆞ리미 쳥염강직(淸廉剛直)ᄒᆞ고 혼시(漢時) 급암(汲黯)[59]과 당시(唐時) 위증(魏徵)[60]버덤 더ᄒᆞ더라.

방할님(方翰林)이 등용(登用)ᄒᆞ미 이 갓튼 영화(榮華)를 부모(父母)게 보이지 못ᄒᆞ물 슬어ᄒᆞ야 봉안(鳳眼)의 쥬루(珠淚) 쌍쌍(雙雙)ᄒᆞ더라. 이에 슈삭(數朔) 말유[61]을 어더 고향(故鄕)의 나려와 소분(掃墳)ᄒᆞ고, 가묘(家廟)을 모셔 쥬유랑만 다리고 기녀(其餘)난 고향을 직키라 ᄒᆞ고, 할님이 닙경(入京)ᄒᆞ야 너른 당(堂)의 봉안(奉安)ᄒᆞ고, 유모(乳母)를 더

51) 오사금포(烏紗錦袍): 벼슬아치들이 관복을 입을 때 쓰던 모자와 비단으로 만든 도포.
52) [교감] 궐무: '궐문(闕門)'의 오기.
53) 전도(塡道): 길을 메움.
54) 지부(知府): 주(州)와 현(縣)을 맡아 다스리던 으뜸 벼슬아치.
55) 자사(刺史): 군현(郡縣)을 감독하기 위하여 각 주에 둔 감찰관.
56) [교감] 젼교로: 낙성전 '텬ᄌᆞ 명으로'.
57) [교감] 일슌이: 낙성전 '이츈이'.
58) 옥난주탑(玉欄朱闥): 옥으로 만든 난간과 붉은 다락.
59) 급암(汲黯): 중국 전한(前漢) 무제 때의 간신(諫臣). 성정이 엄격하고 직간을 잘하여 무제로부터 '사직(社稷)의 신하'라는 말을 들었다.
60) 위징(魏徵): 중국 당나라 초기의 공신·학자. 현무문의 변(變) 이후, 태종을 모시고 간의대부가 되었다.
61) [교감] 말유: 낙성전 '말미'.

욱 후딕(厚待)ᄒᆞ니, 유랑(乳娘)이 쇼져(小姐) 이럿틋 하믈 민망(憫惘)하나 감히 다시 고치 못하니,[62] 큰 근심을 삼아시나 이 갓튼 영화(榮華)을 당(當)ᄒᆞ야 두굿기물[63] 마지 안터라.[64]

62) [교감] 다시 고치 못하니: 낙성전 '녀도을 권(홀) 뜻술 먹지 못ᄒᆞ고'.

63) 두굿기물: 기뻐함을.

64) [교감] 이 갓튼~마지 안터라: 낙성전 '이 갓탄 영화을 당ᄒᆞ야 일변 두굿기물 마지 아니터라'. 쌍완기봉 '이갓치 영화롤 당ᄒᆞ여 깃부고 황희ᄒᆞ믈 층양치 못ᄒᆞ더라'.

남자와 혼인하기 싫어하는 혜빙

만조공경(滿朝公卿)이 방할님의 옥모풍광(玉貌風光)으로 쇼년등과(少年登科)ᄒᆞ물 흠모(欽慕)ᄒᆞ야 구혼(求婚)ᄒᆞ리 구름 모듯 ᄒᆞ되, 할님의 마음의 민망(憫惘)코 우이 역여 허락(許諾) 안이ᄒᆞ던니, ᄎᆞ셜(且說) 병부상셔(兵部尙書) 겸(兼) ᄐᆡ학사(太學士) 셔평후 영의정(領議政)의[1] ᄌᆞ(字)난 균지니, ᄉᆞ람이 공금인후(恭儉仁厚)ᄒᆞ고 홍명증ᄃᆡ[2]ᄒᆞ야 츙셩(忠誠)이 관ᄃᆡ(寬大)ᄒᆞ야 쳔자(天子) 도음이 증도(正道)로 ᄒᆞ고, ᄉᆞ즁(舍中)의 일위(一位) 부인(婦人)을 두어슨니 쏘ᄒᆞᆫ 슉녀쳘부(淑女哲婦)라. ᄌᆡ화영투[3]와 참치(僭侈)ᄒᆞ미 읍슨니 화락(和樂)ᄒᆞᆫ 지 여러 ᄒᆡ의 슬ᄒᆞ(膝下)의 ᄌᆞ녀(子女) 션션(詵詵)[4]ᄒᆞ야 칠자오녀(七子五女)를 두어슨니,[5] ᄀᆡᄀᆡ

1) [교감] 영의정의: 낙성전 '영희졍', 쌍암기봉 '열영후여ᄒᆡ'.
2) [교감] 홍명증ᄃᆡ: 낙성전 '춍명졍ᄃᆡ'.
3) 재화영투: 미상. 재앙 및 사나움과 투기라는 뜻의 '재화영투(災禍獰妒)'로 볼 수도 있다.
4) 선선(詵詵): 매우 많음.
5) [교감] ᄉᆞ즁의 일위~칠자오녀를 두어슨니: 낙성전 '사듕 일위 부인을 두어시니 뜻는 숙네쳘부라 ᄌᆡ화영후와 ᄎᆞᆷ티ᄒᆞ미 업ᄉᆞ니 셔로 화락ᄒᆞ년 지 여러 십 년의 슬하의 장왜 션ᄒᆞ야 칠ᄌᆞ오녀

(箇箇) ᄉᆞ가옥슈(謝家玉樹)[6]요 슌가팔용(荀家八龍)[7]니라.[8] 남안(男兒ㄴ) 즉 발용인부봉익(攀龍鱗附鳳翼)[9]할 쳬격(體格)이요, 여아(女兒) 즉 요죠슉녀(窈窕淑女)며 군ᄌᆞ호구(君子狐裘)라.

부모 ᄋᆡ지즁지(愛之重之)ᄒᆞ고 연지셕지(憐之惜之)[10]ᄒᆞ야 퇴셔(擇壻) 심상(尋常)치 안턴니,[11] 우흐로 칠자ᄉᆞ녀(七子四女)난 셩혼(成婚)ᄒᆞ고 필녀(畢女) 헤빙쇼져 ᄌᆞ라흔니 방년(芳年)니 십삼 셰라.[12] 용화ᄌᆡ질(容華才質)[13]이 졔형(諸兄) 즁(中) 츌셰초츌(出世超出)[14]ᄒᆞ야 용모(容貌)를 의논(議論)ᄒᆞᆫ즉 즁츄망월(仲秋望月)니 ᄒᆞ슈(河水)의 빗겨난 듯, ᄇᆡᆨ년(白蓮) 갓튼 귀밋과 교교(皎皎)ᄒᆞᆫ 양협(兩頰)은 흐미ᄒᆞᆫ 도화(桃花) 갓고, 묘묘(妙妙)ᄒᆞᆫ 잉슌(櫻脣)은 단ᄉᆞ(丹砂)를 찍은 듯, 낭셩(狼星)[15] 갓튼 눈지[16]와 표표(飄飄)ᄒᆞᆫ 양익(兩翼)이 비봉(飛鳳)이 운산(雲山)을

을 두어시니'. 쌍완기봉 'ᄉᆞ즁의 부위씨 경경자쳬ᄒᆞ여 슉여 ᄉᆞ덕이 겸젼ᄒᆞ니 부부 화낙ᄒᆞ여 슬ᄒᆞ의 칠자오녀룰 두엇시니'.

6) 사가옥수(謝家玉樹): 사씨 집안의 아름다운 나무라는 뜻으로, 재주가 뛰어남을 일컬음. 중국 동진(東晋) 때의 명문가였던 사씨 집안에 뛰어난 인물이 많았던 데서 유래했다.

7) 순가팔용(荀家八龍): 순씨 집안의 여덟 마리 용. 중국 후한(後漢) 때 사람들이 덕업이 뛰어난 순숙(荀淑)의 여덟 아들을 일컬은 데서 유래했다.

8) [교감] ᄀᆡᄀᆡ ᄉᆞ가옥슈요 슌가팔용니라: 낙성전 '개해히 사가옥슈오 슌가팔용이라'. 쌍완기봉 'ᄀᆡᄀᆡ히 벽오의 ᄂᆞᆫ곡이요 남히예 오치쥐라'.

9) 반용인부봉익(攀龍鱗附鳳翼): 용의 비늘을 붙잡고 봉황의 날개에 붙는다는 뜻으로, 훌륭한 임금이나 스승을 섬겨 자신의 뜻을 이룸을 말함.

10) 연지석지(憐之惜之): 어여삐 여기고 아낌.

11) [교감] 퇴셔 심상치 안턴니: 낙성전 '택셔의 심상치 아니터니'. 쌍완기봉 '틱셔틱부롤 아름다이ᄒᆞ여'.

12) [교감] 필녀 헤빙쇼져 ᄌᆞ라흔니 방년니 십삼 셰라: 낙성전 '오직 필녀 혜빙소졔 ᄌᆞ난 모쥬니 ᄇᆞ야흐로 아람□온 봄이 십삼 셰라'. 쌍완기봉 '오딕 필여 혜셩의 ᄌᆞᄂᆞᆫ 묘쥐라 꼿짜온 ᄂᆞ히 십삼의 이라니'.

13) 용화재질(容華才質): 예쁜 용모와 뛰어난 자질.

14) 출세초출(出世超出): 세상에서 빼어남.

15) 낭성(狼星): 큰개자리에서 가장 밝은 청백색의 별.

16) 눈지: 정확한 뜻은 알 수 없으나, '눈동자'를 뜻하는 듯함.

향(向)ᄒᆞ난 듯, 셤셤셰료(纖纖細腰)난 축깁[17]을 묵근 듯,[18] 긔질(氣質)이 츄월(秋月) 갓고 셩졍(性情)이 동방한월(東方寒月) 갓터여, 기심(其心)이 쳘셕비옥(鐵石氷玉) 갓터여 표표양양(飄飄揚揚)ᄒᆞ야 홍진(紅塵) 쓰믈의 염여낙낙(念慮落落)[19]ᄒᆞ야, 문득 셰상(世上) 부부(夫婦)의 영욕(榮辱)을 초월(楚越)[20]갓치 빅쳑(排斥)ᄒᆞ야[21] 언언(言言)의 왈,

"녀ᄌᆞ(女子)난 죠인[22]니라. ᄇᆡᆨᄉᆞ(百事)의 임의 님의(任意)치 못ᄒᆞ야 그 사람의 졀졔(節制)을 밧나이, 남아 못될지ᄃᆡ 인윤(人倫)을 긋치미 올흐이라."

ᄒᆞ며 모든 졔형(諸兄)들의 구차(苟且)ᄒᆞ믈 우ᄉᆞ이,[23] 졔형덜이 활발(活潑)타 조롱(嘲弄)ᄒᆞ니 부모 다 그 심졍(心情)을 고히 역이던이,

17) 축깁: 정확한 뜻은 알 수 없으나, '촉깁(촉나라에서 나는 좋은 비단)'을 뜻하는 듯함.
18) [교감] 셤셤셰료난 축깁을 묵근 듯: 낙성전 '셤셤쵸외 촉집을 뭇근 듯ᄒᆞ여'.
19) 염려낙락(念慮落落): 조금도 염려하지 않음.
20) 초월(楚越): 중국 전국시대 초나라와 월나라의 사이라는 뜻으로, 서로 원수처럼 여기는 사이를 비유적으로 이르는 말.
21) [교감] 홍진 쓰믈의~초월갓치 빅쳑ᄒᆞ야: 낙성전 '홍진 듯글의 념녜낙낙ᄒᆞ야 문득 셰상 부부의 영욕을 쵸월ᄀᆞᆺ치 빅쳑ᄒᆞ야'. 쌍완기봉 '활달 ᄃᆡ로로 소ᄉᆞ롤 ᄃᆡ리 씨지 아니ᄒᆞ고 셰샹 믈욕의 버셔ᄂᆞ'.
22) [교감] 죠인: '죄인(罪人)'의 오기.
23) [교감] 모든 졔형들의 구차ᄒᆞ믈 우ᄉᆞ이: 낙성전 '모든 형들의 구ᄎᆞᄒᆞ물 우ᄉᆞ니'. 쌍완기봉 '졔형으로 여ᄌᆞ 소임의 구ᄎᆞᄒᆞ믈 디롱ᄒᆞ니'.

청혼을 허락하다

방할임을 영공이 크게 사랑ᄒᆞ야 구혼(求婚)ᄒᆞ물 지극(至極)히 ᄒᆞ니, 할임이 괴로오미 극(極)하나 쏘한 혜하리ᄆᆡ,

'임의 남자로 ᄒᆡᆼ셰(行世)ᄒᆞ야 종신(終身)코ᄌᆞ 하ᄆᆡ 쳐자(妻子)을 두지 아니면 방인(傍人)이 의혹(疑惑)ᄒᆞ리니, 차라리 아름다온 슉여(淑女)을 으더 평ᄉᆡᆼ(平生) 지긔(知己) 잇스(미) 맛당ᄒᆞ나 차마 ᄉᆞ람을 쇽여 인윤(人倫)을 희지으미[1] 어렵고, 쏘ᄒᆞᆫ 불초우인(不肖愚人)을 만나면 ᄌᆞ가(自家) 본ᄉᆞ(本事)을 누셜(漏泄)할가.'

천ᄉᆞ만상(千思萬想)ᄒᆞ나 계교(計巧) 업셔 다만 숀사(遜辭) 왈,

"학ᄉᆡᆼ(學生)이 아직 나히 어린고로 취쳐(娶妻)ᄒᆞ미 밧부지 안ᄉᆞᆸ고, 평생소원(平生所願)이 무렴(無鹽)[2]이라도 진즁(鎭重)ᄒᆞ고 부덕(婦德)

1) 희지음이: 해치기가. 훼손하기가. '희짓다'는 '남의 일에 방해가 되게 하다'라는 뜻이다.
2) 무염(無鹽): 전국시대 제(齊)나라 무염 출신의 추녀인 종리춘(鍾離春)을 일컬음. 비록 추녀이긴 하지만 남자 못지않은 기상과 담대한 야망, 깊은 지혜 및 국가 통치술에 대한 남다른 식견을 지닌 당대의 여걸이었다. 제선왕(齊宣王)이 정사를 돌보지 않고 나태와 안일에 빠져 있는 것을

의 여ᄌᆞ(女子)을 구(求)ᄒᆞ고, 비록 셔ᄌᆞ(西子)[3]의 ᄉᆡᆨ(色)이라도 심지(心志) 경여(輕如)ᄒᆞᆫ ᄌᆞ(者)난 원(願)치 안삽난니, 당돌(唐突)ᄒᆞ오나 ᄃᆡ인(大人)의 규슈(閨秀) 션악(善惡)이 엇더ᄒᆞ온지 모로온니, 감히 허(許)치 못ᄒᆞ리로쇼이다."[4]

셔평후 ᄎᆞ언(此言)을 듯고 심즁(心中)의 쥬의(主義) 잇셔 흔연(欣然) 쇼왈(笑曰)

"'요조슉녀(窈窕淑女)난 군ᄌᆞ호구(君子狐裘)요, 관관져구(關關雎鳩)난 ᄌᆡ하지쥬(在河之洲)라'[5] ᄒᆞ니, 노부(老父) ᄌᆞ식(子息) 기리미 가소연(可笑然)이와, 당금(當今)의 그ᄃᆡ 군ᄌᆞ지풍(君子之風)이 잇고 ᄂᆡ의 녀ᄋᆞ(女兒) 슉녀지풍(淑女之風)이 잇스니, 일어무로 발셜(發說)ᄒᆞ야난니 의심(疑心)치 말나."[6]

할임이 영공의 뜻슬 짐작(斟酌)ᄒᆞ고 부답(不答)ᄒᆞ니, 명일(明日) 쳥(請)ᄒᆞ난지라.[7] ᄃᆡ답(對答)ᄒᆞ고 도라간 후 명일 할임이 슈ᄅᆡ을 밀어

보고 그를 알현해 패업의 도를 역설한 이후 선왕이 크게 깨닫고 기뻐하여 종리춘을 왕후로 삼았다고 한다. 유향(劉向)의 『열녀전』에 그 행적이 상세하게 실려 있다.

3) 서자(西子): 중국 춘추시대 월나라의 미인인 서시(西施). 오나라에 패한 월나라 왕 구천(句踐)이 서시를 부차(夫差)에게 보내어 부차가 그 용모에 빠져 있는 사이 오나라를 멸망시켰다.

4) [교감] 평생소원이 무렴이라도~허치 못ᄒᆞ리로쇼이다: 낙성전 '평싱소원이 비록 무염이라도 진듕ᄒᆞ고 브덕의 녀ᄌᆞ을 구ᄒᆞ고 비록 셔ᄌᆞ의 ᄉᆡᆨ이라도 심디 경여ᄒᆞᆫ ᄌᆞᄂᆞᆫ 원치 아니잇ᄂᆞ니 당돌ᄒᆞ오나 대인의 규슈의 션악을 모라니 □히 허치 못ᄒᆞ리로소니다'. 쌍완기봉 '평싱 여ᄌᆞ 구ᄒᆞ미 비록 무념지ᄉᆡᆨ과 황서의 누른 머니와 ᄆᆡᆼ덕요의 머진 허리 ᄉᆞ모ᄒᆞ며 부덕의 여ᄌᆞᄅᆞᆯ 원ᄒᆞ고 셔ᄌᆞ의 ᄉᆡᆨ과 비연의 ᄀᆞᄂᆞᆫ 허니ᄅᆞᆯ 원치 아니ᄒᆞ노이다.'

5) 요조숙녀(窈窕淑女)는 군자호구(君子狐裘)요 관관저구(關關雎鳩)는 재하지주(在河之洲)라: 그윽하고 정숙한 여자는 군자의 좋은 짝이요, 끼룩끼룩 짝지어 우는 물수리는 황하의 모래톱에 있네. 『시경』 「주남周南」'관저關雎'에 나오는 구절인데, 원래는 앞뒤 구절이 바뀌어 있다.

6) [교감] 일어무로 발셜ᄒᆞ야난니 의심치 말나: 낙성전 '이러므로 발언ᄒᆞ엿ᄂᆞ니 족ᄒᆞᄂᆞᆫ 의심치 말고 다만 명일 누사의 임ᄒᆞ여 노부로 더브러 ᄆᆡ림ᄒᆞ의 향은 맛드미 엇더ᄒᆞᆫ요'. 쌍완기봉 '피ᄎᆞ 상젹ᄒᆞᆫ고로 발셜ᄒᆞ엿ᄂᆞ니 그ᄃᆡᄂᆞᆫ 의심티 말고 다만 명일노 오가의 이라라 노부로 더부러 ᄆᆡ념지ᄒᆞ의 향은을 맛드리미 엇더ᄒᆞ뇨'.

7) [교감] 할임이 영공의~명일 쳥ᄒᆞ난지라: 낙성전 '한님이 영공의 듯을 짐작ᄒᆞ고 심듕의 함소ᄒᆞ고 명ᄃᆡ로 ᄒᆞ리이다 ᄒᆞ더라'. 쌍완기봉 '한님이 영공의 쥬위ᄅᆞᆯ 딤ᄌᆞᆨ고 심듕의 함소ᄒᆞ며 다만 명ᄃᆡ로 ᄒᆞ리이다 ᄒᆞ더라.'

셔평후 부즁(府中)의 일은니, 후 듸희(大喜)ᄒᆞ야 마ᄌᆞ 칭ᄉᆞ(稱謝) 왈,

"작일(昨日) 당돌(唐突)이 족ᄒᆞ(足下)을 쳥하야던니, 빗난 님(臨)ᄒᆞ신니 희힝(喜幸)이로소이다."[8]

할임이 손ᄉᆞ(遜辭) 왈,

"웃지 희사(喜思)치 안이릿가?"[9]

셔평후 호쥬미친[10]을 드러 두어 슌빅(巡杯) 지나믜, 광슈(廣手)로[11] 슈염을 어로만져 흔흔(欣欣)니 우셔 왈,

"삭일의 형후[12]을 강굴(降屈)[13]하라 하문 다시(他事ㅣ) 안니라, 그듸 '안녀[14]의 션악(善惡)을 아지 못하믜 의심하야 허치 못ᄒᆞ노라' ᄒᆞᆫ즉, 특별이 한번 보여 의심(疑心)을 들인니, 모르미 의심치 말나."[15]

셜파(說罷)의 젼어(傳語)ᄒᆞ야 쇼져(小姐)를 명(命)ᄒᆞ니, 쇼져 이윽고 나와 부명(父命)을 응(應)할싀, 엇던 소년명ᄉᆞ(少年名士) 좌(座)의 잇스물 보믜, 경황(驚惶)ᄒᆞ야 명모(明眸)를 슉이고 단좌(端坐)ᄒᆞ믜 진슬(眞實)로 요조슉녀라. 일만틔도(一萬態度)와 힝지쳐신(行止處身)[16]이 단장(丹粧)이 읍스나, 할임이 ᄒᆞᆫ번 보믜 황년(晃然)이 깃분 의신(意思ㅣ) 낫

8) [교감] 작일 당돌이~님ᄒᆞ신니 희힝이로소이다: 낙성전 '작일 당도리 죡ᄒᆞ을 쳥ᄒᆞ얏더니 누지의 니님하시니 평싱 희힝이로소이다'. 쌍완기봉 '즉일 당돌이 현제롤 쳥ᄒᆞ엿더니 왕굴초목이더니 누ᄉᆞ의 광치 비승ᄒᆞ도다.'

9) [교감] 할임이 손ᄉᆞ 왈 웃지 희사치 안이릿가: 낙성전 '한님이 피셕 칭ᄉᆞᄒᆞ고'. 쌍완기봉 '한님이 피셕 치이ᄉᆞᄒᆞ고 좌의 드니'.

10) [교감] 호쥬미친: '호주미찬(好酒美饌, 좋은 술과 맛있는 안주)'의 오기. 낙성전에는 '호쥬미만'으로, 쌍완기봉에는 '호쥬미촌'으로 되어 있다.

11) [교감] 광슈로: 낙성전 '손으로'. 쌍완기봉 '손으로'.

12) 형후: 정확한 뜻은 알 수 없으나, 상대방을 높여 부르는 '형후(兄侯)'로 볼 수도 있음. 낙성전에는 '현후'로, 쌍완기봉에는 '현제'로 표기되어 있다.

13) 강굴(降屈): 남이 자기를 찾아온 것을 높여 이르는 말.

14) [교감] 안녀: '아녀(我女)'의 오기. 낙성전에는 '아녀'로, 쌍완기봉에는 '여ᄋᆞ'로 표기되어 있다.

15) [교감] 특별이 한번~의심치 말나: 낙성전 '별이 ᄒᆞᆫ번 보야 의심을 풀이니 모ᄅᆞ미 의심치 말나'. 쌍완기봉 '특별이 소녀로 하녀곰 ᄒᆞᆫ번 보믜 혐의 업ᄂᆞ니 모나미 고딥디 말나'.

16) 행지처신(行止處身): 행동거지와 몸가짐.

타나 옥면(玉面) 화긔(和氣) 우희염작[17]훈지라.[18] 심하(心下)의 경탄익모(驚歎愛慕)하며 칭찬(稱讚)하야,

'져럿틋훈 식모진여(色貌才女) 만고(萬古)를 지우려도 다시 웃지 못할 거시로딘, 슉녀 즈가(自家)의게 도라와 신륜[19]이 씃쳐지고 일싱(一生)이 민몰(埋沒)함을 상양(商量)컨딘, 잔잉코[20] 가셕(可惜)하나 다시 말 막을셰 읍셔.'

염실단좌(斂膝端坐)[21]하니, 공(公)이 가라딘,

"그딘 녀아(女兒)를 보니 웃지 결단(決斷)코자 하난요?"

할임이 흠신(欠身)[22] 딘왈(對曰),

"쇼져난 진실노 요죠숙녀라. 쇼싱(小生)이 복(福)이 손상(損傷)할가 두려할지연정 웃지 감히 사양(辭讓)하릿가?"

영공이 딘희(大喜)하야 만구칭ᄉ(萬口稱謝)하고, 할임과 여아를 보민 즘짓 빈필(配匹)[23]이라. 할임은 부용(芙蓉) 갓고 여아난 홍연(紅蓮) 갓

17) 우희염작: 웃음직함.
18) [교감] 쇼져 이음고~화긔 우희염작훈지라: 낙성전 '한님이 피셕궤슬 정식 왈 노션싱이 엇디 이런 희롱을 하눈잇가 옥면화긔 우희엄즉훈지라'. 쌍완기봉 '한님이 령금피셕하여 ᄉ양 왈 노션싱은 디극 존즁하시거놀 엇지 이런 어린 아희로 조롱하시ᄂ니잇가 혼인은 일눈디관이요 놈여유별하오니 엇지 감히 존소져 피현알하며 귀소제와 규방의 딘하리잇가 이눈 예법을 헛도이 잇고 만만불가훈가 하ᄂ이다 영공이 소왈 닉 또훈 짐즉하엿시니 굿하여 ᄉ양티 말고 소녀롤 보라 하고 언미즁의 향풍이 유나 소릐롤 견하더니 두어 시녀 일위 션ᄋ롤 붓드러 ᄂ오니 한님이 급히 이러 피ᄎ 예롤 필하고 좌졍하니 한님은 각모롤 슉이고 공경하여 힝혀 눈이 쇼져의 가지 아니니 영휘 우으며 골오딘 그딘 고딥도다 임의 샹의하여 보디 아니문 엇지뇨 한님이 편편 광슈롤 드러 흠신 칭사 왈 존딘인이 소싱을 이럿텃 사랑하시니 극골감ᄉ하오믈 이긔지 못하로소이다 이연 명모롤 드러 소제롤 괄목하니 광치 휘황하고 빅틱 현뇨하여 이슬 눈초 쏫송이갓치 후여하고 촌눈하여 수려하고 그이하미 빅틱 미진훈 곳 업ᄉ며 정정하고 쇄연하고 명달하고 통쾌하여 초셰출니 외모하여 진짓 빈혀 ᄭ즌 ᄉ군진요 치마 민 녀장부ᄅ'.
19) [교감] 신륜: '인륜(人倫)'의 오기.
20) [교감] 잔잉코: '잔인(殘忍)코'의 잘못.
21) 염슬단좌(斂膝端坐): 무릎을 거두고 옷자락을 바로하여 단정히 앉음.
22) 흠신(欠身): 공경하는 뜻을 나타내기 위하여 몸을 굽힘.
23) [교감] 빈필: 낙성전 '젹쉬'.

고, 할임은 쳥슈(淸水) 갓고 여아난 풍완(豊婉)하야 일월(日月) 한 쌍이 한가지 발가심 갓튼니, 영공이 대열(大悅)ᄒᆞ야 여아를 드러 보ᄂᆡ고 할임을 다리고 죵일(終日) 질기고 흣터지다.

어시(於時)의 방할임이 부즁의 도라가 영가 혼ᄉᆞ(婚事)를 쥬유랑을 보고 일은니, 유모(乳母) 실식(失色) 왈,

"가(可)치 안타. 우리 낭군(郎君)의 혼ᄉᆞ난 옥(玉) 갓튼 군ᄌᆞ(君子)의 잇스니, 읏지 규슈(閨秀)의 잇스리요? 이럿틋 고이(怪異)ᄒᆞᆫ 거죠(擧措)를 ᄒᆞ시고 나죵을 엇지려 ᄒᆞ신닛가?"

할임이 미소(微笑) 왈,

"이난 ᄂᆡ 혜아리미 잇난니, 모로미[24] 어미난 말만 츌구(出口)치 말고[25] 길예(吉禮)나 쥰비(準備)ᄒᆞ라. 이목(耳目)이 허다(許多)ᄒᆞ니 유모의 구셜(口舌)로써 나의 쳘옥(鐵玉) 갓튼 마음과 일싱(一生)을 희짓치 말나."

ᄒᆞ더라. 영가의셔 튁일(擇日)ᄒᆞ니, 양인(兩人) 길일(吉日)이 협슌(挾旬)[26]이 갈엿난지라.[27] 서평후 더욱 깃거ᄒᆞ더라.

24) 모로미: 모름지기.
25) [교감] 말만 츌구치 말고: 낙성전 '말 만히 구지 말고'. 쌍완기봉 '말만 허비치 말고'.
26) 협순(挾旬): 열흘 동안.
27) [교감] 양인 길일이 협슌이 갈엿난지라: 낙성전 '냥신 길일이 협슌이 가리렷는지라'. 쌍완기봉 '불과 슈일이 나렷더라'.

신랑은 숙녀

ᄌᆡ셜(再說).[1] 영소졔 혀빙이 부명(父命)으로 방할임을 보니 춍명신긔(聰明神奇)난 본ᄃᆡ 범인(凡人)이 안이라. 본ᄃᆡ 쇼리을 드러 션악(善惡)을 분변(分辨)ᄒᆞᆫ이, 엇지 그 얼굴을 ᄃᆡ(對)ᄒᆞ야 이르리요? 방할임이 비록 쥰슈(俊秀)ᄒᆞ나 오히려 영씨 일쌍(一生) 거울의난 능(能)히 용납(容納)ᄒᆞ며 빗츼지 못ᄒᆞ리요?[2] 졔 말소ᄅᆡ 낭낭(朗朗)ᄒᆞ나 ᄀᆞ날고 조용나작ᄒᆞᆫ이, 심ᄒᆞ(心下)의 고히(怪異)ᄒᆞ야 한번 츄파(秋波)을 빗기고 쾌(快)히 ᄭᆡ다라 상양(商量)ᄒᆞ기을 오ᄅᆡ ᄒᆞ더니,[3] 일어 ᄂᆡ당(內堂)의 드

1) 재설(再說): 다른 이야기를 하다가 다시 처음 이야기를 잇대어 할 때 그 첫머리에 쓰는 말.
2) [교감] 춍명신긔난 본ᄃᆡ~빗츼지 못ᄒᆞ리요: 낙성전 '춍명신긔는 본ᄃᆡ 범인이 아니라 소ᄅᆡ을 드러 션악을 분변ᄒᆞ니 엇디 그 얼굴을 ᄃᆡᄒᆞ여 니ᄅᆞ리오 방한님이 비록 쥰슈ᄒᆞ야 녀ᄌᆞ의는 골격이 늠늠츈상ᄒᆞ나 오히려 영소졔 닐싱 거울의 능히 □납ᄒᆞ며 빗최지 못ᄒᆞ리오'. 쌍완기봉 '총명신긔ᄒᆞ미 범인과 달나 지인ᄒᆞ는 안총과 소ᄅᆡ롤 드라니 션악을 분면ᄒᆞ니 엇지 그 남여롤 분변치 못ᄒᆞ리요 한님이 비록 쥰슈 늠늠ᄒᆞ여 여즁의는 골격이 잇시나 오히려 영소제 총명ᄒᆞ미 버셔ᄂᆞ디 못ᄒᆞ여 일월명광이 쌍으로 븨최니'.
3) [교감] 한번 츄파을~오ᄅᆡ ᄒᆞ더니: 낙성전 'ᄒᆞᆫ번 츄파을 흘니고 쾌히 ᄭᆡᄃᆞ라 상냥ᄒᆞ기을 오ᄅᆡᄒᆞ더니'. 쌍완기봉 'ᄒᆞᆫ번 효셩을 흘여 츌시ᄒᆞ고 소연 예지ᄒᆞ여 심히 샹냥ᄒᆞ기롤 오ᄅᆡ ᄒᆞ더니'.

려가 고요이 혜아려 가라딕,

"자고(自古)로 남자(男子) 호탕(豪宕) 고흔 싁(色)도 잇다 흔나 여자의계 닉도(來到)[4]흔이, 엇지 이런 남주 잇스리요? 이난 연연(娟娟)ᄒᆞ고 쇄락(灑落)ᄒᆞ야 이슬마즌 쏫송이 갓타여 무궁이 후익ᄒᆞ고[5] 빅틱가작(百態佳作)ᄒᆞ니, 반다시 월여셔[6] 부잘읍슨 남복(男服)을 ᄒᆞ야 부모 죠셰(早世)ᄒᆞ니 권(勸)ᄒᆞ야 여도(女道)을 가라치 리 읍셔, 이에 슷치 누리기 어려워[7] 일으럿슨니 진실(眞實)로 가쇼(可笑)연이와, 닉 보건딕 방씨 용안(容顔)이 쇄락(灑落)ᄒᆞ고 기지(擧止) 단엄(端嚴)ᄒᆞ야 일셰(一世) 긔남ᄌᆞ(奇男子)라.[8] 이런 영웅(英雄)의 여ᄌᆞ(女子)을 만나 일싱(一生) 지긔(知己) 되여 부부(夫婦)의 의(義)와 형제(兄弟)의 정(情)을 밋ᄌᆞ 일싱을 맛ᄎᆞ미 닉의 원(願)이라. 닉 본딕 남ᄌᆞ의 춍실(寵室)이 되여 그 졀제(節制)을 밧으며 눈셥을 그려 아당(阿黨)ᄒᆞ물 괴로이 역여 금실우지(琴瑟友之)의 죵고지낙(鐘鼓之樂)을 닉 원치 안텬니, 우연(偶然)이 이런 일이 잇슨니 웃지 우연(偶然)타 ᄒᆞ리요? 반다시 텬도(天道) 유의(留意)ᄒᆞ시미라. 슈건(手巾)과 빗슬 가음아난[9] 구구(區區)흔딕 이에셔 낫지 안니리요?"

싱쳘 옥결 가튼 빙심(氷心)이[10] 이럿틋 쥬의(主義)을 졍(定)ᄒᆞ며, 셰ᄉᆞ(世事) 더옥 부운(浮雲) 갓고 십분(十分) 쥬의(主義)도 잇으니 긔괴미

---

4) 내도(來到): 보다 뛰어난 힘이나 재주로 남을 눌러 꼼짝 못하게 함. 압도(壓倒).

5) 무궁이 후익하고: 미상.

6) [교감] 월여셔: 낙성전 '어려서'. 쌍완기봉 '어려셔붓터'.

7) [교감] 이에 슷치 누리기 어려워: 낙성전 '이예 굿치 누리기 어려워'. 쌍완기봉 '스ᄉᆞ로 슷치 누르지 못ᄒᆞ여'.

8) [교감] 일셰 긔남ᄌᆞ라: 낙성전 '일셰 긔남ᄌᆞ라'. 쌍완기봉 '일셰 긔예이라'.

9) 가음아난: 관리하는. 다스리는.

10) [교감] 싱쳘 옥결 가튼 빙심이: 낙성전 '일싱 쳘옥 굿튼 빙심이'.

사(奇怪美事)로다. 셕(昔)의 난산결의[11]와 유죵(兪鐘)[12]의 지음(知音)이 일너시나, 당금(當今) ᄎᆞ시(此時)의난 두 사ᄅᆞᆷ이로다.

11) 난산결의: 미상. 『삼국지연의』에서 유비, 관우, 장비가 맺었던 도원결의를 뜻할 수도 있다.
12) 유종(兪鐘): 중국 춘추시대 초나라 사람인 유백아(兪伯牙)와 종자기(鍾子期).

혼례를 올려 평생지기가 되리라

일월(日月)이 빅구(白駒)의 틈 지남[1] 갓타여 길일(吉日)이 님(臨)ᄒᆞ니, 양가(兩家)의셔 혼구(婚具)를 셩비(盛備)ᄒᆞ야 칙예(采禮)[2]를 보닉고 친영(親迎)할ᄉᆡ, 방할임이 옥모영풍(玉貌英風)으로 길복(吉服)을 닙고 위의(威儀)을 거ᄂᆞ려 혼가(婚家)로 힝(行)홀ᄉᆡ, 향긔(香氣)로온 바람은 길신(吉辰)[3]을 하례(賀禮)ᄒᆞ거날, 금안빅마(金鞍白馬)의 옹위(擁衛)ᄒᆞ야 나아간이, 관ᄌᆡ(觀者ㅣ) 탄상(歎賞)ᄒᆞ야,

"텬상낭(天上郎)이라."

ᄒᆞ더라.

영부의 일으러 텬지(天地)게 빅알(拜謁)ᄒᆞ고[4] 신부(新婦) 상교(上轎)

1) 백구의 틈 지남: 백구과극(白駒過隙). 흰 말이 지나가는 것을 문틈으로 보듯이 눈 깜짝할 사이라는 뜻으로, 세월이 너무 빨리 지나감을 이르는 말.

2) 채례(采禮): 혼인할 때, 사주단자의 교환이 끝난 후 정혼이 이루어진 증거로 신랑 집에서 신부 집으로 예물을 보냄. 또는 그 예물. 흔히 '납폐(納幣)'라고 한다.

3) 길신(吉辰): 길일(吉日).

4) [교감] 텬지게 빅알ᄒᆞ고: 낙성전 '텬□긔 빅알ᄒᆞ고'. 쌍완기봉 '유샹긔 기러기를 젼ᄒᆞ고'.

ᄒᆞ기를 기다일ᄉᆡ, 서평후 문방(文房)을 ᄂᆡ여 최장시(催粧詩) 짓기을 ᄌᆡ촉ᄒᆞ니, 이윽 실소(失笑)ᄒᆞ고 산호필(珊瑚筆)의 먹을 뭇쳐 ᄎᆡ젼(彩牋)을 펴고 쥬옥(珠玉)을 헷쳐 쓰기를 맛ᄎᆞᄆᆡ 밧드러 젼(傳)ᄒᆞ야 왈,

"쇼져[5] ᄌᆡ죠(才操) 둔(鈍)ᄒᆞ와 악장(岳丈)의 고안(高眼)을 욕(辱)되게 ᄒᆞ나이다."

서평후 바다 보니 시ᄉᆞ(詩思)의 그이(奇異)ᄒᆞ미 화풍화우(化風化雨)[6]ᄒᆞ난지라.[7] 깃분 우슴을 춤지 못ᄒᆞ니 듕빈(衆賓)의 치하(致賀) 분분(紛紛)ᄒᆞ니, 공(公)이 좌슈우응(左酬右應)[8]ᄒᆞ야 흔흔낙낙(欣欣樂樂)ᄒᆞ더라. 공의 칠ᄌᆞ(七子)와 ᄉᆞ셰(四壻ㅣ) 아름다오나 방ᄉᆡᆼ(方生)으로 비(比)컨ᄃᆡ 기아(棄珴)[9]와 공옥(空玉)[10]갓더라.

이윽고 신부 화홍장(花紅粧)[11]을 다ᄉᆞ리고 ᄎᆡ교(彩轎)의 올은니, 칠부(七寶)발[12]을 지우ᄆᆡ 할임이 슌금쇄악(純金鎖鑰)[13]을 드러 봉교(封轎)[14]ᄒᆞ거날, 위의(威儀)을 휘동(麾動)ᄒᆞ야 부즁(府中)의 일으러 교ᄇᆡ(交拜)을 맛고, 화쵹ᄒᆞ(華燭下)의 나아가 ᄌᆞᄒᆞ상(紫霞觴)을 난으고 칠부션(七寶扇)을 반ᄀᆡ(半開)ᄒᆞᄆᆡ, 신낭(新郎)이 눈을 드러 신부(新婦)을 보니 념념(焰焰)ᄒᆞᆫ 광ᄎᆡ(光彩) ᄉᆞ벽(四壁)의 죠요(照耀)ᄒᆞ고, 풍완(豊婉)ᄒᆞᆫ ᄀᆡ질(氣質)이 ᄉᆡ로온지라. 셕양(夕陽)의 동방(洞房)[15]의 나아가 할임은

5) [교감] 쇼져: 낙성전 '쇼지'. 쌍완기봉 '쇼셰'.
6) 화풍화우(化風化雨): 바람도 되고 비도 됨. 여기서는 시를 매우 잘 지었다는 뜻으로 쓰였다.
7) [교감] 시ᄉᆞ의 그이ᄒᆞ미 화풍화우ᄒᆞ난지라: 낙성전 '시ᄉᆞ 긔이ᄒᆞ미 화풍환우ᄒᆞᄂᆞᆫ디라'. 쌍완기봉 '귀법이 정공ᄒᆞ고 ᄉᆞ의 쳥신ᄒᆞ여 필하의 주목이 난낙ᄒᆞ니 이란바 웅문ᄃᆡᄌᆡ라'.
8) 좌수우응(左酬右應): 이쪽저쪽으로 부산하게 상대하고 응함.
9) 기아(棄珴): 버려진 구슬.
10) 공옥(空玉): 금이나 은으로 만든, 속이 비어 있는 구슬.
11) 화홍장(花紅粧): 미인의 아름다운 화장.
12) 칠보(七寶)발: 칠보로 장식한 주렴.
13) 순금쇄약(純金鎖鑰): 순금으로 만든 자물쇠.
14) 봉교(封轎): 기마를 봉함.
15) 동방(洞房): 청산 또는 신방(新房).

슈려(秀麗)ᄒᆞᆫ 미우(眉宇)[16]희 묵묵(黙黙)ᄒᆞᆫ 근심이 좀겻고, 영소져난 그 녀ᄌᆞ(女子)물 암희(暗喜)ᄒᆞ야 ᄒᆞ더라.

양(兩) 신인(新人)이 이윽히 상ᄃᆡ(相對)ᄒᆞ야 묵묵양구(黙黙良久)의 할임이 거슈(擧手)[17] 칭샤(稱謝) 왈,

"학ᄉᆡᆼ(學生)이 경박ᄒᆞᆫ[18] 필부(匹夫)여날, 악댱(岳丈)의 지우(知遇)ᄒᆞ시물 닙ᄉᆞ와 쇼제게 모쳠(冒瞻)[19]ᄒᆞ니, 그윽히 다ᄒᆡᆼ(多幸)ᄒᆞ은[20] 셔로 지긔(知己)될가 ᄇᆞ라나이다."

영쇼져 슈용졍금(修容整襟)[21] 왈,

"누쳡(陋妾)이 규방풍견(閨房風見)[22]의 고루(孤陋)ᄒᆞ야 불용누질(不用陋質)[23]노 셩명(性命)을 의지(依支)ᄒᆞ와 외람(猥濫)이 부부(夫婦)의 도(道)롤 일워시나, 읏지 지긔을 감당(堪當)ᄒᆞ릿고만은, 스ᄉᆞ로 도라보ᄉᆞ 여ᄌᆞ(女子)의 식견(識見)을 어듭게 말으쇼셔. 쳡(妾)이 군ᄌᆞ(君子)의 심ᄉᆞ(心事)을 누셜(漏泄)치 안이린니, 너무 속이지 말으쇼셔."[24]

할임이 의아ᄌᆞ괴(疑訝自愧)ᄒᆞ야 홀연(忽然) 단ᄉᆞ(丹沙)의 ᄇᆡᆨ옥(白玉)이 현난(眩亂)ᄒᆞ여 흔흔쇼(欣欣笑) 왈,

---

16) 미우(眉宇): 이마의 눈썹 근처.
17) [교감] 거슈: 낙성전 '거슈'. 쌍완기봉 '공슈'.
18) [교감] 경박ᄒᆞᆫ: 낙성전 '쳔박ᄒᆞᆫ'. 쌍완기봉 '쳔박ᄒᆞᆫ'.
19) 모쳠(冒瞻): 바라봄을 입음.
20) [교감] 다ᄒᆡᆼᄒᆞ은: 낙성전 '다ᄒᆡᆼᄒᆞᆷ은'.
21) 수용정금(修容整襟): 얼굴을 바로하고 옷깃을 여미어 모양을 바로잡음.
22) [교감] 규방풍견: 낙성전 '규방풍견'. 쌍완기봉 '규방문견'.
23) 불용누질(不用陋質): 쓸모없고 비천한 자질.
24) [교감] 누쳡이 규방풍견의~속이지 말으쇼셔: 낙성전 '우쳡이 규방풍견의 고루ᄒᆞ야 불용누질노 셩명을 의지ᄒᆞ와 외람이 부부의롤 일워 엇디 지긔을 감당ᄒᆞ리오 다만 스ᄉᆞ로 도라보샤 녀ᄌᆞ의 식견을 어둡게 마ᄅᆞ쇼셔 쳡이 군ᄌᆞ의 심ᄉᆞ을 누셜치 아니러니 너모 속이디 마라쇼셔'. 쌍완기봉 '쇼쳡은 규방문견 고로ᄒᆞ여 ᄇᆡ흔ᄇᆡ 업거놀 엄명으로 명공긔 도라오나 엇디 써 지긔롤 허ᄒᆞ미 물감당ᄒᆞ리잇고 다만 스ᄉᆞ로 옥의롤 헤아리ᄉᆞ 아여ᄌᆞ의 식견이 쳔박ᄒᆞ물 너무 비박히 녁이시니 불승슈괴ᄒᆞᄂᆞ니 쳡슈불혜라 군ᄌᆞ의 디긔롤 허ᄒᆞ거놀 셩권을 밧드러 엇디 누셜ᄒᆞ미 잇스리잇고 조곰도 의려치 마라쇼셔'.

"부인의 말삼이 뜻시 잇난니, 쥬직(主客)이 맛난 지 시직(時刻ㅣ)이 못ᄒᆞ야 쇽인다 칙(責)ᄒᆞ니, 그 ᄯᅳᆺ시 어ᄃᆡ 밋쳐난요? 자ᄉᆞ(仔細)이 ᄒᆡ셕(解釋)ᄒᆞ라."[25]

쇼져 화안(花顔)을 낫쵸와 경ᄉᆡᆨ부답(正色不答)이여날, 할임이 그윽히 영씨 ᄌᆞ가(自家) 알아보믈 슷치고 지인(知人)의 고명(高明)함을 경탄(驚歎)ᄒᆞ나, 너무 말그물 불열(不悅)ᄒᆞ야 다시 ᄀᆡ구(開口)치 안코 ᄎᆞ야(此夜)을 지ᄂᆡ다, 명일(明日) 신부 폐ᄇᆡᆨ(幣帛)을 맛초와 현ᄉᆞ당(見祠堂)홀ᄉᆡ, 할임과 엇ᄀᆡ를 갈와 작(酌)을 헌(獻)할ᄉᆡ, 할임이 셕ᄉᆞ(昔事)을 ᄉᆡᆼ각ᄒᆞ고 슬푸미 교집(交集)ᄒᆞ야 누슈(淚水) 연화양협(蓮花兩頰)[26]의 져즌니, 소졔 ᄯᅩᄒᆞᆫ 감동(感動)ᄒᆞ야 참연(慘然) 함누(含淚)러라.

쇼져의 침쇼(寢所)를 경전(正殿)[27] ᄒᆡ월각의 증(定)ᄒᆞ니 웃듬 큰 젼(殿)이라. 쥬탑옥난(朱闌玉欄)과 ᄉᆞ창분벽(紗窓粉壁)이 인셰(人世) 갓지 안터라. ᄎᆞ야(此夜)의 할임이 경침(正寢)의 일은니, 영쇼져난 규각(閨閣) 가온ᄃᆡ ᄒᆞᆫ갓 통쾌명달(痛快明達)ᄒᆞᆫ 여ᄌᆞ라. 님의 져 여즌 쥴 알고 이의 셩안(星眼)을 낫초고 피셕(避席)ᄒᆞ야 왈,

"쳡이 상공(相公)게 ᄒᆞᆫ번 고(告)홀 말삼이 잇슨니 용ᄉᆞ(容赦)ᄒᆞ쇼셔."[28]

할임이 졔 ᄌᆞ가 알아보물 이갓트물 보고[29] 탄왈(嘆曰),

25) [교감] 할임이 의아ᄌᆞ괴ᄒᆞ야~자ᄉᆞ이 ᄒᆡ셕ᄒᆞ라: 낙성전 '한림이 의아ᄌᆞ괴ᄒᆞ야 홀연 단ᄉᆞ의 ᄇᆡᆨ옥이 혈난ᄒᆞ여 흔흔쇼 왈 부인의 말이 ᄯᅳ지 잇ᄂᆞ니 쥬직이 맛난 지 시직이 넘지 못ᄒᆞ야 속인다 칙ᄒᆞ니 그 ᄯᅳ지 이예 밋쳐난요 ᄎᆞ시 ᄒᆡ셕ᄒᆞ라'. 쌍완기봉 '한님의 쳘옥ᄀᆞᆺ치 견고ᄒᆞᆫ 심경의도 의아ᄒᆞ고 ᄌᆞ겁ᄒᆞ미 이셔 십분 경여ᄒᆞ나 강잉ᄒᆞ여 흔연쇼 ᄃᆡ왈 부인의 뜻이 무슨 의ᄉᆡ 잇관ᄃᆡ ᄌᆞ의 말슴이 여ᄎᆞ 고이ᄒᆞ뇨 의아ᄒᆞ물 마디 아닌ᄂᆞ니 실진 무신홀디어다'.

26) 연화양협(蓮花兩頰): 연꽃처럼 고운 두 뺨.

27) [교감] 경전: 낙성전 '경젼'. 쌍완기봉 '즁당'.

28) [교감] 용ᄉᆞᄒᆞ쇼셔: 낙성전 '당돌ᄒᆞ물 용ᄉᆞᄒᆞ쇼셔'.

29) [교감] 할임이 졔 ᄌᆞ가 알아보물 이갓트물 보고: 낙성전 '한님이 져의 ᄌᆞ가 아라보미 이러틋ᄒᆞ믈 보고'. 쌍완기봉 '할님이 져의 이ᄀᆞᆺᄒᆞ물 보고 임의 ᄌᆞ가의 근본을 아라시물 쾌히 짐족고'.

"무삼 말노쎠 복(僕)의게 보닉고ᄌ ᄒ난요? ᄒᆞᆫ번 듯고ᄌ ᄒ나이다."

쇼져 염님(斂衽) 답왈,

"쇼쳡(小妾)이 만일 할임을 아지 못ᄒᆞᆫ즉 엇지 말이 당돌(唐突)ᄒ기의 밋츠릿고? 이윽히 혜아리미 할임이 일월(日月)을 쇽이며 셰상(世上)을 긔망(欺罔)ᄒ야 음양(陰陽)을 변착(變着)ᄒ시믈 아난니, ᄒᆞᆫ번 히셕(解釋)ᄒ신즉 쳡이 죵신(終身)토록 져ᄇ리지 아니리이다."

할임이 임의 이갓치 말근 결단(決斷)이 잇스물 항복(降服)ᄒ야[30] 일변(一邊) 참년(慘然)ᄒ고, 쳑연양구(戚然良久)[31]의 옥안(玉顔)의 쥬루(珠淚) 죵횡(縱橫)ᄒ야 능(能)히 긔운(氣運)을 슈습(收拾)지 못ᄒ야, 양구(良久) 후(後) 팔을 드러 사례(謝禮) 왈,

"복(僕)[32]은 근본(根本) ᄌ(子)의 의심(疑心)과 갓튼지라. 상쳔(上天)의 지즁(至重)ᄒᆞᆫ 죄별(罪罰)을 으더 팔(八) 셰(歲)의 양친(兩親)을 쌍망(雙亡)ᄒ고, 혈혈(孑孑)ᄒᆞᆫ 일신(一身)이 벽향궁쵼(僻鄕窮村)의 일가(一家ㅣ) 희쇼(稀少)ᄒᆞᆫ니 ᄉ고무탁(四顧無托)ᄒᆞᆫ지라. 계교(計巧) 궁진(窮盡)ᄒ야 스ᄉ로 이런 거죠(擧措)을 닉여 쇽졀읍시 셰월(歲月)을 쳔연(遷延)[33]ᄒ야 임의 십(十) 셰 되미, 어린 긔운(氣運)이 더욱 긋칠 쥬를 몰나 이 지경(地境)의 일으러던니, 금일(今日) ᄌ(子)의 쾌(快)히 알물 당(當)ᄒ야 감히 다시 쇽이지 못ᄒ난니, 나난 임의 길을 그릇 드럿고 곡경지심(曲徑之心)[34]이 잇셔 금실지낙(琴瑟之樂)을 불관(不關)이 역이건이와, 죤공(尊公)의 핍박(逼迫)ᄒ시물 면(免)치 못ᄒ야 쇼져의 인윤(人倫)을 작희(作戱)ᄒ온니, 참괴(慙愧)ᄒ미 낫들 곳시 읍스나, 다만 닉의

30) [교감] 이갓치 말근 결단이 잇스물 항복ᄒ야: 낙성전 '이갓치 발긱ᄒ물 항복ᄒ야'. 쌍완기봉 '여ᄎ 명달ᄒᆞᆫ 의리 통쾌ᄒ물 탄복ᄒ여'.

31) 척연양구(戚然良久): 한동안 슬퍼함.

32) 복(僕): 자기 자신을 낮추어 이르는 말.

33) 천연(遷延): 일이나 날짜 따위를 미루고 지체함.

34) 곡경지심(曲徑之心): 개인의 이익을 위하여 바르지 못한 방법이나 행동을 취하는 마음.

본젹(本迹)을 누셜(漏泄)치 못ᄒᆞ린이, ᄌᆞ의 침묵(沈默)ᄒᆞ물 ᄇᆞ라노라."

영쇼져 흔연(欣然) 왈,

"쳡이 임의 그ᄃᆡ를 쳐음의 볼 ᄃᆡ 과히[35] 아라보아난니, 이졔난 그ᄃᆡ와 한가지로 일ᄉᆡᆼ(一生)을 지ᄂᆡ여도 족(足)히 쳐ᄌᆞ(妻子)의 도(道)를 일치 안이 ᄒᆞ련이와, 다만 군(君)이 나히 만토록 슈염(鬚髥)이 나지 안인즉 어ᄂᆡ ᄉᆞ람이 모로리요? 그 시졀(時節)을 당ᄒᆞ야 시러곰 웃지 ᄒᆞ릿가?"

할임이 추연(惆然) 희허(唏歔) 왈,

"만ᄉᆡ(萬事ㅣ) 도여가물 바라난니 족히 염려(念慮)치 안이ᄒᆞ나, 쇼져의 일ᄉᆡᆼ(一生)을 염(念)ᄒᆞᄆᆡ 위(爲)ᄒᆞ야 가이 업건이와,[36] 임의 나를 위ᄒᆞ야 지기(知己)도여 일ᄉᆡᆼ을 ᄒᆞᆫᄀᆞ지로 맛고ᄌᆞᄒᆞᆫ즉 형졔(兄弟)의 의(義)를 ᄆᆡ져 칭명(稱名)이 어지럽게 마ᄉᆞ이다."

영쇼져 불열(不悅) 왈,

"불연(不然)ᄒᆞ여이다. 여ᄎᆞ(如此)ᄒᆞᆫ즉 ᄌᆞ연(自然)이 누셜(漏泄)ᄒᆞ여 부모 아르신즉 죠치 안이린니, 다만 부부(夫婦)의 예(禮)를 ᄎᆞ를 다음이라.[37] 웃지 ᄌᆞ져(趑趄)ᄒᆞ미 잇시리요?"

할임이 깃거 허락(許諾)ᄒᆞ고 이예 비상쥬표(臂上朱標)를 쇼져를 뵈니, 쇼져 ᄂᆡᆼ소(冷笑) 왈,

"방인(傍人)이 본즉 웃지려 ᄒᆞ난요?"

할임 왈,

"복이 스ᄉᆞ로 집히 감쵸아슨니, 뉘 능히 알 지(者ㅣ) 잇스리요?"

이인(二人)이 다 웃고, 쏘ᄒᆞᆫ 다ᄒᆡᆼ(多幸)ᄒᆞ문 지긔(知己)을 으더 셔로

35) [교감] 과히: 낙성전 '콰히'. 쌍완기봉 '쾌히'.
36) [교감] 쇼져의 일ᄉᆡᆼ을 염ᄒᆞᄆᆡ 위ᄒᆞ야 가이 업건이와: 낙성전 '쇼졔의 일ᄉᆡᆼ을 념녀ᄒᆞᄆᆡ 위히야 무안ᄒᆞ미 가이 업거니와'. 쌍완기봉 'ᄌᆞ의 일ᄉᆡᆼ을 위ᄒᆞ여 무안ᄒᆞ미 ᄀᆞ이 업ᄉᆞ나'.
37) [교감] ᄎᆞ를 다음이라: 낙성전 '출힐 ᄯᆞ람니라'.

미몰(埋沒)치 안이물 깃거ᄒᆞ더라.

ᄎᆞ후(此後) 양인(兩人)이 화락(和樂)ᄒᆞ야 할임이 됴당(朝堂)[38]의 갓다 오면 니당(內堂)의셔 동일(終日)ᄒᆞ고 외당(外堂)의 숀을 모흐지 안이닛, 고요ᄒᆞ믈[39] 더옥 칭찬(稱讚)ᄒᆞ더라.

방할임 승품작위(陞品爵位) 졔이회(第二回)

38) 조당(朝堂): 조정(朝廷).
39) [교감] 외당의 숀을 모흐지 안이닛 고요ᄒᆞ믈: 낙성전 '외당의 손을 모흐디 아니니 인인이 고요ᄒᆞ고 단경ᄒᆞ물'.

방한림이 형주 안찰사가 되어 민심을 안정시키다

화셜(話說). 방할님이 입죠(入朝) 수연(數年)이라. 옥당(玉堂) 졔일(第一) 명ᄉᆞ(名士) 되여 거관(居官)[1]의 슉직강엄(肅直强嚴)ᄒᆞ고 츙졀(忠節)이 관ᄃᆡ(寬大)ᄒᆞ야 텬ᄌᆞ(天子) 돕ᄉᆞ오미 당시(唐時) 위징(魏徵)과 한시(漢時) 급암(汲黯)으로 병구(竝具)ᄒᆞ니, 나히 비록 십삼(十三) 소아(小兒)나 만됴(滿朝) 그탄(忌憚)ᄒᆞ미 텬ᄌᆞ 버금이요 츄양(推仰)ᄒᆞ미 스승갓치 ᄒᆞ니, 할임이 집예(執禮)ᄒᆞ미 일월광명(日月光明)이오, 버살이 날로 더ᄒᆞ고 츙졀은 시(時)로 발근지라.[2]

상(上)이 ᄋᆡ지즁지(愛之重之)ᄒᆞᄉᆞ ᄐᆡᄌᆞ(太子) 위히요,[3] 버ᄉᆞᆯ을 도도사 이부시랑(吏部侍郎) 겸(兼) 태학ᄉᆞ(太學士)를 ᄒᆞ이신니, 할임이 ᄉᆞ양

1) 거관(居官): 벼슬살이를 하고 있음.
2) [교감] 만됴 그탄ᄒᆞ미~시로 발근지라: 낙성전 '만죠 긔탄ᄒᆞ미 텬ᄌᆞ 버금이오 츙앙ᄒᆞ믈 ᄒᆞᆫ 승싱ᄀᆞ치 ᄒᆞ니 한님이 집녜ᄒᆞ미 일월광명이오 벼ᄉᆞᆯ이 명망이 날노 더으고 튱셩은 시로 블근디라'. 쌍완기봉 '샹이 예우ᄒᆞ시미 시로 더으시고 만죄 공경ᄒᆞ고 두리미 텬ᄌᆞ 버금이라'.
3) [교감] 위히요: 낙성전 '우희오'.

(辭讓)ᄒᆞ나 득(得)지 못ᄒᆞ고, 가지록 츙졀을 가다듬어 힝실(行實)을 금옥군ᄌᆞ(金玉君子)로 ᄒᆞ야 쳥염강직(淸廉剛直)ᄒᆞ니 죠야(朝野) 부앙(俯項)ᄒᆞ고,[4] 상이 시랑(侍郎)을 보신즉 무릅을 쓰리치시고 말삼을 가다듬어 공경슈려ᄒᆞ시며[5] 별호(別號)를 강직현명열(剛直賢明烈)이라 ᄒᆞ신니, 일노ᄌᆞᆺᄎᆞ 물망(物望)과 쳥명(淸名)니 더욱 즁(重)ᄒᆞ더라.

상이 영쇼져을긔 봉관화리(鳳冠花履)[6]로 명부(命婦)의 복ᄉᆡᆼ[7]을 쥬신니, 영광(榮光)이 더옥 호셩(浩盛)[8]ᄒᆞ고 영쇼져 풍ᄎᆡ(風采)를 드은니,[9] 시ᄅᆡᆼ이 눈을 드러 쇼져를 보고 ᄂᆡᆼ쇼(冷笑) 왈,

"부인(夫人)니 학ᄉᆡᆼ(學生) 갓튼 가부(家夫)를 만나실ᄉᆡ, 십삼(十三) 쳥춘(靑春)의 ᄂᆡ의 원비(元妃) 되야[10] 봉관화리로 도으니, 죠달(早達)ᄒᆞ시물 ᄒᆞ례(賀禮)ᄒᆞ나이다."

영쇼져 화관(花冠)을 기우리고 단슌호치(丹脣皓齒) 현츌(顯出)ᄒᆞ야 왈,

"이 다 현후(賢侯)[11]의 은덕(恩德)이라. 승덕(盛德)이 산악(山岳) 갓건이와 여ᄌᆞ 가부의 은춍(恩寵) 이부미 살이(事理)의 올흘지라. 웃지 도로혀 앗기시난요?"[12]

---

4) [교감] 부앙ᄒᆞ고: 낙성전 '두려ᄒᆞ고'.

5) [교감] 말삼을 가다듬어 공경슈려ᄒᆞ시며: 낙성전 '안ᄉᆡᆨ 가다돔마 공경슈렴ᄒᆞ시며'.

6) 봉관화리(鳳冠花履): 봉황 무늬의 관과 꽃신.

7) [교감] 복ᄉᆡᆼ: '복ᄉᆡᆨ(服色)'의 오기.

8) 호성(浩盛): 크고 성함.

9) [교감] 상이 영쇼져을긔~풍ᄎᆡ를 드은니: 낙성전 '상이 영소져의 봉관화리로 명부의 복ᄉᆡᆨ을 주시니 영광이 더옥 효셩ᄒᆞ고 영쇼져 풍ᄎᆡ롤 도으시니'. 쌍완기봉 '샹이 영시로 봉관화리와 고명 직쳡을 쥬시니 영소졔 십삼의 명부 직쳡을 바다 풍ᄎᆡ롤 도으니 혁혁ᄒᆞ고 영요ᄒᆞᆫ 광ᄎᆡ 휘휘황홀ᄒᆞ고'.

10) [교감] ᄂᆡ의 원비 되야: 낙성전 '나의 원비 되야'. 쌍완기봉 '니부시랑 부인으로 ᄌᆡ샹의 원예 되여 고당의 안거ᄒᆞ니 이 엇지 부인의 복되미 아니리요 죠만의 ᄌᆡ츄ᄒᆞ여 첫부인과 십이 금자롤 가쵸리니 강작을 만나 엇지 제어ᄒᆞ려 ᄒᆞᄂᆞ뇨'.

11) 현후(賢侯): 상대를 높여 부르는 말.

12) [교감] 이 다~도로혀 앗기시난요: 낙성전 '이 다 현후의 은덕이라 셩덕이 산약ᄒᆡ디연이와 녀ᄌᆡ 가부으 은통 이부미 ᄉᆞ리예 올흔디라 엇디 도로혀 앗기시ᄂᆞ뇨'. 쌍완기봉 '상공의 은덕으로 이러틋 앙귀ᄒᆞ미 여산약ᄒᆡᄒᆞ나 녀ᄌᆡ 가부의 은혜 입오미 의당ᄉᆡ요 강작 만남도 샹ᄉᆡ라 아모리

시랑이 ᄃᆡ소(大笑)ᄒᆞ고, 또ᄒᆞᆫ 남아(男兒) 아니믈 슬어ᄒᆞ더라.

셔평후난 이런 쾌셔(快胥)[13]를 엇고 부부 양인(兩人)의 ᄋᆡ즁(愛重)ᄒᆞ미 슈유불이(須臾不離)[14]ᄒᆞ니 크게 하고, 가간ᄉᆞ(其間事) 일을 읏지 알이요?[15]

방시랑의 풍ᄎᆡ와 물망을 흠복(欽服)ᄒᆞ야 ᄌᆡ취(再娶) 구(求)ᄒᆞ난 ᄂᆡ역부졀(來繹不絶)[16]ᄒᆞ니, 시랑이 십분(十分) 괴로와 밀막어[17] 왈,

"쇼ᄉᆡᆼ(小生)이 고독일신(孤獨一身)이 변화[18]의 뜻이 읍신니, ᄒᆞᆫ 쳐ᄌᆞ(妻子)로 법(法)을 직키고 ᄌᆞᆼ신(終身)ᄒᆞ랴 ᄒᆞ난니, 읏지 타염(他念)이 잇시린고?"[19]

셜파(說罷)의 ᄀᆡᄉᆡᆨ(氣色)이 상셜(霜雪) 갓튼니, 감히 ᄌᆡ청(再請)치 못ᄒᆞ더라.

ᄎᆞ셜(且說). ᄌᆞ고(自古)로 쇼인(小人)이 농권(弄權)ᄒᆞ난지라.[20] 간신(奸臣)이 쥬왈(奏曰),

강작이 니ᄅᆞ나 ᄀᆡ롤 지우고 징을 울여 다토지 아닌즉 엇지 ᄒᆡ로오미 이시리오'.

13) 쾌서(快胥): 마음에 드는 좋은 사위.

14) 수유불리(須臾不離): 잠시도 떨어지지 않음.

15) [교감] 셔평후난 이런~읏지 알이요: 낙성전 '셔평후ᄂᆞᆫ 이런 쾌셔 엇고 부부 냥닌의 ᄋᆡ듕ᄒᆞ미 옥수 ᄀᆞᆺᄒᆞ니 크게 깃거ᄒᆞ고 기간ᄉᆞ 이의을 모ᄅᆞ더라'. 쌍완기봉 '영공은 이런 쾌셔롤 어더 부뷔 상득ᄒᆞ고 금슬이 조화ᄒᆞ여 양인의 은ᄋᆡ ᄌᆞ못 가부얍지 안닌지라 크게 깃부고 두긋겨 ᄋᆡ듕ᄒᆞ미 졔 ᄌᆞ녀의 지나러라'.

16) 내역부절(來繹不絶): 끊이지 않고 계속 찾아옴.

17) 밀막어: 핑계하고 거절하여.

18) [교감] 변화: '번화(繁華)'의 오기.

19) [교감] 쇼싱이 고독일신이~타염이 잇시린고: 낙성전 '쇼ᄉᆡᆼ이 고독일신이 번화의 의ᄉᆡ 업ᄉᆞ니 한 쳐로 집을 직희여 동신ᄒᆞ려 ᄒᆞ나니 엇디 녈위제공 옥녀을 ᄌᆡ취ᄒᆞ야 욕되게 ᄒᆞ리오'. 쌍완기봉 '소ᄉᆡᆼ이 단족고신으로 번화의 의ᄉᆡ 업ᄉᆞ니 ᄒᆞᆫ 부인으로 집을 딕희모미 족ᄒᆞ니 엇지 열위졔공의 천금 옥녀롤 하초의 굴하게 ᄒᆞ리오 또ᄒᆞᆫ 졍심이 구더 ᄌᆡ취 의ᄉᆡ 업ᄉᆞ니 항혀 소츌ᄒᆞ물 허물치 마라쇼셔'.

20) [교감] ᄎᆞ셜 ᄌᆞ고로 쇼인이 농권ᄒᆞ난지라: 낙성전 '원ᄂᆡ ᄌᆞ고로 ᄂᆡ뉴을 상득ᄒᆞ믄 덧덧한디라 졍직쳥념ᄒᆞᆫ ᄌᆞ난 방시랑을 츄복ᄒᆞ되 간ᄉᆞ교만ᄒᆞ니ᄂᆞᆫ 믄득 강직ᄒᆞ믈 슬희여 업시코져 ᄒᆞ야'. 쌍완기봉 '원내 자고로 유뉴롤 조차믄 덧덧ᄒᆞᆫ니라 쳥람졍딕 ᄌᆞ난 시랑을 축복ᄒᆞ고 간ᄉᆞ쳥녕ᄌᆞᄂᆞᆫ 무룻 강직ᄒᆞ물 슬히 넉여 멀리 나여 보ᄂᆡ기롤 ᄭᅬᄒᆞ여'.

"외방(外方) 인심(人心) 고이ᄒᆞ와 형쥬(荊州) 변향(邊鄕)[21] 인심이 쇼요(騷擾)ᄒᆞ야 난신젹ᄌᆞ(亂臣賊子) 모여ᄉᆞ온니, 맛당이 이부시랑 방관쥬로 안ᄃᆡ(按臺)[22]를 삼아 인심(人心)을 진졍(鎭定)ᄒᆞ여이다."

상이 좃츠ᄉᆞ 방시랑(方侍郞)을 형주 안찰ᄉᆞ(按察使)를 ᄇᆡ(拜)ᄒᆞ신니, ᄀᆡ한(期限)이 일연(一年)이라. 시랑이 할일읍셔 발ᄒᆡᆼ(發行)할ᄉᆡ 어젼(御前)의 ᄒᆞ직(下直)ᄒᆞ니, 상이 ᄉᆞ쥬(賜酒)ᄒᆞ시고 쪄나물 악기시더라.

도라와 부인으로 이별(離別)홀ᄉᆡ, 양인(兩人)이 다 의희연연(依依戀戀)[23]ᄒᆞ야 시랑이 부인의 옥슈(玉手)을 잡고 일오ᄃᆡ,

"그ᄃᆡ를 만난 지 슈삭(數朔)의 지긔붕우(知己朋友) 되여 이별(離別)인즉 삼츈(三春) 갓튼니,[24] 금일(今日) 젹연이희(積年離懷)[25]를 ᄉᆡᆼ각ᄒᆞ니 심히 ᄋᆡ연(哀然)ᄒᆞᆫ지라.[26] 원컨ᄃᆡ 현후(賢友)난 길이 보즁(保重)ᄒᆞ야 졔ᄉᆞ(祭祀)를 졍셩(精誠)으로 밧드물 ᄇᆞ라노라."

부인이 답왈(答曰),

"쳡이 이미 그ᄃᆡ 쳐ᄌᆞ(妻子) 되야 졔ᄉᆞ을 당부(當付)ᄒᆞ시물 기다리지 안이ᄒᆞ나이다. 연(然)이나 이별(離別)이 가장 괴로온니, 관표(管鮑)[27]의 지긔(知己) 범연(泛然)치 안이물 금일(今日)이야 알이로다."[28]

시랑이 이러나며 연년의희(戀戀依依)ᄒᆞ야 이슥고 가연이[29] 이러나며

---

21) [교감] 변향: 낙성전 '변향'. 쌍완기봉 '벽항'.

22) 안대(按臺): 안찰사(按察使). 각 도의 행정을 맡아보던 으뜸 벼슬.

23) 의의연연(依依戀戀): 헤어지기가 서운하여 차마 떠나지 못하고 미련을 가진 모양.

24) [교감] 이별인즉 삼츈 갓튼니: 낙성전 '니별인즉 삼츄ᄀᆞᆺ치 녀기더니'. 쌍완기봉 '일시 이별은 삼츄ᄀᆞᆺ치 녁이더니'.

25) 적년이회(積年離懷): 몇 년간 이별하는 데서 오는 회포.

26) [교감] 금일 젹연이희를 ᄉᆡᆼ각ᄒᆞ니 심히 ᄋᆡ연ᄒᆞᆫ지라: 낙성전 '금일 젹연니회을 싱각ᄒᆞ니 심히 아년ᄒᆞᆫ디라'. 쌍완기봉 '금일 격년 이별을 당ᄒᆞ여 심ᄉᆡ 악연ᄒᆞᆫ지라'.

27) 관포(管鮑): 관중(管仲)과 포숙아(鮑叔牙).

28) [교감] 연이나 이별이~금일이야 알이로다: 낙성전 '연니나 니별이 가댱 괴로오니 관표의 디긔 범년치 아니믈 금일 알과이다'. 쌍완기봉 '다시 니ᄅᆞ디 말고 국ᄉᆞ롤 명치ᄒᆞ샤 슈이 환가ᄒᆞ물 ᄇᆞ라노라'.

29) 가연이: 선선히. 흔쾌히.

웃고 가라딕,

"딕장부(大丈夫) 나라의 몸을 허(許)ᄒᆞ미 안여ᄌᆞ(兒女子)의 틱(態)을 ᄒᆞ야 쳐ᄌᆞ로 이별을 익기리요? 길이 무양(無恙)ᄒᆞ라."

셜파(說罷)의 쥬유랑을 불너 보즁ᄒᆞ라 당부ᄒᆞ니, 쥬씨 눈물이 비 오듯 이별ᄒᆞ니,[30] 시랑이 가로딕,

"어미 웃지료 ᄒᆞ난요? 필경(畢竟)은 닉 먼져 쥭으린니, 그딕난 웃지 ᄒᆞ리요?"[31]

유모(乳母) 딕경낙혼(大驚落魂) 왈,

"낭군(郎君)니 언참(言讖)[32]의 고이(怪異)한 말을 ᄒᆞ신잇고?"[33]

셜파의 가장 염여(念慮)ᄒᆞ아 시랑이 흔연(欣然)이 위로(慰勞)ᄒᆞ고, 슐을 나와 ᄉᆞ오(四五) 빅(盃)를 기우리고 써날식, 부인을 직삼(再三) 도라보고 잇지 못ᄒᆞ난지라. 가인(家人)이 다만,

'익즁(愛重)ᄒᆞ야 그런가?'

ᄒᆞ더라.

힝(行)ᄒᆞ야 청쥬[34]의 일으러 공ᄉᆞ(公事)를 션치(善治)ᄒᆞ고, 슈월지닉(數月之內)의 교화(敎化) 딕치(大熾)ᄒᆞ야[35] 풍쇽(風俗)이 극(極)히 슌후(淳厚)ᄒᆞ고, 밤의 문(門)을 닷지 안코 남연[36] 길을 사양(辭讓)ᄒᆞ니, 극(極)히 위덕(威德)이 일으더라.[37]

---

30) [교감] 쥬씨 눈물이 비 오듯 이별ᄒᆞ니: 낙성전 '쥬씨 쳬읍ᄒᆞ야 니별ᄒᆞ니'. 쌍완기봉 '유뫼 쳬읍ᄒᆞ여 이별을 슬허ᄒᆞ거날'.

31) [교감] 어미 웃지료~웃지 ᄒᆞ리요: 낙성전 '어미ᄂᆞᆫ 엇지 니러ᄒᆞᄂᆞ뇨 필경은 내 몬져 죽으리라 그 씌난 엇지려 ᄒᆞᄂᆞ뇨'.

32) 언참(言讖): 미래의 사실을 꼭 맞추어 예언하는 말.

33) [교감] 낭군니 언참의 고이한 말을 ᄒᆞ신잇고: 낙성전 '상공이 엇지 언춤의 히로오물 싱각디 아니ᄒᆞ시고 이런듯 언사를 경동케 ᄒᆞ시ᄂᆞ뇨'.

34) [교감] 청쥬: '형쥬'의 착오.

35) [교감] 교화 딕치ᄒᆞ야: 낙성전 '교히 딕힝ᄒᆞ야'. 쌍완기봉 '교홰 딕힝ᄒᆞ여'.

36) [교감] 남연: '남녀(男女)'의 오기.

37) [교감] 극히 위덕이 일으더라: 낙성전 '극히 위덕을 알이러라'. 쌍완기봉 '가히 그 위덕을

이럿틋 션티(善治)ᄒᆞ얀 지 오십(五十) 삭(朔)의 쳔ᄌᆞ(天子) 드르시고 크게 깃그ᄉᆞ 아름다이 역이ᄉᆞ 불너 쓰랴 ᄒᆞ시던니, 방안ᄃᆡ(方按臺) 타향(他鄕) 긱지(客地)의 머무른 지 오란지라. 규리홍안(閨裏紅顔)의 외로오물 심상(心想)ᄒᆞ니, 용안(龍顔)이 암암(暗暗)ᄒᆞ야 군신지회(君臣之懷) 날노 더ᄒᆞ더라.[38]

방안ᄃᆡ(方按臺) 낙셩 양휵(養畜) 졔삼회(第三回)

알이러라'.

38) [교감] 규리홍안의 외로오물~날노 더ᄒᆞ더라: 낙성전 '홍안의 외로옴을 싱각ᄒᆞ고 용안이 암암ᄒᆞ야 ᄉᆞ군디회 날로 더으더라'. 쌍완기봉 '쇼운셕월의 ᄌᆞ손ᄒᆞ는 졍과 이가디회와 부인을 ᄌᆞ려ᄒᆞ여 쇼운셕월의 초창ᄒᆞ물 마디 아니ᄒᆞ더라'.

우연히 얻은 아들

어시(於時)의 방안ᄃᆡ 임ᄉᆞ(任事)를 션치ᄒᆞ고 아즁(衙中)의 일이 읍고 졀셰(節序ㅣ)[1] ᄇᆡ아으로[2] 밧고인니,[3] 동원(東園)[4]의 ᄭᅩᆺ치 쇠(衰)ᄒᆞ고 상운(祥雲)의 힝화(杏花) 빗나며 오동(梧桐)의 가을 빗치 인셩[5] 경치(景致) 듯거온지라.[6] 츄죵(騶從)[7]을 다 ᄯᅳᆯ치고, 미복(微服)으로 쳥포(青袍)을 ᄯᅳᆯ치고 ᄉᆞ건(紗巾)[8]으로,[9] ᄒᆞᆫ 쌍(雙) 쇼동(小童)으로 남쵸(南草)와 금현(琴絃)을 들이고 근쳐(近處) 승경(勝景)을 볼ᄉᆡ, 졈졈(漸漸) 거러

1) 절서(節序): 절기의 차례. 또는 차례로 바뀌는 절기.
2) [교감] ᄇᆡ아으로: 'ᄇᆞ야흐로'의 오기.
3) [교감] 졀셰 ᄇᆡ아으로 밧고인니: 낙성전 '시졀이 ᄌᆞ로 밧고여'.
4) 동원(東園): 동헌(東軒)의 정원.
5) 인성: 미상.
6) [교감] 오동의 가을 빗치 인셩 경치 듯거온지라: 낙성전 '오동의 ᄀᆞ을 비치 도라오ᄆᆡ 안경셔리 듯거온디라'.
7) 추종(騶從): 윗사람을 따라다니는 종.
8) 사건(紗巾): 얇고 가벼운 비단인 사(紗)로 만든 두건.
9) [교감] 미복으로 쳥포을 ᄯᅳᆯ치고 ᄉᆞ건으로: 낙성전 '비복으로 ᄇᆡᆨ포ᄅᆞᆯ 붓치니고 ᄉᆞ건을 쓰고'.

산협(山峽) 암상(巖上)[10]으로 드러간니, 졍(正)히 계츄(季秋)[11] 쵸슌(初旬)이라. 산즁경긔(山中景槪) 졀승(絶勝)ᄒᆞ야 국화(菊花) 승긔(盛開)ᄒᆞ고[12] 단풍(丹楓)이 홍금장(紅錦帳)을 친 듯한듸, 향풍(香風)은 울울(鬱鬱)ᄒᆞ고 봉만(峰巒)[13]이 즁즁(重重)ᄒᆞ야, 옥암졀벽(玉巖絶壁)의 폭포(瀑布) 잔완(潺緩)[14]ᄒᆞ야[15] 츄슈(秋水)의 향양(向陽)[16]이 한가(閑暇)ᄒᆞ니, 이에 암상(巖上)의 나가 현금(弦琴)을 어루만져 쥴을 고루며 남쵸를 붓치며 ᄌᆞ로 노릐ᄒᆞ야 음영(吟詠)ᄒᆞ니, 쇼릐 웅건쳥월(雄建淸越)[17]ᄒᆞ야 낭낭쳥아(朗朗淸雅)ᄒᆞ니, 이 진실(眞實)노 쇄옥낭셩(碎玉朗聲)[18]이라. 필먹을 닉여 암상의 시 ᄒᆞ나를 쓰니 기시(其詩) 왈,

츄풍(秋風)이 쇼쇼혜(蕭蕭兮)여,
차아여심(此我如心)이라.

가을바람이 쇼실(蕭瑟)ᄒᆞ미여,
이 닉의 마암 갓도다.

생유원임혜(生有願臨兮)여,
ᄉᆞ후셩명유(死後姓名有)라.

10) [교감] 암상: 낙성전 '암곡'.
11) 계추(季秋): 음력 9월을 달리 이르는 말. 늦가을.
12) [교감] 국화 승긔ᄒᆞ고: 낙성전 'ᄉᆞ면의 국홰 만발ᄒᆞ여 황금을 펼친 듯ᄒᆞ고'. 쌍완기봉 'ᄉᆞ면의 국화 만발ᄒᆞᆫ듸'.
13) 봉만(峰巒): 꼭대기가 뾰족뾰족하게 솟은 산봉우리.
14) 잔완(潺緩): 잔잔하고 느림.
15) [교감] 옥암졀벽의 폭포 잔완ᄒᆞ야: 낙성전 '오암졀벽의 폭푀 잔완ᄒᆞ야'. 쌍완기봉 '옥암의 폭포ᄂᆞᆫ 산협 옥결의 진쥬롤 구으리난 듯'.
16) 향양(向陽): 햇볕을 마주 받음.
17) 웅건청월(雄建淸越): (소리 등이) 웅장하면서도 맑고 빼어남.
18) 쇄옥낭성(碎玉朗聲): 옥을 깨뜨리는 듯이 맑고 아름다운 목소리.

ᄉᆞ라 잇스ᄆᆡ 원(願)을 이르미여,
죽은 후(後)의 셩명(姓名)이 머물이로다.[19]

안ᄃᆡ(按臺) 쓰기을 다ᄒᆞᄆᆡ 그 아ᄅᆡ 졔명(題名)ᄒᆞ되,

‘ᄒᆞᆫ림학ᄉᆞ(翰林學士) 녜부시랑(禮部侍郞)[20] ᄐᆡ학ᄉᆞ(太學士) 현명션ᄉᆡᆼ 방관쥬난 쓰노라.’

ᄒᆞ야더라.

졀필ᄒᆞᆫ 뎝고자 ᄒᆞ던니[21] 문득 급(急)한 벽녁(霹靂)이 진동(振動)ᄒᆞ고 일ᄉᆡᆨ(日色)을 불분(不分)한난지라. 동ᄌᆞ(童子) 놀나 낫출 ᄡᆞ고 업더진 ᄃᆡ 신ᄉᆡᆨ(身色)이 ᄌᆞ약(自若)ᄒᆞ여[22] 날빗치 나기을 기ᄃᆞ리던니, 호련(忽然) 벽녁일셩(霹靂一聲)의 큰 별[23]이 ᄯᅥ러진이, 발근 긔운(氣運)이 죠요(照耀)ᄒᆞ야 스긔(瑞氣) 얼이엿던니, 슈유(須臾)의 날빗치 명낭(明朗)ᄒᆞ거날, 안ᄃᆡ 곳쳐 본이 별의 광ᄎᆡ(光彩) 업고 옥 갓튼 아희 노엿난지라. ᄃᆡ경(大驚)ᄒᆞ야 본이 그 아ᄒᆡ 난지 슈삭(數朔)은 ᄒᆞ여 뵈ᄃᆡ, 미옥[24]이 비범(非凡)ᄒᆞ고 약목[25]이 명경(明鏡) 갓타여 옥(玉) 갓튼 용무(容貌) 일월정ᄎᆡ(日月精彩) 얼여난지라. 안ᄃᆡ ᄃᆡ희(大喜) 왈,

19) [교감] 츄풍이 쇼쇼혜여~셩명이 머물이로다: 낙성전 ‘츄풍이 쇼쇼혀여 가을 ᄇᆞ람이 쇼슬ᄒᆞ미여 ᄎᆞ아여심이라 니 나의 마옴과 ᄀᆞᆺ도다 긔오디음혀여 그특이 디음이 니시미여 미우가련이라 아ᄅᆞᆷᄃᆞᆸ고 가히 어엿부도다 차투침ᄉᆞ혀여 스ᄉᆞ로 바날과 실을 더지미여 신비쳘ᄑᆡ로다 몸이 ᄂᆞ라 님군으게 절ᄒᆞ도다 ᄉᆡᆼ뉴원닙혀여 사라시ᄆᆡ 원을 일우미여 ᄉᆞ후셩명유라 죽은 후의 셩명이 머물니로다’. 쌍완기봉 ‘츄풍초호혜여 ᄎᆞᄋᆞ여심이로다 가을ᄇᆞ람이 소슬ᄒᆞ미여 이 ᄂᆡ ᄆᆞ옴과 ᄀᆞᆺ도다’.
20) [교감] 녜부시랑: ‘이부시랑’의 오기. 앞에는 이부시랑이라고 되어 있다.
21) [교감] 졀필ᄒᆞᆫ 뎝고자 ᄒᆞ던니: 낙성전 ‘졀필노ᄒᆞᄆᆡ 흘글 지어 뎝고 오고져 ᄒᆞ더니’. 쌍완기봉 ‘쓰기를 ᄆᆞᆺ고 경히 도라오려 ᄒᆞ더니’.
22) [교감] 신ᄉᆡᆨ이 ᄌᆞ약ᄒᆞ여: 낙성전 ‘안ᄃᆡ 신ᄉᆡᆨ이 ᄌᆞ약ᄒᆞ야’. 쌍완기봉 ‘안ᄃᆡ 오직 신ᄉᆡᆨ이 ᄌᆞ약ᄒᆞ여’.
23) [교감] 큰 별: 낙성전 ‘흰 별’. 쌍완기봉 ‘ᄒᆞᆫ 별’.
24) [교감] 미옥: 낙성전 ‘미목’. 쌍완기봉 ‘미목’.
25) [교감] 약목: ‘양목(兩目)’의 오기.

"ᄒᆞᆫ날이[26] ᄂᆞ를 쥬시미라."

이에 ᄌᆞ셰(仔細) 본이[27] 영긔(英氣) 발월(發越)ᄒᆞ고 가삼의 낙셩(落星) 두 ᄧᅡᆨ 분명(分明)한이, 크게 고히 역녀 다리고 부즁(府中)의 도라와 유모(乳母)을 구(求)ᄒᆞ야 기른이, 이 아희 일일무셩(日日茂盛)ᄒᆞ여 더욱 고히 여기며 일홈을 낙셩이라 ᄒᆞ다.

낙셩 어든 지 슈십(數十) 일(日)의 경ᄉᆞ(京師) 쇼식(消息)을 드른이, ᄃᆡ장군(大將軍) 양덕이 쥭다 ᄒᆞ난지라. 안ᄃᆡ 셰다고 ᄎᆞ아(此夜)의[28] 천문(天文)을 본이 과연 양군[29]의 쥬성(主星)이 ᄯᅥ러져난지라. 더옥 고히 ᄒᆞ야 자긔(自己) 쥬셩 문곡셩(文曲星)을 본이, 광ᄎᆡ(光彩) 찰난(燦爛)ᄒᆞ여 말근 빗치 쳔즁(天中)의 죠요(照耀)ᄒᆞ여 열셩(列星)[30]의 광ᄎᆡ을 아셧난지라. 스ᄉᆞ로 벼살이 더을 쥴 아더라.

졀셰(節序ㅣ) 박군인이[31] 명년(明年) 츈(春)을 당(當)ᄒᆞ이[32] 안ᄃᆡ 부인을 삼상(參商)[33]ᄒᆞ야[34] 능히 참지 못ᄒᆞ고, 군상탐ᄒᆞ[35]의 죠현(朝見)[36]코ᄌᆞ 심회(心懷) 간졀(懇切)ᄒᆞ던니, 상(上)이 그 경직(正直)ᄒᆞ물을 아암다이[37] 여기ᄉᆞ 작위(爵位)을 도두ᄉᆞ 병부상셔(兵部尙書) 츄밀ᄉᆞ(樞

26) [교감] ᄒᆞᆫ날이: 낙성전 '이ᄂᆞᆫ ᄒᆞᆫ놀이'.

27) [교감] 이에 ᄌᆞ셰 본이: 낙성전 'ᄒᆞ고 이에 쓰다돔아 안고 ᄌᆞ시 보니'. 쌍완기봉 'ᄒᆞ고 이의 쓰다드마 안고 ᄌᆞ시 보니'.

28) [교감] ᄎᆞ아의: 낙성전 '차야 월식을 당ᄒᆞ여'. 쌍완기봉 'ᄎᆞ야의 월식을 ᄯᅴ여'.

29) [교감] 양군: '양장군'의 오기.

30) 열성(列星): 하늘에 떠 있는 무수한 별.

31) 박군인이: 바뀌니.

32) [교감] 졀셰 박군인이 명년 츈을 당ᄒᆞ이: 낙성전 '이러구러 ᄒᆡ 진ᄒᆞ고 명년 츈을 당ᄒᆞ야'. 쌍완기봉 '이러구러 ᄒᆡ 진ᄒᆞ고 명츈을 당ᄒᆞ여'.

33) 삼상(參商): 삼성(參星)과 상성(商星)이 동서(東西)로 멀리 떨어져 있는 데서, 멀리 떨어져서 그리워함을 이르는 말.

34) [교감] 안ᄃᆡ 부인을 삼상ᄒᆞ야: 낙성전 '안ᄃᆡ 먼니 잇ᄂᆞᆫ 부인을 그리워'.

35) [교감] 군상탐ᄒᆞ: '군상탑하(君上榻下, 왕의 자리 앞)'의 오기.

36) 조현(朝見): 예전에, 신하가 조정에 나아가 임금을 뵙던 일.

37) [교감] 아암다이: 낙성전 '아름다이'.

密使)로 부르신이, 안ᄃᆡ 향안(香案)을 ᄇᆡ셜(排設)ᄒᆞ야 ᄉᆞ병[38]을 듯고 북향사ᄇᆡ(北向四拜), 길을 써날ᄉᆡ[39] 낙셩을 다리고 경도(京都)의 당(當)ᄒᆞ여 임죠[40]한니, 상이 반기ᄉᆞ 은근(慇懃) 위문(慰問) 왈,

"경(卿)이 쇼년(少年)으로 짐(朕)을 도와 삼연지ᄂᆡ(三年之內)의 츙셩(忠誠)이 관일(貫一)할 뿐 안이라, 형쥬 쇼요(騷擾)ᄒᆞᆫ 인심(人心)을 평졍(平定)ᄒᆞ기을 반셕(盤石)갓치 ᄒᆞ고 도라온니, 경의 공(功)이 범상(凡常)치 안이ᄒᆞᆫ지라. 읏지 국가(國家)의 고굉지신(股肱之臣)이 안이리요?"

디듸여[41] ᄉᆞ쥬(賜酒)ᄒᆞ시니, 샹셔(尙書) 밧ᄌᆞ와 ᄉᆞ은(謝恩)ᄒᆞ고 부복(俯伏) 쥬왈(奏曰),

"신(臣)이 폐ᄒᆞ(陛下)의 승은(聖恩)을 입ᄉᆞ와 쳑촌지공(尺寸之功) 읍삽더니, 항(幸)혀 형쥬을 진심ᄒᆞ와 촌공(寸功)이라 ᄒᆞ시니, 더옥이 작위(爵位)난 신(臣)의게 나히 유충(幼沖)[42]ᄒᆞ압고 너무 외람(猥濫)ᄒᆞ온지라. 거두심을 바라나이다."[43]

상이 쇼왈(笑曰),

"금죠(今朝)의 즁(重)이 역이난바 경(卿) 일인(一人)이라. 짐이 이 즉녹(爵祿)을 더 ᄉᆞ(賜)ᄒᆞ지 안코 누을 쥬리요? 경은 고집(固執)지 말나."

38) [교감] ᄉᆞ병: '사명(詞命, 임금의 말이나 명령)'의 오기.
39) [교감] 북향사ᄇᆡ 길을 써날ᄉᆡ: 낙성전 '분향사은ᄒᆞ고 흔연이 발힝홀ᄉᆡ'. 쌍완기봉 '북향ᄉᆞᄇᆡᄒᆞ고 벼슬을 밧고 힝니롤 ᄎᆞ려 길날ᄉᆡ'.
40) [교감] 임죠: '입죠(入朝)'의 오기.
41) [교감] 디듸여: '드듸여'의 오기.
42) 유충(幼沖): 나이가 어림.
43) [교감] 신이 폐ᄒᆞ의~거두심을 바라나이다: 낙성전 '신이 폐ᄒᆞ의 셩은을 닙ᄉᆞ와 간담을 ᄇᆞ아 갑삽고져 ᄒᆞ옵더니 힝혀 형쥐을 진심ᄒᆞ와 쳑촌지공이 잇ᄉᆞ오나 폐ᄒᆞ의 녀우ᄒᆞ시물 당ᄒᆞ오니 더옥니 ᄌᆞᆨ위ᄂᆞᆫ 신의 나히 삼오 소ᄋᆡ로 넘오 외람ᄒᆞ온디라 셩명의 거두시믈 ᄇᆞᄅᆞᄂᆞᆫ니다'. 쌍완기봉 '신이 쥬샹 폐하 홍은을 과히 닙ᄉᆞ와 간뇌롤 ᄇᆞ리와 갑ᄉᆞ오려 ᄒᆞᄂᆞ니 힝혀 형쥬를 진압ᄒᆞ나 이다 폐하 홍복이오 신의 쳑촌공이 업거ᄂᆞᆯ 이러틋 황감ᄒᆞ온 어슈롤 밧ᄌᆞ은 줄 알니잇고 신이 삼오 최소년으로 외람ᄒᆞᆫ 작위롤 밧ᄌᆞ오ᄆᆡ 손복ᄒᆞ올지라 복원 셩명은 듕온환슈ᄒᆞ시믈 ᄇᆞ라나니다'.

상셔 하릴읍셔 사은 왈,

"ᄉᆞ쥬(賜酒)ᄒᆞ신 향온(香醞)[44]이 만신(滿身)을 구으온니[45] 퇴죠(退朝)ᄒᆞ나이다."

윤허(允許)ᄒᆞ신니 본부(本府)의 도라올ᄉᆡ, 길ᄒᆡ셔 셔평후을 만나 흔연(欣然)니 숀을 잡고 영부의 나아가 방상셔(方尙書) 악모(岳母)[46]와 모든 졔남(弟男)[47]을 ᄃᆡ(對)ᄒᆞ야 별회(別懷)를 펴고 이윽키 도라온니, 부인이 반겨 셔로 이회(離懷)를 셜화(說話)할ᄉᆡ, 상셔 흔연이 다소(多少) 셜화ᄒᆞ며 낙셩의 연유(緣由)를 이른니, 부인이 쏘ᄒᆞᆫ 기특(奇特)이 역이며 유모을 다려 길으니, 낙셩이 졈졈 ᄌᆞ라 샹셔 부부를 능히 야야(爺爺)[48]라 부르고 모친(母親)을 지극히 짜른니, 양인(兩人)이 ᄉᆞ랑ᄒᆞ야 후ᄉᆞ(後事)를 의탁(依託)고ᄌᆞ ᄒᆞ더라.

44) 향온(香醞): 향기로운 술.
45) 구으온니: (불에) 굽는 듯하오니. '붉게 물들인다'는 뜻이다.
46) 악모(岳母): 편지 따위에서, '장모(丈母)'를 이르는 말.
47) [교감] 졔남: 낙성전 '쳐남'. 쌍완기봉 '쳐남'.
48) 야야(爺爺): 예전에, '아버지'를 높여 이르던 말.

아들의 혼약, 유모의 간청

낙셩 공ᄌᆞ(公子) ᄉᆞ오(四五) 셰 된니 긔위(氣宇ㅣ)[1] 비범(非凡)ᄒᆞ고, 현화[2] 갓튼 풍용(風容)과 관옥(冠玉) 갓튼 용모(容貌) 반악(潘岳) 이두지풍(李杜之風)이 잇고, 양목(兩目)은 효셩(曉星) 갓고 이미[3]난 강산(江山)의 말근 졍긔(精氣)을 거두어스며, 단슌호치(丹脣皓齒)난 공산지옥[4]을 귀부(鬼斧)로 다듬의며, 풍치 헌헌(軒軒)ᄒᆞ야 모츈셰유(暮春細柳)[5]요, 골격이 늠늠쵸쵸(凜凜楚楚)[6]ᄒᆞ니 짐짓 만고인ᄌᆡ(萬古人材)요 긔ᄌᆞ봉츄(麒子鳳雛)[7]라.

1) 기우(氣宇): 기개와 도량을 아울러 이르는 말.
2) 현화: 미상. 밝게 빛나는 꽃이라는 뜻의 '현화(炫花)'나 옥돌로 만든 꽃이라는 뜻의 '현화(玹花)'로 볼 수도 있다.
3) [교감] 이미: '이마'의 오기.
4) [교감] 공산지옥: '곤산지옥(崑山之玉, 중국 곤륜산에서 나는 좋은 옥으로, 훌륭한 사람이나 물건을 비유적으로 이르는 말)'의 오기.
5) 모춘세류(暮春細柳): 늦봄의 가는 버들.
6) 늠름초초(凜凜楚楚): 생김새나 태도가 의젓하고 당당하며, 차림새나 모양이 말쑥하고 깨끗함.
7) 기자봉추(麒子鳳雛): 기린의 새끼와 봉황의 새끼라는 뜻으로, 훌륭한 젊은이를 비유적으로

상셔 ᄋᆡ지즁지(愛之重之)ᄒᆞ고 연지셕지(憐之惜之)ᄒᆞ기 장즁보옥(掌中寶玉)이요 잠시(暫時)를 쎠나지 안코, 낙셩이 쏘ᄒᆞᆫ 효셩(孝誠)이 텬션[8]으로 좃쳐슨니, 육젹(陸績)의 회귤[9]과 ᄌᆞ로(子路)의 부미(負米)[10]를 효칙(效則)ᄒᆞ야 비록 연유쇼아(年幼小兒)나 미명(未明)의 쇼셰(梳洗)ᄒᆞ고 죵일(終日)토록 부모를 묘셔 응ᄃᆡ(應對) 노슉(老熟)ᄒᆞᆫ 현인군ᄌᆞ(賢人君子) 갓타여, 더욱 ᄉᆞ랑하야 글ᄊᆞ을 가라친니, 한아흘 드르면 ᄇᆡᆨ(百)을 통(通)ᄒᆞ난 총명(聰明)을 가졋난지라.

글이 날로 징진(長進)ᄒᆞ고 시볍(詩法)이 그이(奇異)ᄒᆞ야 복즁(腹中)의 만권셔(萬卷書)를 장(藏)ᄒᆞ고 입의 일만(一萬) 진쥬(珍珠)룰 드리워 일취월장(日就月將)ᄒᆞ니, 니ᄇᆡᆨ(李白)의 쳥평ᄉᆞ(淸平詞)[11]와 ᄌᆞ근(子建)의 칠보시(七步詩)[12]를 묘시(藐視)[13]ᄒᆞ니, ᄒᆞ날이 유의(留意)ᄒᆞ야 특별(特別)이 방상셔 츄상열심(秋霜烈心)[14]을 맛참ᄂᆡ 후ᄉᆞ(後嗣) ᄆᆡ물(埋沒)찬케 ᄒᆞ시미라.[15] 상셔와 부인이 어루만져 긔츌(己出)노 어듬 갓더라. 가

이르는 말.

8) [교감] 텬션: '텬셩(天性)'의 오기.

9) 육적(陸績)의 회귤(懷橘): 육적이 귤을 품었다는 뜻으로, 지극한 효성을 일컬음. 중국 삼국시대 오나라의 관료였던 육적이 여섯 살 때 원술(袁術)에게서 받은 귤 세 개를 품고 있다가 떨어뜨렸는데, 원술이 그 이유를 물으니 돌아가 어머니에게 드리려 한다고 했다는 고사에서 유래했다.

10) 자로(子路)의 부미(負米): 자로가 쌀을 지었다는 뜻으로, 지극한 효성을 일컬음. 공자의 제자인 자로는 가난하여 매일 쌀을 등짐으로 져서 백 리 밖까지 운반해 그 운임을 받아 양친을 봉양했다는 고사에서 유래했다.

11) 청평사(淸平詞): 이백이 현종·양귀비의 모란 향연에서 지은 세 편의 악부. 본래 제목은 「청평조사淸平調詞」이며, 이 시로 이백은 장안(長安)에 시명(詩名)을 떨쳤다.

12) 칠보시(七步詩): 일곱 걸음 걷는 동안에 지은 시. 중국 삼국시대 때 위(魏)나라 문제(文帝)가 동생 조식(曹植)을 미워해 일곱 걸음 걷는 사이 시를 지으라 명하니 조식이 즉시 짓기를, "煮豆持作羹 漉豉以爲汁 萁在釜底然 豆在釜中泣 本是同根生 相煎何太急(콩을 쪄 국 만들고 콩자반 걸러 즙으로 하려는데, 콩깍지는 솥 아래서 타고 콩은 솥 안에서 울고 있구나. 본디 한 뿌리에서 났는데, 불 때어 달이기를 어찌 서두르는고)"이라 하니, 문제가 부끄러워했다고 한다.

13) 묘시(藐視): 업신여기어 깔봄.

14) 추상열심(秋霜烈心): 가을의 서릿발처럼 굳센 마음.

15) [교감] ᄆᆡ물찬케 ᄒᆞ시미라: 낙성전 'ᄆᆡ몰치 아니케 ᄒᆞ시미라'.

(可)히 고왕금닋(古往今來)의 드문 일이러라.

이히 추팔월(秋八月)은 샹셔의 탄일(誕日)이라. 이예 딗연(大宴)을 빅셜(排設)ᄒᆞ고 만죠공경(滿朝公卿)과 황친국쳑(皇親國戚)[16]을 쳥(請)ᄒᆞ여 질길시, 텬ᄌᆞ(天子) 어악(御樂)을 쥬시고 상방어찬(尙方御饌)[17]을 쥬신니, 가히 이런 승연(盛宴)이 쳔고(千古)의 드물더라. 방상셔 닋외(內外)의 금슈ᄉᆞ창(錦繡紗窓)[18]이 반쳔빅운(半天白雲)[19]ᄒᆞ고, 낙셩을 보고 안니 긔특(奇特)이 역이 리 업셔 상셔의 친ᄌᆞ유복(親子有福)ᄒᆞ물 ᄒᆞ례(賀禮)ᄒᆞ더라.[20]

좌(座)의 츄밀ᄉᆞ(樞密使) 김히ᄂᆞᆫ 딗딗명신(代代名臣)이라.[21] 실ᄒᆞ(膝下)의 삼ᄌᆞ일여(三子一女)을 두어ᄉᆞᆫ니, 여아(女兒) 빅야흐로 구(九) 셰(歲)라. 용안(容顏)니 탁월(卓越)ᄒᆞ야 요지(瑤池) 쳔화(天花)[22] 갓고 옥계(玉階)의 난쵸(蘭草) 갓타여, 낙안지식(落雁之色)[23]과 폐월슈화지틱(蔽月羞花之態)[24]라. 방젹수션(紡績修繕)이며 문장ᄌᆡ화(文章才華) 무쌍(無雙)이라. 부모 과인(過愛)ᄒᆞ던니, 금일(今日) 방공ᄌᆞ(方公子)를 본이 여아와 동연(同年)이요, 진실노 당딗(當代) 영웅군ᄌᆞ(英雄君子)라. 크게

16) 황친국척(皇親國戚): 황제의 친척과 인척.
17) 상방어찬(尙方御饌): 상방에서 임금에게 올리는 음식.
18) 금수사창(錦繡紗窓): 수놓은 비단으로 바른 창.
19) 반천백운(半天白雲): 하늘 한가운데 떠 있는 흰 구름.
20) [교감] 방상셔 닋외의~친ᄌᆞ유복ᄒᆞ물 ᄒᆞ례ᄒᆞ더라: 낙성전 '방부 닋외예 금슈차창이 반쳔빅운ᄒᆞ고 쳥가묘부ᄂᆞᆫ 힝을 미루더라 좌듕 빈긱이 즐기미 무궁ᄒᆞ고 낙셩을 보고 아니 긔특이 녀기리 업더라 상셔의 친ᄌᆡ 유복ᄒᆞ물 ᄒᆞ려ᄒᆞ더라'. 쌍완기봉 '방부 닋외예 금슈차창이 반쳔빅운ᄒᆞ고 쳥가묘부ᄂᆞᆫ 힝을 미루더라 좌긱이 낙셩을 보고 아니 그이히 녁이 리 업더라 상셔의 친싱으로 아라 유복ᄒᆞ물 치ᄒᆞᄒᆞ리 분분ᄒᆞ더라'.
21) [교감] 좌의 츄밀ᄉᆞ 김히ᄂᆞᆫ 딗딗명신이라: 낙성전 '좌듕의 츄밀ᄉᆞ 김희ᄂᆞᆫ 죠딗명신이라'. 쌍완기봉 '화셜 츄밀부사 김히ᄂᆞᆫ 됴당의 일홈난 딗상이라'.
22) 천화(天花): 천상계에 핀다는 영묘한 꽃.
23) 낙안지색(落雁之色): 하늘 높이 날던 기러기가 부끄러워서 땅으로 떨어질 정도로 아름다운 여인의 용모.
24) 폐월수화지태(蔽月羞花之態): 달이 숨고 꽃이 부끄러워할 정도로 아름다운 자태.

흠모(欽慕)ᄒᆞ야, 이에 상셔를 ᄃᆡ(對)ᄒᆞ야 왈,

"만싱(晩生)[25]이 션싱(先生)게 쳥(請)할 말삼이 잇스니, 가히 드르시리잇가?"

상셔 쇼왈,

"현형(賢兄)[26]이 무삼 쳥을 복(僕)의게 보ᄂᆡ고ᄌᆞ ᄒᆞ시난잇가? 듯기를 기다리나이다."

츄밀이 칭ᄉᆞ(稱謝) 왈,

"다른 말이 안니라 금일 영낭(令郎)[27]의 쥰슈통달(俊秀通達)ᄒᆞ물 보온니, 외람(猥濫)이 드러온 ᄯᆞᆯ노셔 우러러 진진(秦晉)의 호연(好緣)을 밋고ᄌᆞ ᄒᆞ난이, 가히 허(許)ᄒᆞ시리잇가?"

상셔 금쇼져(金小姐)[28]를 어려셔 보왓난지라, 쾌(快)히 허ᄒᆞ야 왈,

"형(兄)의 옥여(玉女)로써 쇼졔(小弟)의 유ᄌᆞ(幼子)로 허(許)코ᄌᆞ ᄒᆞ신니, 엇지 ᄉᆞ양(辭讓)ᄒᆞ릿고? 다만 양아(兩兒) 다 어린니 슈연(數年)을 지류(遲留)ᄒᆞ여 혼예(婚禮)를 일으ᄉᆞ이다."

츄밀이 ᄃᆡ희ᄒᆞ야 ᄌᆡ삼(再三) 칭ᄉᆞᄒᆞ고, 인(因)ᄒᆞ야 황하지밍(黃河之盟)과 ᄐᆡ산지약(泰山之約)을 두어 공ᄌᆞ(公子)의 숀을 잡고 흔흔(欣欣)니 쇼왈,

"네 이졔난 ᄂᆡ의 ᄋᆡ셔(愛壻)라. 옹셔(翁壻)[29] 칭(稱)ᄒᆞ라."

ᄒᆞ고 필먹을 나와 글 지으물 쳥(請)ᄒᆞ니, 공ᄌᆞ 피셕ᄉᆞ례(避席謝禮)ᄒᆞ고 옥슈(玉手)의 산호필(珊瑚筆)을 잡아 경각(頃刻)의 칠언율시(七言律詩)을 지여 쌍슈(雙手)로 밧드러 부친(父親)게 드린니, 모다 그 신쇽(迅

25) 만생(晩生): 말하는 이가 선배를 상대하여 자기를 낮추어 이르는 1인칭 대명사.
26) 현형(賢兄): '친구(親舊)'의 높임말.
27) 영랑(令郞): 영식(令息). 윗사람의 아들을 높여 이르는 말.
28) [교감] 금쇼져: 낙성전 '김소져'. 쌍완기봉 '김소져'.
29) 옹서(翁壻): 장인과 사위를 아울러 이르는 말.

速)ᄒᆞ물 칭찬ᄒᆞ던니, 그 글을 보ᄆᆡ 만좌졔싱(滿座諸生) 갈최(喝采)ᄒᆞ야 탄복(歎服)ᄒᆞ고, 츄밀(樞密)은 흔희(欣喜)ᄒᆞ물 익이지 못ᄒᆞ니, 상셔 흔연(欣然)이 옥안셩모(玉顏星眸)[30]의 우음을 ᄯᅳ여 졔ᄀᆡᆨ(諸客)의 과찬(過讚)을 숀샤(遜辭)할 ᄲᅮᆫ일너라.

낙극지환ᄒᆞ고[31] 셕양(夕陽)의[32] 일으ᄆᆡ 파연곡(罷宴曲)이 어ᄌᆞ러이 울인니 듕ᄀᆡᆨ(衆客)이 ᄒᆞᆺ터지니, 상셔 ᄂᆡ당(內堂)의 드러온니 부인이 마ᄌᆞ 말솜홀ᄉᆡ, 김가(金家) 혼ᄉᆞ(婚事)을 말삼ᄒᆞ니 부인 ᄯᅩᄒᆞᆫ 깃겨ᄒᆞ던니, 문득 듀유랑이 나와 일염삼탄ᄒᆞ고[33] 일오ᄃᆡ,

"ᄉᆞᄉᆞ(事事)의 부인과 낭군은 질기신니, 졍(正)히 '기동의 불이 븟난ᄃᆡ 연작(燕雀)이 오히려 질긴다.' ᄒᆞ던니 흡ᄉᆞ(恰似)ᄒᆞ도다. 만물(萬物) 쵸목금슈(草木禽獸) 다 일흠니 다 음양(陰陽)의 드난 게 ᄯᅧᆺᄯᅧᆺᄒᆞ거날[34] 낭군과 부인은 인윤(人倫)을 사졀(辭絶)ᄒᆞ시고, 여광니[35] 이십(二十)니 지나 계시거날 두 쇼져(小姐) 홍옥쵸슌이[36] 앗갑고, 우흐로 양위노야(兩位老爺) 목쥬(木主)[37]을 근심ᄒᆞ나이,[38] 장ᄎᆞ(將次) 나죵이 엇지 되고? 더옥 부인은 침묵(沈黙)ᄒᆞ시고 가지록 고ᄒᆞᄉᆞ[39] 지금(至今)갓 실

---

30) 옥안셩모(玉顏星眸): 옥처럼 아름다운 얼굴과 별처럼 반짝이는 눈동자.
31) [교감] 낙극지환ᄒᆞ고: 낙성전 '낙극딘환ᄒᆞ고'. 쌍완기봉 '낙극딘환ᄒᆞ여'.
32) [교감] 셕양의: 낙성전 '셕악의'. 쌍완기봉 '셕양의'.
33) [교감] 일염삼탄ᄒᆞ고: 낙성전 '일영삼탄ᄒᆞ고'. 쌍완기봉 '일영삼탄의'. '일영삼탄(一詠三歎)'은 본래 '한 번 시를 읊을 때마다 세 번 감탄한다'는 뜻으로, 시나 문장의 표현이 잘됨을 칭찬한다는 말이나, 여기서는 '여러 번 탄식한다'는 뜻으로 쓰였다.
34) [교감] 만물 쵸목금슈 다 일흠니 다 음양의 드난 게 ᄯᅧᆺᄯᅧᆺᄒᆞ거날: 낙성전 '만물 쵸목금슈이 니ᄅᆞ 음악의 도ᄂᆞᆫ 덧덧ᄒᆞ거놀'. 쌍완기봉 '만물지니의 음양지도ᄂᆞᆫ 당당ᄒᆞ거놀'.
35) [교감] 여광니: 낙성전 '년광니'. 쌍완기봉 '년긔'.
36) [교감] 홍옥쵸슌이: 낙성전 '홍옥초츈'. '홍옥초춘(紅玉初春)'은 붉은 옥과 초봄이라는 뜻으로, 피부색이나 안색 따위가 젊고 아름다운 사람을 비유적으로 이르는 말이다.
37) 목주(木主): 신주(神主)의 이름을 적은 나무패.
38) [교감] 우흐로 양위노야 목쥬을 근심ᄒᆞ나이: 낙성전 '우로 냥위주을 근심ᄒᆞ나니'. 쌍완기봉 '노쳡이 우리 양위쥬인을 위ᄒᆞ여 일싱을 근심ᄒᆞ오니'.
39) [교감] 고ᄒᆞᄉᆞ: 낙성전 '고집ᄒᆞ샤'. 쌍완기봉 '고집ᄒᆞ샤'.

상(實狀)을 존당(尊堂)[40]의 고(告)치 안이ᄉᆞ, 일양(一樣) 주표(朱標)을 감초아 스ᄉᆞ로 무ᄌᆞ(無子)ᄒᆞᆫ 쳬ᄒᆞ신니, 읏지 고이(怪異)치 안이릿고?[41] 원컨ᄃᆡ 양위쥬인(兩位主人)은 계교(計巧)을 ᄉᆡᆼ각ᄒᆞᄉᆞ 진짓 군ᄌᆞ(君子)을 으드ᄉᆞ 황영의 ᄌᆞᄆᆡ(姉妹) 갓타시미 올흘가 ᄒᆞ난니, 쳡(妾)니 누셜(漏泄)코자 ᄒᆞ나 낭군이 ᄒᆞ 강열(强烈)ᄒᆞ신니 발셜(發說)이 어려워 지금 항잉ᄒᆞ나,[42] 읏지 ᄋᆡ달지 안이릿고? 쇼공ᄌᆞ(小公子) 오라지 안야 부인(婦人)을 으드련이와, 우리 상공(相公)과 부인(夫人)은 어ᄂᆡ 시졀(時節)의 인윤(人倫)을 ᄎᆞ릴고?"

언미필(言未畢)ᄋᆡ 부인(夫人)이 슈려(秀麗)ᄒᆞᆫ 셩모(星眸)의 묵묵(默默)히 질게 안이ᄒᆞ야 봉미(鳳眉)[43]를 찡긔고 졍식(正色)이요, 상셔난 진목(瞋目)[44] 질왈(叱曰),

"노고(老姑) 읏지 괴론 셜화(說話)로 심흥(心興)을 감동(感動)ᄒᆞ게 ᄒᆞ고,[45] 외인(外人)의 의심(疑心)을 더으게 ᄒᆞ난요? 만일 고이ᄒᆞᆫ 소문(所聞)이 잇슬진ᄃᆡ, 비록 졋 먹여 품속의 은양(恩養)[46]ᄒᆞᆫ 은혜(恩惠) 잇스나[47] 결연(截然)이[48] 용셔(容恕)치 안이리라."

셜파(說罷)의 유미(柳眉)[49]를 거사리고 노긔(怒氣) 발연(勃然)[50]ᄒᆞ니, 듀씨 할셰읍셔 물너나다. 부인이 날호여 ᄂᆡᆼ소(冷笑) 왈,

40) 존당(尊堂): 남의 어머니를 높여 이르는 말.
41) [교감] 스ᄉᆞ로 무ᄌᆞᄒᆞᆫ 쳬ᄒᆞ신니 읏지 고이치 안이릿고: 낙성전 '스ᄉᆞ로 무ᄌᆞᄒᆞᆫ 쳬ᄒᆞ시니 엇지 고이치 아니리오'. 쌍완기봉 'ᄌᆞᆼ신ᄃᆡ사ᄅᆞᆯ 도모치 아니ᄒᆞ시니'.
42) [교감] 항잉ᄒᆞ나: 낙성전 '함님ᄒᆞ니'. 쌍완기봉 '함구ᄒᆞ나'.
43) 봉미(鳳眉): 봉황의 눈썹이라는 뜻으로, 아름다운 눈썹을 비유적으로 이르는 말.
44) 진목(瞋目): 두 눈을 부릅뜸.
45) [교감] 심흥을 감동ᄒᆞ게 ᄒᆞ고: 낙성전 '심흥을 감흐니'. 쌍완기봉 '즐겁던 ᄆᆞ음을 헛틀오고'.
46) 은양(恩養): 은혜롭게 기름.
47) [교감] 졋 먹여 품속의 은양ᄒᆞᆫ 은혜 잇스나: 낙성전 '젓 먹여 품속의 은양ᄒᆞᆫ 은혜 이시나'. 쌍완기봉 '젓 먹인 공이 이시나'.
48) [교감] 결연이: 낙성전 '졀연이'. 쌍완기봉 '결연이'.
49) 유미(柳眉): 버들 같은 눈썹.
50) 발연(勃然): 왈칵 성을 내는 태도나 일어나는 모양.

"문ᄇᆡᆨ 형은[51] 웃지 우연(偶然)ᄒᆞᆫ 일의 유모(乳母)를 질타(叱咤)ᄒᆞ신난요? 유모 불과(不過) 위쥬츙심(爲主忠心)이라. ᄯᅩᄒᆞᆫ 알음답지 안인냐?"

상셔 봉안(鳳眼)을 흘여 영씨를 슉시(熟視) 왈,

"부인니 여도(女道)을 알 ᄶᆡ라. 웃지 가장(家長)의 ᄌᆞ(字)를 부르난요? ᄂᆡ 오히려 묘쥬라 알아난니, 부인의 일이 가히 올흔야?"[52]

영부인이 낭낭(朗朗)이 웃더라.

상셔 연긔(年紀)[53] 이십ᄉᆞ(二十四)의 일으도록 슈염(鬚髥)이 뵈지 안니한니, 시인(時人)이 다 알음답고 ᄀᆡ졀(介節)ᄒᆞ물 칭찬ᄒᆞ고, 능히 의심(疑心)ᄒᆞᆯ ᄌᆞ(者)나 읍더라.[54]

현명션싱 ᄌᆞ원츌젼(自願出戰) 졔ᄉᆞᆷ회(第三回)[55]

51) [교감] 문ᄇᆡᆨ 형은: 낙성전 '문ᄇᆡᆨ 형은'. 쌍완기봉 '샹공은'.

52) [교감] ᄂᆡ 오히려~가히 올흔야: 낙성전 'ᄂᆡ 오히려 모쥬라 아랏ᄂᆞ니 부인의 일이 가히 올흐야'. 쌍완기봉 'ᄂᆡ 반ᄃᆞ시 유모의 실언하믈 풀기 어렵거놀 엇디 죄업다 변ᄇᆡᆨᄒᆞᄂᆞ뇨'.

53) 연기(年紀): 대강의 나이.

54) [교감] 상셔 연긔~ᄌᆞ나 읍더라: 낙성전 '상셔 년긔 이십사 니ᄅᆞ도록 슈염이 뵈디 아니ᄒᆞ니 아람답고 ᄀᆡ졀ᄒᆞ믈 ᄉᆞ랑ᄒᆞ고 능히 의심ᄒᆞᆯ ᄌᆡ 업더라'. 쌍완기봉 '상셔 신년이 이십 셰라. 슈염이 뵈디 아니나 일일이 의젓ᄒᆞ미럽고 그 아릿다온 미남자랄 칭찬치 아니리 업더라'.

55) [교감] 졔ᄉᆞᆷ회: '졔ᄉᆞ회'의 오기.

방상서가 전쟁터로 뛰어들다

각셜(却說). 졍덕(正德) 텬ᄌᆞ(天子) 간관(諫官)을 괴로이 역이시고 간신(奸臣)을 ᄉᆞ랑ᄒᆞᄉᆞ 환관(宦官)의 농낙(籠絡)ᄒᆞ니, 국도(國道)[1] 위ᄐᆡ(危殆)ᄒᆞ고[2] ᄉᆞ방(四方)이 요란(搖亂)ᄒᆞ야 직신(直臣)은 분분(紛紛)니 젼이(田里)[3]의 도라간니, 방상셔 탄식(歎息)ᄒᆞ물 마지안코 ᄯᅩᄒᆞᆫ ᄌᆞ로 상쇼(上疏)ᄒᆞ야 물이치시물 쥬ᄒᆞᆫᄃᆡ,[4] 상이 상셔를 ᄉᆞ랑ᄒᆞ시나 맛참ᄂᆡ 뜻슬 두루지[5] 못ᄒᆞ시니,[6] 상셔 홀일읍셔 ᄒᆞᆫ갓 부인으로 더부러 울울불낙(鬱鬱不樂)ᄒᆞ고, 뉴신(諛臣)[7] 등니 농권(弄權)ᄒᆞ니, 텬ᄒᆞ(天下) 위ᄐᆡ(危殆)ᄒᆞ미 조셕(朝夕) 갓더니, 문득 북방(北方) 오랑ᄏᆡ 반(叛)ᄒᆞ야 강

1) 국도(國道): 나라를 다스리는 도리.
2) [교감] 국도 위ᄐᆡᄒᆞ고: 낙성전 '국강이 위태ᄒᆞ니'. 쌍완기봉 '국강이 ᄒᆡ이ᄒᆞ고'.
3) 전리(田里): 고향(故鄕).
4) [교감] 물이치시물 쥬ᄒᆞᆫᄃᆡ: 낙성전 '믈이치시믈 쳥ᄒᆞᆫᄃᆡ'. 쌍완기봉 '물너나물 쳥ᄒᆞᆫᄃᆡ'.
5) 두루지: 바꾸지.
6) [교감] 상이 상셔를~두루지 못ᄒᆞ시니: 낙성전 '상이 상셔을 심히 ᄉᆞ랑ᄒᆞ시ᄂᆞᆫ디라 허치 아니ᄒᆞ시니'. 쌍완기봉 '샹이 상셔롤 총ᄋᆡᄒᆞ시미 날로 더으ᄉᆞ 허치 아니시니'.
7) 유신(諛臣): 아첨하는 신하.

병(強兵) 슈만(數萬)을 거나려 디국(大國)을 침범(侵犯)ᄒᆞ니, 그 셰(勢) 가장 두려운지라.

쳔ᄌᆞ 근심ᄒᆞᄉᆞ 문무즁신(文武重臣)을 모으ᄉᆞ 의논(議論)ᄒᆞ실ᄉᆡ, ᄒᆞ나도 말ᄒᆞ난 ᄌᆡ(者ㅣ) 읍시 셔로 관광(觀光)ᄒᆞ난지라. 호련(忽然) ᄒᆞᆫ 명ᄉᆞ(名士) 쇼연(少年)니[8] ᄌᆞ포(紫袍)을 씰고 옥피(玉佩) 당당(堂堂)ᄒᆞ야 풍ᄎᆡ(風采) 양양(穰穰)[9]ᄒᆞ고, 긔상(氣像)이 츄쳔상월(秋天上月)[10] 갓더라.[11] 이예 츌반(出班) 쥬왈(奏曰),

"젹신(賊臣)의 화(禍)[12] 국가(國家)의 밋쳐ᄉᆞ니, 안흐로 간신(奸臣)니 잇고 밧그로 반젹(叛賊)이 잇ᄉᆞ니, 신ᄌᆞ(臣者) 맛당니 침식(寢食)이 편(便)치 안일지라. 엇지 안연(晏然)ᄒᆞ릿고? 미신(微臣)니 ᄌᆡ죠 읍스나, 원컨ᄃᆡ 디병(大兵)을 허(許)ᄒᆞ시면 북호(北胡)을 평졍(平定)ᄒᆞ고 ᄉᆞ직(社稷)을 보호(保護)ᄒᆞ야 페ᄒᆞ(陛下)의 승은(聖恩)을 갑ᄉᆞ오린이다."

상이 보신니 병부상셔 방관쥬라. 희동안ᄉᆡᆨ(喜動顏色)ᄒᆞᄉᆞ 염슬(斂膝) 칭ᄉᆞ(稱辭) 왈,

"경은 당시(唐時)[13] 급암(汲黯)이라. 짐이 읏지 공경(恭敬)치 안이ᄒᆞ리요? 경이 만일 ᄒᆞᆫ번 슈고을 악기지 안이ᄒᆞ여 호지(胡地)을 삭평(削平)코ᄌᆞ ᄒᆞᄌᆞ,[14] 이난 국가의 만ᄒᆡᆼ(萬幸)이요 만민(萬民)의 복(福)인니, 짐의 근심니 읍시리로다."

상셔 사은(謝恩) 쥬왈,

"변보(變報) 급ᄒᆞ온지라, 명일(明日)이라도 발ᄒᆡᆼ(發行)코져 ᄒᆞ나

8) [교감] ᄒᆞᆫ 명ᄉᆞ 쇼연니: 낙성전 'ᄒᆞᆫ 소연ᄃᆡ장이'. 쌍완기봉 '좌반 듕의셔 일인이'.
9) 양양(穰穰): 많고 넉넉한 모양.
10) 추천상월(秋天上月): 가을밤 하늘에 떠오른 달.
11) [교감] 츄쳔상월 갓더라: 낙성전 '동빙ᄒᆞᆫ월 ᄀᆞᆺ더라'. 쌍완기봉 '츄샹 ᄀᆞᆺᄒᆞ니'.
12) [교감] 젹신의 화: 낙성전 '이젹의 ᄒᆡ'.
13) [교감] 당시(唐時): '한시(漢時)'의 오기. 급암은 한나라 무제 때의 명재상이다.
14) [교감] 호지을 삭평코ᄌᆞ ᄒᆞᄌᆞ: 낙성전 '호디롤 삭평코ᄌᆞ ᄒᆞ니'. 쌍완기봉 '호지롤 삭평ᄒᆞ고 ᄉᆞ직을 보호ᄒᆞ려 ᄒᆞ니'.

이다."

상이 더욱 깃그ᄉᆞ 병부상셔 방관쥬로 ᄃᆡ원슈(大元帥) 졍북장군(征北將軍)을 ᄒᆞ이ᄉᆞ 친(親)히 금인(金印)[15]을 ᄎᆡ이시고, 십만(十萬) ᄃᆡ병(大兵)과 명장(名將) ᄇᆡᆨ(百) 원(圓)을 쥬신니, 원슈(元帥) 쳥영ᄉᆞ은(聽令謝恩)ᄒᆞ고 궐문(闕門)의 나온니, 삼공육경(三公六卿)이 모다 치하(致賀)허고 왈,

"션ᄉᆡᆼ(先生)니 출ᄉᆞ(出師)ᄒᆞ신니 무엇슬 근심ᄒᆞ리요?"[16]

원슈 옥ᄃᆡ(玉帶)를 어로만지며 날흐여 답왈,

"졔공(諸公)의 밋어ᄒᆞ시난 말을 드른니, 학ᄉᆡᆼ(學生)이 국은(國恩)을 갑고ᄌᆞ ᄌᆞ원츌젼(自願出戰)ᄒᆞ오나 본ᄃᆡ 용병지ᄌᆡ(用兵之才) 읍ᄉᆞ온니, 국병(國兵)[17]을 욕(辱)될가 두려ᄒᆞ나이다."

만죠(滿朝) 일시(一時)의 응셩(應聲)ᄒᆞ여 ᄌᆡ덕(才德)을 츄앙(推仰)ᄒᆞ더라.

부즁(府中)의 도라온니 영부인니, ᄊᆞᆼ봉관(雙鳳冠)[18]을 빗기고 월나삼(越羅衫)[19]과 홍금상(紅錦裳)[20]을 쓸고 옥픿(玉佩)를 울여 젼도(顚倒)[21]이 샹셔를 마즈ᄆᆡ, 금인(金印)니 허리의 빗겨시물 보고 경문(驚問) 왈,

"상공이 무삼 일노 ᄃᆡ도독인(大都督印)을 찻난요?"

15) 금인(金印): 금으로 장식한 인끈.
16) [교감] 션ᄉᆡᆼ니 출ᄉᆞᄒᆞ신니 무엇슬 근심ᄒᆞ리요: 낙성전 '현명이 출ᄉᆞᄒᆞ시니 긔모비계난 신출귀몰ᄒᆞ리니 오랑ᄏᆡ 당ᄒᆞ물 근심치 아니ᄒᆞ리니다'. 쌍완기봉 '현명한 신이 자원츌장ᄒᆞ시니 지모비계로 오랑ᄏᆡ 픽ᄒᆞ문 여반장이라 엇지 국가의 복이 아니리오'.
17) [교감] 국병: 낙성전 '군병'. 쌍완기봉 '군망'.
18) 쌍봉관(雙鳳冠): 봉황 두 마리가 그려진 관.
19) 월나삼(越羅衫): 월(越) 땅에서 나는 좋은 비단으로 만든 저고리.
20) 홍금상(紅錦裳): 붉은 명주로 만든 치마.
21) 전도(顚倒): 엎어지거나 넘어짐. 여기서는 '매우 반가워 서두르는 모양'이라는 뜻으로 쓰였다.

상셔 옥슈(玉手)로 금인을 끌너 노코 홍금조복(紅錦朝服)을 보인[22]으로 벗기며[23] 완연(莞然)[24] 소왈,

“딕장부(大丈夫) 입신쳔ᄒᆞ(立身天下)ᄒᆞ야 요슌(堯舜) 갓튼 임군을 도으믹, 읏지 딕장(大將)이 되지 못ᄒᆞ리요? 셕(昔)의 쇼진(蘇秦)이 빈ᄒᆞᆫ(貧寒)ᄒᆞ믹 아ᄌᆞ어미와 안ᄒᆡ 뵈틀의 나려 요동(搖動)치 안턴니, 후일(後日)의 육국(六國)의 장상(將相)ᄒᆞ야난 아ᄌᆞ미와 안ᄒᆡ 다 부복(俯伏)ᄒᆞ야난니, 부인이 날노ᄒᆞ야 문인(文人) 쇼임(所任)을 할지연졍 빅만(百萬) 장졸(將卒)을 호령(號令)ᄒᆞ야 딕장지ᄌᆡ(大將之才) 읍슬가 역여ᄶᅡ가, 이예 장군(將軍)을 보고 고(怪)히 역이시미 심(甚)ᄒᆞ도다.[25] 닉 북방(北方)을 치랴 향(向)ᄒᆞ난니, 호지(胡地)난 흠지(險地)라. ᄉᆞᄉᆡᆼ(死生)이 이예 달엿ᄂᆞ니, 부인은 ᄶᅥ나미 괴로올가 ᄒᆞ노라.”

부인이 딕경(大驚) 왈,

“쳡(妾)이 상공으로 결발(結髮)[26]ᄒᆞ얀 지 칠년(七年)의 오날날 말이(萬里) 타국(他國)의 가시믹 읏지 슬푸지 안이릿고? 아지 못게라. 능(能)히 용병지ᄌᆡ(用兵之才) 계신야?”

상셔 답왈,

“그딕 학ᄉᆡᆼ(學生)으로 극(極)ᄒᆞᆫ 지긔(知己)로딕 오히려 나를 모르난 쏘다. 닉 비록 ᄒᆞᆫ ᄌᆞ 칼을 쓰지 못ᄒᆞ고 활시위을 다리지 안야시나 족(足)히 염여(念慮)치 안이린니,[27] 모로미 그딕난 안심보호(安心

22) [교감] 보인: ‘부인(夫人)’의 오기.
23) [교감] 보인으로 벗기며: 낙성전 ‘부인이 시겨 벗기며’. 쌍완기봉 ‘부인으로 더부러 벗기며’.
24) 완연(莞然): 빙그레 웃는 모양.
25) [교감] 빅만 장졸을~역이시미 심ᄒᆞ도다: 낙성전 ‘빅만 당졸을 호령ᄒᆞ야 대장지ᄌᆡ 업술가 녀엿다가 당군을 보고 고히히 넉기미 심ᄒᆞ도다’. 쌍완기봉 ‘빅만지즁의 도적의 슈급을 난등취물홈 ᄀᆞᆺᄒᆞᆫ 묘략을 가진 줄 모르다가 대장금인을 보고 고이히 넉이난도다’.
26) 결발(結髮): 예전에, 관례를 할 때 상투를 틀거나 쪽을 찌던 일. 또는 그렇게 한 머리.
27) [교감] 족히 염여치 안이린니: 낙성전 ‘족히 오랑캐라 ᄒᆞ는 거슨 근심치 아니ᄒᆞ리니’. 쌍완기봉 ‘족히 유랑킈 파ᄒᆞ거날 근심치 아니니’.

保護)ᄒᆞ라.”

온화(穩話)[28]를 이으키 ᄒᆞ고 술을 내와 십여(十餘) ᄇᆡ(盃)를 기우리고, 죽침(竹枕)의 비겨 쇄옥낭음(碎玉朗音)으로 이별시(離別詩)를 읽은니, 부인니 화답(和答)ᄒᆞ야 ᄒᆞᆫ가지로 쓴니, 기시(其詩)의 니로ᄃᆡ,

명위부부유(名爲夫婦有)요,
흉즁현지긔(胸中見知己)라.

밧그로 부부의 일홈이 잇고,
가삼 가온ᄃᆡ 지긔 뵈이도다.

금조격연별(今朝隔年別)이요,
의헌난산귀[29]라.

오날 아참 격연ᄒᆞᆫ 이별이
슬프고 염염ᄒᆞᆫ 죠각 마음은 머무도다.[30]

영부인 시(詩)의 왈,

진안북쳔비(傳雁北天飛)요,

---

28) 온화(穩話): 화목하고 부드럽게 이야기함. 또는 그런 말.
29) [교감] 의헌난산귀: ‘ᄋᆡ년난심쉬(哀憐丹心守)’의 오기인 듯함.
30) [교감] 명위부부유요 흉즁현지긔라~마음은 머무도다: 낙성전 ‘명븨부부유요 밧그로 부부의 일홈이 잇고/ 흉듕현디긔라 가삼 가온ᄃᆡ 이런 지음이 이러/ 금조격년니별니 오날 아젹 격년 이별이 머물니로다/ ᄋᆡ련난심쉬라 슬프고 념념ᄒᆞ야 ᄒᆞᆫ 조각 마암은 머물다’. 쌍완기봉 ‘명위부부유요 흉듕현지음은 밧그로 부부의 일홈이 잇고 가삼 가운ᄃᆡ 어진 지음이러니 금됴격년별의 ᄋᆡ년간심쉬라 오날 아ᄎᆞᆷ 격난 이별의 슬프고 ᄒᆞᆫ 조각 마옴은 머무논구나’.

ᄊᆞᆼ연보가정(雙燕報佳節)이라.

ᄣᅦ기력이 북역 하날의 날고,
쌍제비난 아ᄅᆞᆷ다온 시졀을 보난도다.

현후위국츙(賢侯爲國忠)ᄒᆞ니,
이별쳔니거(離別千里去)로다.

어린 지긔 나라를 위ᄒᆞ야 츌발ᄒᆞ니,
이별을 일위여 쳔이의 가도다.[31]

쓰기ᄅᆞᆯ 맛고 상셔와 부인이 감상(感傷)함을 익이지 못ᄒᆞ던니, 일러구려 밤을 지ᄂᆡ고 명일(明日) 장졸(將卒)이 북을 울니며 긔(旗)을 셰워 시ᄀᆡᆨ(時刻)을 고(告)ᄒᆞ니, 상셔 낙셩의 ᄉᆞᆫ을 잡고 쓰다듬어 시셔(詩書)의 부즈런이 함을 당부(當付)ᄒᆞ니, 공ᄌᆞ(公子) 쳬읍비ᄉᆞ(涕泣拜辭)[32]ᄒᆞ고 슈명(受命)ᄒᆞ더라.

이예 부인과 이별(離別)ᄒᆞᆯᄉᆡ 츄연함누(惆然含淚)[33]ᄒᆞ다가 이여이[34]

31) [교감] 진안북쳔비요 ᄊᆞᆼ연보가정이라~쳔이의 가도다: 낙성전 '열셰 ᄒᆡ 졔 셔로 조ᄎᆞ미 이시니 십삼상됴유ᄒᆞ니/ 두 사람이 셔로 듯즐 뵈최더니 냥인이상심죄라/ 어딘 버지 나라흥 위ᄒᆞ야 튱셩을 발현후 위국튱ᄒᆞ니/ 셩별쳔니ᄀᆡ로다 니별을 일워 쳔니의 가도다/ 두안북텬비오 ᄣᅦ 디은 기은 기럭기 북녘 하날의 놀고/ 삼년보가졀은 쌍쌍 졔비ᄂᆞᆫ 아ᄅᆞᆷ다온 시졀을 보난도다/ 원군셩공이오 그ᄃᆡ롤 위ᄒᆞ야 공을 일음을 원하ᄂᆞ니/ 님공고극희라 공을 일워 고국의 도라오믈 ᄇᆞ라노라'. 쌍완기봉 '십삼상종유 양인상심죄라/ 열셰 ᄒᆡ 졔 셔로 조차미 이시니 두 사람이 뜻을 셔로 비최주다/ 현우위국츙으로 셩별쳔니거라/ 어린 버지 나라흥 위ᄒᆞ야 츙으로 니별을 일워 쳔니의 가난도다/ 둔안북천비요 상연보가졀을/ ᄣᅦ 지은 기럭이 북녘 하놀의 날고 쌍쌍ᄒᆞᆫ 졔비 아ᄅᆞᆷ다온 ᄣᅢ롤 당ᄒᆞᆫ제/ 군모셩공원이요 입공고국회라/ 그ᄃᆡ 날위 공을 세우고 ᄒᆞ나곰 일음을 원하ᄂᆞ니 고국으로 도라오믈 원ᄒᆞ노라'.
32) 체읍배사(涕泣拜辭): 눈물을 흘리면서 정중하게 인사함.
33) 추연함루(惆然含淚): 처량하게 눈물을 머금음.
34) [교감] 이여이: 낙성전 '가년이'. 쌍완기봉 'ᄀᆡ년이'.

ᄒᆞ직(下直)ᄒᆞ고, 궐ᄒᆞ(闕下)의 일으러 쳔ᄌᆞ(天子)게 ᄒᆞ직ᄒᆞ고 발힝(發行)ᄒᆞ물 고(告)ᄒᆞ니, 상(上)니 가라ᄉᆞᄃᆡ,

"경이 국가의 죵요로온 신ᄒᆞ(臣下)러니 이졔 말니(萬里)의 흉젹(凶賊)을 임(臨)ᄒᆞ니, 짐(朕)니 좌우슈죡(左右手足)을 일흔 듯 ᄒᆞ건이와, 경은 슈이 오랑키을 평졍(平定)ᄒᆞ고 짐의 바라난 ᄯᅳᆺ슬 잇지 말나."[35]

상셔 부복(俯伏)ᄒᆞ고 왈,

"신(臣)이 ᄌᆡ됴 박(薄)ᄒᆞ오니 읏지 승은(聖恩)을 다 갑사오릿가? 바리건ᄃᆡ 젼ᄒᆞ(殿下)난 안강(安康)ᄒᆞ시물 바라나이다."[36]

ᄒᆞ직ᄒᆞᄆᆡ[37] 상이 연연(戀戀)ᄒᆞᄉᆞ 상방금(尙方劍)[38]을 쥬시며 가라ᄉᆞᄃᆡ,

"위령ᄌᆞ(違令者)난 션참후계(先斬後啓)ᄒᆞ라."

ᄒᆞ신니, 원슈(元帥) 밧ᄌᆞ와 졀월(節鉞)을 북(北)으로 휘동(麾動)할ᄉᆡ[39] 긔위(氣宇ㅣ) 엄숙(嚴肅)ᄒᆞ고, 금극(劍戟)이 셔리 갓고, 말은 밍호(猛虎) 갓고, 졍긔(旌旗)난 일광(日光)을 가리우니, 지나난 바의 츄호(秋毫)도 불범(不犯)ᄒᆞ니, ᄇᆡᆨ셩(百姓)니 단ᄉᆞ호장(簞食壺漿)[40]으로 왕ᄉᆞ(王師)[41]를 맛더라.

---

35) [교감] 짐의 바라난 ᄯᅳᆺ슬 잇지 말나: 낙성전 '딤의 ᄆᆞ음을 깃기라'.

36) [교감] 신이 ᄌᆡ됴~안강ᄒᆞ시물 바라나이다: 낙성전 '미신이 비록 ᄌᆡ죠 업ᄉᆞ오나 원컨ᄃᆡ 간담을 다하야 항복 바다 원컨ᄃᆡ 폐ᄒᆞ의 텬홍을 갑ᄉᆞ오리니 념녀치 마라시고 오직 셩톄 안강ᄒᆞ시믈 ᄇᆞ라나이다'.

37) [교감] ᄒᆞ직ᄒᆞᄆᆡ: 낙성전 '상이 옥ᄇᆡ를 나와 항안주를 친히 부어주시니 원수 황망이 밧ᄌᆞ와 ᄭᅮ러 거후로고 이에 ᄒᆞ직ᄒᆞᄆᆡ'.

38) 상방검(尙方劍): 임금이 간악한 신하를 제거할 때 쓰는 날카로운 칼. 상방은 원래 중국 한나라 때 천자가 쓰는 기물을 담당하던 기구였는데, 삼방검이란 말은 주운(朱雲) 태부(太傅) 장우(張禹)를 간신으로 지목해 탄핵하면서 상방에 보관하던 좋은 칼을 하사받아 참수할 것을 청했던 고사에서 유래했다.

39) [교감] 원슈 밧ᄌᆞ와 졀월을 북으로 휘동할ᄉᆡ: 낙성전 '원수 밧ᄌᆞ와 허리의 ᄎᆞ고 텬은을 숙샤ᄒᆞᄆᆡ 졀월을 휘동ᄒᆞ야 호지를 향ᄒᆞ니'.

40) 단사호장(簞食壺漿): 대나무로 만든 밥그릇에 담은 밥과 병에 넣은 마실 것이라는 뜻으로, 넉넉하지 못한 사람의 거친 음식을 이르는 말. 여기서는 백성이 군대를 환영하기 위해 갖춘 음식이라는 뜻으로 쓰였다.

41) 왕사(王師): 임금의 군대.

오랑캐를 물리치다

힝(行)ᄒᆞ야 호지(胡地)의 이르러 결진(結陣)ᄒᆞ고, 먼져 호쥬(胡主)의게 격셔(檄書)를 젼(傳)ᄒᆞ니, 호왕(胡王)니 졔신(諸臣)으로 보니 ᄒᆞ야스ᄃᆡ,

"ᄃᆡ명(大明) 대원슈(大元帥) 병부상셔(兵部尙書) ᄐᆡ학ᄉᆞ(太學士) 졍북장군(征北將軍)은 글노써 몬져 호쥬(胡主)의게 문되(問罪)ᄒᆞ난니, 우흐로 ᄒᆞ날이 잇고 가온ᄃᆡ 임군이 계시며 아ᄅᆡ로 ᄯᅡ히 잇슨니, 쳔ᄌᆞ(天子)난 곳 ᄒᆞ놀이요 졔후(諸侯)난 ᄇᆡᆨ셩(百姓)이라. ᄒᆞ물며 임군니 신ᄒᆞ(臣下)의 부모(父母)라. 이졔 너희 무리 ᄃᆡ국(大國) 신하(臣下)라 ᄒᆞ며[1] 감히 쳔명(天命)을 거역(拒逆)ᄒᆞ며 ᄒᆞ날을 항거(抗拒)ᄒᆞ니, 이난 스ᄉᆞ로 폐망(敗亡)을 취(取)ᄒᆞ미라. ᄂᆡ 황명(皇命)을 밧ᄌᆞ와 특별이 무도(無道)한 오랑키를 쓰러바리고ᄌᆞ ᄒᆞ난니, 만일 항복(降服)ᄒᆞᆫ즉 멸족지화(滅族之禍)를 면(免)ᄒᆞ련니와, 부련(不然)즉 용셔(容恕)치 안니ᄒᆞ리라."

1) [교감] ᄃᆡ국 신하라 ᄒᆞ며: 낙성전 '대국 신하로라 ᄒᆞ며'. 쌍완기봉 'ᄃᆡ국의 칭신ᄒᆞ며'. 세 이본 모두 '대국이라 하며'의 오기인 듯함.

ᄒᆞ엿더라.

호왕(胡王)이 ᄃᆡ로(大怒)ᄒᆞ야 이예 병(兵)을 모라 쳥젼(請戰)ᄒᆞ니, 호장(胡將)이 비록 만ᄒᆞ나 읏지 방원슈(方元帥)의 용병(用兵)을 당(當)ᄒᆞ리요? 호통 일합(一合)의 호군(胡軍)이 ᄃᆡᄑᆡ(大敗)ᄒᆞ야 쥬검이 뫼 갓고 피흘러 시ᄂᆡ 된이, 원슈 승젼(勝戰)ᄒᆞ야 각각 졔장(諸將)을 상급(賞給)ᄒᆞ고, 다시 파(破)할 계교(計巧)를 상양(商量)ᄒᆞ더라.

호왕이 ᄑᆡ(敗)ᄒᆞ여 군사(軍士)를 슈습(收拾)ᄒᆞ니 계우 쳔여(千餘) 병(兵) 나머더라. 분울(憤鬱)ᄒᆞ물 마지 안턴니, 문득 한 신하 ᄃᆡ언(大言) 왈,

"신(臣)이 맛당이 방원슈을 잡아 쳔ᄒᆞ(天下)을 어더 ᄃᆡ왕(大王)긔 밧치고, 쇼장(小將) 등의 공(功)을 발키린이다."

호왕니 놀나 본니 승상(丞相) 야율다리라. 호왕이 문왈(問曰),

"경의 ᄌᆡ모(才貌) 어ᄃᆡ 잇난요?"[2)]

율달이 쥬왈(奏曰),

"신의 쇼시(少時)의 ᄒᆞᆫ 벗시 잇ᄉᆞ와 그이(奇異)ᄒᆞᆫ 슐법(術法)이 잇난 고(故)로 익키 ᄇᆡ와ᄉᆞ온니, 이난 몸을 감쵸와 풍운(風雲)이 되여 ᄉᆞ람을 ᄒᆡ(害)ᄒᆞ난 슐법이라. 신이 금야(今夜)의 당당(堂堂)이 명진(明陳)의 나아가 방관쥬를 쥭이고 진(陳)을 파(破)ᄒᆞ야 ᄃᆡ왕의 근심을 들인니다."[3)]

호왕이 ᄃᆡ희(大喜)ᄒᆞ야 보검(寶劍)을 쥰니, 율다리 변신(變身)ᄒᆞ야 ᄒᆞᆫ 쥴 흑긔(黑氣) 되여 명진으로 향(向)ᄒᆞ다.

ᄎᆞ시(此時) 방원슈 ᄎᆞ야(此夜)의 진즁(陣中)의 고요이 명쵹(明燭)을 도두고 안ᄌᆞ더니 ᄉᆞᄆᆡ 안으로 ᄒᆞᆫ 졈괘을 보니, 불길(不吉)ᄒᆞ물 놀나 창박긔 나와 쳔문(天文)을 본니, ᄌᆞ긔(自己) 진즁(陣中)의 승젼(勝戰)ᄒᆞ

2) [교감] 경의 ᄌᆡ모 어ᄃᆡ 잇난요: 낙성전 '경의 계규 어ᄃᆡ 잇ᄂᆞ뇨'. 쌍완기봉 '계교 어ᄃᆡ 잇ᄂᆞ뇨'.

3) [교감] ᄃᆡ왕의 근심을 들인니다: 낙성전 'ᄃᆡ왕의 근심을 덜니이라'. 쌍완기봉 'ᄃᆡ왕의 ᄒᆞᆫ을 시ᄉᆞ리이다'.

난 상운(祥雲)이 잇고 호진(胡陳)의ᄂᆞᆫ 살긔등등(殺氣騰騰)ᄒᆞᆫ 즁(中), 다만 ᄌᆞ긔 진즁의 살긔(殺氣) ᄒᆞᆫ 쥴기 쏘인니, 가장 놀나 혜오ᄃᆡ,

'반다시 ᄌᆞᄀᆡᆨ(刺客)이 오도다!'

바로 장즁(帳中)의 드러와 등촉(燈燭)을 물이치고 보검(寶劍)을 잡고 은신(隱身)ᄒᆞ야던니, ᄉᆞᆷ경(三更)이 되ᄆᆡ 창틈으로 좃ᄎᆞ ᄒᆞᆫ 쥴 흑긔(黑氣) 살긔(殺氣)을 쓰여 드러오거날, 원슈 평ᄉᆡᆼ(平生) 심을 다ᄒᆞ야 칼을 드러 그 흑긔 ᄒᆞᆫ 말낭이[4]을 쳐 ᄭᅳᆫ쳐바린니, 호련(忽然) ᄒᆞᆫ 쇼ᄅᆡ 지르고 걱구러지난지라.[5] 본즉 ᄒᆞᆫ 오랑ᄏᆡ라. 몸이 두 죠각이 되연난지라, 홍혈(紅血)니 방중(房中)의 가득ᄒᆞ엿슨니, 봉미(鳳尾)을 씽긔고 급히 장죨(將卒)을 불너 죽엄을 치우라 ᄒᆞ니, 졔장(諸將) 등이 원슈(元帥)의 효용(驍勇)[6]ᄒᆞ시물[7] 탄복(歎服)ᄒᆞ더라.

율달의 머리을 긔(旗)예 달고 ᄊᆞ홈을 도둔니,[8] 호왕이 율달의 죽으물 알고 ᄃᆡ경(大驚) 낙담상혼(落膽喪魂)ᄒᆞ야 묘계(妙計) 궁진(窮盡)ᄒᆞ던니, 문득 젼ᄒᆞ(殿下)의 ᄒᆞᆫ 미인(美人)이 ᄋᆡ원통곡(哀怨痛哭) 왈,

"신쳡(臣妾)은 야율 승상(丞相)의 춍첩(寵妾)이압던니, 금일(今日) 지아뷔 원슈(怨讐)를 갑고ᄌᆞ ᄒᆞᄂᆞ이다."[9]

4) 말낭이: '마루(등성이를 이루는 지붕이나 산 따위의 꼭대기)'를 일컫는 강원도, 평안남도 방언.

5) [교감] 호련 ᄒᆞᆫ 쇼ᄅᆡ 지르고 걱구러지난지라: 낙성전 '홀연 ᄒᆞᆫ 소ᄅᆡ를 디ᄅᆞ고 새구러디ᄂᆞᆫ 거시 잇거ᄂᆞᆯ'. 쌍완기봉 '호련 사ᄅᆞᆷ의 소ᄅᆡ 나며 구러지거ᄂᆞᆯ'.

6) 효용(驍勇): 사납고 날쌤.

7) [교감] 효용ᄒᆞ시물 탄복ᄒᆞ더라: 낙성전 '효용을 탄복ᄒᆞ며 뉼달의 시신을 거두어 군듕의 효시ᄒᆞ라'. 쌍완기봉 '신긔묘산을 탄복ᄒᆞ고 젹의 시신을 거두어 그 머리을 군즁의 효시ᄒᆞ다'.

8) [교감] 율달의 머리을 긔예 달고 ᄊᆞ홈을 도둔니: 낙성전 '명일 호쥐 뉼달의 오지 아니믈 탐지ᄒᆞ니 탁뷔 보ᄒᆞ되 야뉼 승상 머리 명진의 달녀더니라'. 쌍완기봉 '명일 호왕이 야률달을 보ᄂᆡ고 기다리더가 기약이 지ᄂᆡ되 오지 아니니 념ᄂᆡᄒᆞ여 탐지ᄒᆞᆫ즉 보ᄒᆞᄃᆡ 야률 승상의 숙급이 명진의 돌엿ᄂᆞ이다'.

9) [교감] 신쳡은 야율~갑고ᄌᆞ ᄒᆞᄂᆞ이다: 낙성전 '신쳡은 야뉼 승상 춍ᄒᆡ 달비러니 금일 지아뷔 원수를 갑고져 ᄒᆞᄂᆞ니 일진 인가을 엇고져 ᄒᆞᄂᆞ니다'. 쌍완기봉 '신쳡은 야률달의 춍ᄒᆡ 달비라 금일 지아뷔 원슈를 갑고져 ᄒᆞᄂᆞ니 ᄃᆡ왕은 일등군을 숙ᄉᆞ든 병장으 숙금을 헌ᄒᆞ니이다'.

호왕이 본니 달녀의 용안(容顏)이 미려(美麗)ᄒᆞ야 슬푸물 씌여슨니, 왕이 측연(惻然)ᄒᆞ야[10] 왈,

"과인(寡人)이 친(親)히 졉젼(接戰)코ᄌᆞ ᄒᆞ던니, 네 맛당이 션봉(先鋒)이 되여 공(功)을 일우면 원슈(怨讐)도 갑푸리라."

달여 눈물을 먹음고 갑쥬(甲冑)롤 갓쵸야 나단다시 말게 오른니, 호왕이 일진(一陣)을 버혀 ᄃᆡ진(對陣)ᄒᆞ고 ᄊᆞ홈을 도둔니, 방원슈 제장을 지휘(指揮)ᄒᆞ야 문긔(門旗)[11] 아릐 나셔니, 호쥬 바라보ᄆᆡ ᄒᆞᆫ 쇼연ᄃᆡ장(少年大將)니 머리의 봉시투고[12]를 쓰고, 몸의 황금쇄ᄌᆞ갑(黃金鎖子甲)[13]의 홍금슈젼포(紅錦繡戰袍)[14]을 셔입고, 허리의 양지빅옥ᄃᆡ(羊脂白玉帶)[15]를 둘러시며, 셤셤옥슈(纖纖玉手)의 장창(長槍)을 잡고 쳔이마(千里馬)를 타신니, 옥면영걸(玉面英傑)[16]이요 ᄀᆡ셰영웅(蓋世英雄)[17]이라. 풍치(風采) 츄쳔상월(秋天上月) 갓고 긔위(氣宇ㅣ) 당당ᄒᆞ며 웅장쇄락(雄壯灑落)ᄒᆞ고 유화침즁(柔和沈重)ᄒᆞ야 쳔신(天神)이 강임(降臨)ᄒᆞ나 발뵈지[18] 못ᄒᆞᆯ 듯ᄒᆞ나, 짐짓 분(粉) 발은 ᄒᆞ낭이요 쇼복(素服) 입은 반악(潘岳)이라.

바라본니 낙담상혼(落膽喪魂)ᄒᆞ여 모골(毛骨)이 숑연(悚然)ᄒᆞ니, ᄊᆞ홈의 의ᄉᆞ(意思) 침혼(沈昏)ᄒᆞ여[19] 갈오ᄃᆡ,

10) [교감] 용안이 미려ᄒᆞ야~왕이 측연ᄒᆞ야: 낙성전 '용안이 미려ᄒᆞ야 옥안의 슬프물 씌여시니 위인이 효용ᄒᆞ거놀 왕이 희열ᄒᆞ야'.

11) 문기(門旗): 진문(陣門) 밖에 세우던 군기(軍旗).

12) 봉시투고(鳳翅--): 봉의 깃으로 꾸민 투구.

13) 황금쇄자갑(黃金鎖子甲): 황금으로 만든 쇄자갑. 쇄자갑은 사방 두 치 정도 되는 돼지가죽으로 된 미늘을 작은 고리로 꿰어 만들었다.

14) 홍금수전포(紅錦繡戰袍): 붉은 비단으로 수놓은 전포. 전포는 장수가 입던 웃옷이다.

15) 양지백옥대(羊脂白玉帶): 양의 기름 덩이같이 빛이 나고 윤택이 있는 흰 옥으로 만든 띠.

16) 옥면영걸(玉面英傑): 얼굴이 옥같이 깨끗하고 아름다운 영웅호걸.

17) 개세영웅(蓋世英雄): 기상이나 위력, 재능 따위가 세상을 뒤덮을 만큼 뛰어난 영웅.

18) 발뵈지: 남에게 자랑하기 위하여 자기가 가진 재주를 일부러 드러내 보이지.

19) [교감] ᄊᆞ홈의 의ᄉᆞ 침혼ᄒᆞ여: 쌍완기봉 '쌈홀 의셔 업셔 스ᄉᆞ로 몸을 굽혀'.

"승부(勝負)난 사람의 결(決)ᄒᆞ기의 잇ᄉᆞ니,[20] 원컨ᄃᆡ 진법(陳法)을 결워 못 익일진ᄃᆡ 머리를 두로혀 항복(降服)ᄒᆞ라."

원슈 쇼왈,

"오랑킈로 더부러 ᄌᆡ됴를 결(決)ᄒᆞ미 불가(不可)ᄒᆞ나, 네 ᄒᆞ고ᄌᆞ ᄒᆞ니 시험(試驗)ᄒᆞ리라."

호왕이 납함(吶喊)[21] ᄌᆡᆼ북[22]ᄒᆞ며 군ᄉᆞ(軍士)를 지휘(指揮)ᄒᆞ야 일시(一時)의 진(陳)을 치니, 원슈 ᄂᆡᆼ쇼(冷笑) 왈,

"이난 팔괘진(八卦陳)[23]인니 치기 쉬우리라. ᄂᆡ 진을 치린이 보라." ᄒᆞ고 일시의 방포(放砲)ᄒᆞ고 진칠ᄉᆡ, 진법니 긔이ᄒᆞ야 어ᄃᆡ로 들 쥴 날 쥴 모로더라. 원슈 왈,

"이 진 일홈을 아ᄂᆞᆫ다?"

호왕니 이윽키 보다가 일오ᄃᆡ,

"이난 쳔문쥬작진(天文朱雀陳)[24]이니, 웃지 모로릿고?"

원슈 쇼왈,

"네 이 진을 다 알숀야?"[25]

언필(言畢)의 호쥬(胡主)의 뒤흐로셔 ᄒᆞᆫ 여장(女將)니 ᄂᆡ달아 갈오ᄃᆡ,

"오날 방원슈을 쥭여 원슈(怨讐)을 갑흐리라!"

ᄒᆞ고 일시의 호왕으로 합셰(合勢)ᄒᆞ여 양진(兩陣)니 ᄊᆞ화 불분승부(不分勝負)러라. 원슈 ᄒᆞᆫ 살노 달여의 가삼을 맛친니 ᄒᆞᆫ 소ᄅᆡ 지르고 나

---

20) [교감] 승부난 사람의 결ᄒᆞ기의 잇ᄉᆞ니: 낙성전 'ᄊᆞ홈의 승부ᄂᆞᆫ 결ᄒᆞ미 이□나'. 쌍완기봉 'ᄊᆞ홈의 승패는 병가의 상셔라'.

21) 납함(吶喊): 적진을 향하여 돌진할 때 군사가 일제히 고함을 지름.

22) 쟁북(錚-): 징과 북을 아울러 이르는 말.

23) 팔괘진(八卦陳): 팔괘의 모양을 본뜬 진. 팔괘는 세상의 모든 현상을 음양을 겹쳐 여덟 가지의 상으로 나타낸 건(乾), 태(兌), 이(離), 진(震), 손(巽), 감(坎), 간(艮), 곤(坤)을 이른다.

24) 천문주작진(天文朱雀陳): 하늘의 별자리 28수(二十八宿) 가운데 남쪽을 지키는 일곱 별을 본뜬 진.

25) [교감] 네 이 진을 다 알숀야: 낙성전 '이 진을 파홀소야'. 쌍완기봉 '임의 아라서니 파홀소냐'.

려져 죽은니, 호왕이 달녀 죽으물 보고 급히 말을 돌여 달아나려 할ᄉᆡ 모든 병졸(兵卒)이 납함(吶喊)ᄒᆞ고 진을 둘너 호왕을 가둔니, 맛ᄎᆞᆷᄂᆡ 버셔나지 못ᄒᆞ야 ᄉᆞ로 잡핀니, 방원슈 진을 파(破)ᄒᆞ고 장듕(帳中)의 도라와 호왕의 ᄆᆡᆫ 거슬 그르고 갈오ᄃᆡ,

“승ᄑᆡ(勝敗)난 병가(兵家)의 상ᄉᆞ(常事)라. 왕이 오히려 마음으로 항복할 뜻시 읍거던 다시 도라가 승부(勝負)를 닷토고ᄌᆞ ᄒᆞ난다?”

호쥬 고두ᄉᆞ되(叩頭謝罪) 왈,

“원슈(元帥) ᄒᆞᆫ 목심을 살이시면 맛당이 항표(降表)을 갓초와 항지(降志)을 일으린이다. 읏지 감히 뉘치난 뜻시 읍ᄉᆞ릿고?”

원슈 흔연(欣然) 칭ᄉᆞ(稱辭) 왈,

“여ᄎᆞ(如此)ᄒᆞᆫ즉 읏지 아름답지 안이릿고? 셩인(聖人)이 가라ᄉᆞᄃᆡ, ‘ᄭᆡ다름이 지극(至極) 귀(貴)타’ ᄒᆞ니, 왕이 회과(悔過)ᄒᆞᆫ즉 현ᄌᆞ(賢者)로다.” ᄒᆞ고 ᄂᆡ여 보ᄂᆡᆫ니, 호왕이 감격(感激)ᄒᆞ여 도라가 항표을 올인니, 말이 공순(恭順)ᄒᆞ고 죄(罪)를 가득이 일커러난지라. 원슈 ᄃᆡ희ᄒᆞ야 호왕을 관ᄃᆡ(款待)하고 병마(兵馬)를 두루혈ᄉᆡ, 호왕니 잔ᄎᆡᄒᆞ여 원슈를 ᄃᆡ졉(待接)ᄒᆞ고 ᄇᆡᆨ(百) 이(里)의 나와 ᄇᆡ숑(陪送)[26]ᄒᆞ더라. 원슈 ᄀᆡ병(起兵) 팔삭(八朔)의 ᄒᆡ 밧고엿난지라. 경도(京都)의 도라올 마암이 살갓타여 ᄒᆞ로 쳘(千) 니(里)식 ᄒᆡᆼ(行)ᄒᆞ더라.

쳔ᄌᆞ(天子) 잇ᄯᆡ 방원슈 승쳡(勝捷)ᄒᆞ야 호국(胡國)을 평졍(平定)ᄒᆞ고 회군(回軍)ᄒᆞ난 쳡셔(捷書)를 보시고 ᄃᆡ희ᄒᆞᄉᆞ 즉시 원슈로 우승상(右丞相) 강능후을 ᄒᆞ이시고, 겸(兼) 구셕(九錫)[27]을 졔(除)ᄒᆞ시고,[28] ᄉᆞ신

26) 배송(陪送): 웃어른이나 지위가 높은 사람을 따라가서 전송함.
27) 구석(九錫): 천자가 특히 공로가 큰 제후와 대신에게 하사하던 아홉 가지 물품으로, 거마(車馬), 의복(衣服), 악칙(樂則), 주호(朱戶), 납폐(納陛), 호분(虎賁), 궁시(弓矢), 부월(鈇鉞), 울창주(鬱鬯酒)다.
28) [교감] 졔ᄒᆞ시고: 낙성전 ‘더으며’.

(使臣)을 마됴 뵈ᄂᆡ신니, 어시(於時)의 군미(軍馬ㅣ) 유ᄒᆞ츈의 일으어 ᄉᆞ신을 마ᄌᆞ 향안(香案)을 비셜(排設)ᄒᆞ고 됴셔(詔書)를 일근니, ᄒᆞ야스되,

"짐(朕)이 경(卿)의 승젼(勝戰)ᄒᆞ야 호지(胡地)롤 평졍ᄒᆞ고 도라온니, 그 공이 호ᄃᆡ(浩大)ᄒᆞᆫ지라. 특별이 즉은[29] 작녹(爵祿)으로 졍(情)을 표(表)ᄒᆞ난니, 모로미 과ᄉᆞ(過辭)치 말고 ᄲᆞᆯ이 와 짐을 반게ᄒᆞ라."

원슈 불승황공(不勝惶恐)하야 북향ᄉᆞ은(北向謝恩)ᄒᆞ고, 이예 힝ᄌᆞ(行資)[30]를 흣터 젼일(前日) 고구친쳑(故舊親戚)[31]을 난ᄒᆞ쥬고, 힝(行)ᄒᆞ야 경ᄉᆞ(京師)의 일으러 바로 쳔ᄌᆞ게 됴회(朝會)할ᄉᆡ, 상(上)이 반기ᄉᆞ 승상(丞相)의 숀을 잡으시고 몬ᄂᆡ 반기시고, 젼지(戰地)의 근노(勤勞)한 공뇌(功勞)를 ᄌᆡ삼(再三) 칭찬(稱讚)ᄒᆞ며 ᄉᆞ쥬(賜酒)ᄒᆞ신니, 승상이 외람(猥濫)ᄒᆞ야 부복(俯伏) 쥬왈,

"호왕을 평졍ᄒᆞ오문 폐ᄒᆞ(陛下)의 홍복(洪福)과 ᄉᆞ직(社稷)의 승덕(聖德)이온니, 제장(諸將)의 힘이라.[32] 신(臣)의게 무산 공이 잇ᄉᆞ오릿가? 더옥 위(位)난[33] 외람ᄒᆞ온지라. 신이 숀복(損福)할가 황공숑구(惶恐悚懼)ᄒᆞ온니, 셩명(聖命)을 거두시물 원(願)ᄒᆞ나이다."

상이 붓드러 평신(平身)[34]ᄒᆞ라 ᄒᆞ시고, 영씨로 진국부인을 봉(封)ᄒᆞ시고, 강능후 부모(父母)을 츄존(追尊)ᄒᆞ야 기부(其父)난 좌승상(左丞相) 평양후를 봉ᄒᆞ시고, 기모(其母) 보씨로 한국부인을 봉ᄒᆞ신니, 승상이 감누(感淚)를 드리워 쳬읍ᄉᆞ은(涕泣謝恩)ᄒᆞ고, 감히 ᄉᆞ양(辭讓)치 못

29) [교감] 즉은: 낙성전 '져근'. 쌍완기봉 '죠고만'.
30) 행자(行資): 먼 길을 떠나 오가는 데 드는 비용. 노자(路資).
31) 고구친척(故舊親戚): 친구와 친척.
32) [교감] 폐ᄒᆞ의 홍복과 ᄉᆞ직의 승덕이온니 졔장의 힘이라: 낙성전 '폐하의 셩덕과 사ᄃᆡᆨ의 홍복이오 졔당의 힘이라'. 쌍완기봉 '폐히 홍복이옵고 졔쟝의 힘이라'.
33) [교감] 위난: 낙성전 '작위ᄂᆞᆫ'. 쌍완기봉 '듕작을'.
34) 평신(平身): 엎드려 절한 뒤 몸을 그 전대로 폄.

ᄒᆞ고, 쏘ᄒᆞᆫ 부모을 츄죤ᄒᆞᄆᆡ 일희일비(一喜一悲)ᄒᆞ더라.

이윽고 퇴됴(退朝)ᄒᆞ야 부즁(府中)의 도라온니, 상ᄒᆞ(上下)의 환셩(歡聲)이 츈풍(春風) 갓고,[35] 낙셩 공ᄌᆞ 마됴 나와 ᄌᆡᄇᆡ(再拜)ᄒᆞᄆᆡ 승상니 연망(憐望)니 숀을 잡고 깃겨ᄒᆞ며,[36] 인(因)ᄒᆞ야 ᄂᆡ당(內堂)의 드러가 부모 가묘(家廟)의 ᄇᆡ현(拜見)ᄒᆞ니, 쇽졀읍슨 영연(靈筵)[37]이나 반기고 슬푸거날,[38] 이러틋ᄒᆞᆫ 영화(榮華)을 고(告)할 곳시 읍고, 부모을 일직 영별(永別)하ᄆᆡ 셩인(成人)ᄒᆞ야 친효(親孝)을 이르지[39] 못ᄒᆞ고 영영(零零)한[40] 증직(贈職) 쑨이니, 쵹쳐(觸處)의 슬푸미 고집(固執)[41]ᄒᆞ여[42] 누슈(淚水) 광슈(廣袖)[43]을 젹시더라.

부인으로 더부러 반기미 층양(測量) 읍던니, 문득 셔평후 일으러 승젼(勝戰)ᄒᆞᆫ 치ᄒᆞ(致賀)와 공열(功烈)이 호ᄃᆡ(浩大)ᄒᆞ물 흔흔(欣欣) 치ᄒᆞᄒᆞ미 비(比)할 곳 읍고, 여아(女兒)와 셔랑(壻郞)을 보니 ᄃᆡ인(大人) 쳬격(體格)이라. 여아난 몸의 홍금젹의(紅錦赤衣)롤 입고 다셧 쥴 명ᄑᆡ(命牌)와 일곱 쥴 면쥴를 드리워 왕후(王后)의 복ᄉᆡᆨ(服色)이요, 승상(丞相)은 구룡통쳔관(九龍通天冠)[44]과 하홉 쥴 면쥴노 풍ᄎᆡ(風采) 더옥 신이(神異)ᄒᆞ니, 쾌(快)ᄒᆞ물 익이지 못ᄒᆞ야 흔흔(欣欣) 쇼왈,

35) [교감] 상ᄒᆞ의 환셩이 츈풍 갓고: 낙성전 '상하의 깃거ᄒᆞ야 화긔 봄이러라'. 쌍완기봉 '상하의 반기고 깃거ᄒᆞ난 환셩이 탑가롤 기우리고'.
36) [교감] 낙셩 공ᄌᆞ 마됴 나와 ᄌᆡᄇᆡᄒᆞᄆᆡ 승상니 연망니 숀을 잡고 깃겨ᄒᆞ며: 낙성전 '낙셩 공ᄌᆡ 마조나와 ᄌᆡᄇᆡ하ᄆᆡ 승상이 연망이 손을 잡고'. 쌍완기봉 '낙셩 공ᄌᆡ 반겨ᄒᆞ미 넘쳐 도로혀 슬허ᄒᆞ니 공이 등을 어로만져 ᄉᆞ랑이 혜혜ᄒᆞ고'.
37) 영연(靈筵): 죽은 사람의 영궤(靈几)와 그에 딸린 모든 것을 차려놓는 곳.
38) [교감] 슬푸거날: 낙성전 '슬프물 니긔지 못ᄒᆞᄂᆞᆫ 듯ᄒᆞ더라'.
39) [교감] 이르지: 낙성전 '일우지'.
40) 영영(零零)한: 보잘것없는.
41) 고집(固執): 마음속에 남아 있는 최초의 심상이 재생되는 일.
42) [교감] 고집ᄒᆞ여: 낙성전 '이러나'.
43) 광수(廣袖): 통이 넓은 소매.
44) 구룡통천관(九龍通天冠): 아홉 마리 용이 그려진 통천관. 통천관은 본래 황제가 정무를 보거나 조칙을 내릴 때 쓰던 관이다.

"너희 부부(夫婦) 만ᄉ여의(萬事如意)[45]ᄒ나 홀노 ᄌ녀(子女) 션션(詵詵)치 못ᄒ니, 읏지 흠ᄉ(欠事) 안이리요?"

부인이 나작니 고왈,

"오복(五福)이 구됸(具存)ᄒ기 쉬웁지 못ᄒ온니, 쏘흔 계셩(繼姓)[46]할 아희 잇ᄉ온니, 읏지 흠ᄉ 잇ᄉ오릿가?"

승상은 함소(含笑)ᄒ고, 영후[47]난 두긋길[48] 뿐일너라.[49]

---

45) 만사여의(萬事如意): 모든 일이 뜻대로 됨.

46) 계성(繼姓): 양자로 대를 잇게 함.

47) [교감] 영후: '셔평후'의 오기.

48) 두긋길: 기뻐할.

49) [교감] 승상은 함소ᄒ고 영후난 두긋길 뿐일너라: 낙성전 '승상은 함소ᄒ고 영후ᄂ 두긋길 뿐이라'. 쌍완기봉 '승샹은 함구ᄒ고 상공은 불승쾌락ᄒ더라'.

집안의 경사

각셜. 김츄밀(金樞密)이 여아 십이(十二) 셰(歲) 되ᄆᆡ 혼ᄉᆞ(婚事)를 일으고ᄌᆞ ᄒᆞ여 ᄐᆡᆨ일(擇日)ᄒᆞ여 보닌이, 듕츄(仲秋)[1] 염후(念後)[2]라. 잇ᄯᆡ 낙셩의 연(年)이 십이 셰라. 신장(身長)이 늠늠ᄒᆞ고 풍ᄎᆡ 쥰슈(俊秀)ᄒᆞ야 슈듕비룡(水中飛龍)이라. 부모의 귀듕(貴重)ᄒᆞ미 비길 곳지 읍고, ᄌᆡ명(才名)이 ᄌᆞᄌᆞ(藉藉)ᄒᆞ더라.

승상과 부인니 ᄌᆞ부(子婦)를 슈이 보고ᄌᆞ ᄒᆞ야 고ᄃᆡ(苦待)ᄒᆞ던니, 길일(吉日)니 임(臨)ᄒᆞᄆᆡ 좌우빈ᄀᆡᆨ(左右賓客)니 구름 갓치 모으고 쥬반(酒飯)이 낭ᄌᆞ(狼藉)ᄒᆞ더라. 방공ᄌᆞ 길복(吉服)을 졍(精)이 ᄒᆞ고 ᄇᆡᆨ마금안(白馬金鞍)의 츄둉위의(追從威儀)[3] ᄇᆡᆨ(百) 이(里)의 보렷고,[4] ᄉᆡᆼ쇼고

1) 중추(仲秋): 가을이 한창인 때라는 뜻으로, 음력 8월을 달리 이르는 말.
2) 염후(念後): 어느 한 달의 스무날이 지난 후.
3) 추종위의(追從威儀): 따르는 행렬.
4) [교감] ᄇᆡᆨ 이의 보렷고: 낙성전 'ᄇᆡᆨ 니의 버럿고'. 쌍완기봉 '십 니의 버러'.

악(笙簫鼓樂)[5]이 흔쳔(掀天)[6]ᄒᆞ야 김부(金府)의 일으러 즌안(奠雁)[7]을 맛고, 신부(新婦) 상교(上轎)를 ᄌᆡ쵹ᄒᆞ니, 츄밀(樞密)이 흔희(欣喜)ᄒᆞ야 숀을 잡고 왈,

"너난 ᄂᆡ의 ᄋᆡ셔(愛壻)라. 노부(老父) 무산 복(福)으로 이런 영웅(英雄)을 어더 슬ᄒᆞ(膝下)의 ᄌᆡ미를 삼난요? 쵀장시(催裝詩)난 쩟쩟ᄒᆞᆫ 시흥(詩興)이라.[8] 현셔(賢壻)난 ᄉᆞ양치 말고 지으라."

방ᄉᆡᆼ(方生)이 흐미이 웃고 붓슬 들어 화젼(花牋)의 휘필(揮筆)ᄒᆞ니, 빠르기 풍운(風雲) 갓타여 필ᄒᆞ(筆下)의 쳘ᄉᆞ를 드린 듯[9] 일각(一刻)의 지어 츄밀게 보ᄂᆡ니, 김공(金公)니 보건ᄃᆡ 이두(李杜)의 ᄌᆡ됴와 ᄌᆞ건(子建)의 신쇽(迅速)ᄒᆞ미 잇난지라. 좌즁(座中)의 ᄌᆞ랑ᄒᆞ니 졔ᄀᆡᆨ(諸客)의 치ᄒᆞ(致賀) 분분(紛紛)ᄒᆞ더라.

김쇼져(金小姐) 덩[10]의 들시, 츄밀니 경계(警戒) 왈,

"군ᄌᆞ(君子)을 경ᄃᆡ(敬待)하고 구고(舅姑)룰 지효(至孝)로 셤기고, 슉흥야ᄆᆡ(夙興夜寐)ᄒᆞ야 셕일(昔日) 슉녀(淑女)을 효칙(效則)ᄒᆞ라."

ᄒᆞ고, 모친니 ᄶᅵᆨ을 쓰이며 수건(手巾)을 ᄆᆡ여 경계 왈,

"여아(女兒)난 쥬야(晝夜)의 부즈런ᄒᆞ며 온슌비약(溫順卑弱)[11]ᄒᆞ야 군ᄌᆞ을 예(禮)로 셤기며, 부모 영계(令戒)을 잇지 말나."

당부(當付)ᄒᆞ니, 쇼져 수명(受命)ᄒᆞ고 교ᄌᆞ(轎子)의 오른니, 방공ᄌᆞ 슌금쇄약(純金鎖鑰)으로 덩문을 잠으고 호숑(護送)ᄒᆞ야 도라오니, 등화

5) 생소고악(笙簫鼓樂): 생황, 피리, 북 등 여러 악기로 연주하는 음악.
6) 흔천(掀天): '흔천동지(掀天動地, 큰소리로 천지를 뒤흔듦)'의 준말.
7) 전안(奠雁): 혼례 때, 신랑이 기러기를 가지고 신부 집에 가서 상 위에 놓고 절함. 또는 그런 예(禮). 산 기러기를 쓰기도 하나, 대개 나무로 만든 것을 쓴다.
8) [교감] 쩟쩟ᄒᆞᆫ 시흥이라: 낙성전 '덧덧ᄒᆞᆫ 규귀라'. 쌍완기봉 '덧덧ᄒᆞᆫ 일이니'.
9) [교감] 쳘ᄉᆞ를 드린 듯: 낙성전 '텰ᄌᆞ을 드리워시니'. 쌍완기봉 '쥬음이 난낙ᄒᆞ니'.
10) 덩: 공주나 옹주가 타던 가마.
11) 온순비약(溫順卑弱): 온순하고 겸손함.

츄동(燈火追從)[12]이 ᄒᆡ빗츨 가리더라.[13]

부즁(府中)의 도라와 ᄒᆡ월각 ᄃᆡ쳥(大廳)의셔 포진(鋪陳)ᄒᆞ고 양신인(兩新人)이 용문화셕(龍紋花席)[14]의 올나 교ᄇᆡ(交拜)할ᄉᆡ, 구고(舅姑)와 좌우(左右) 보건ᄃᆡ 안ᄉᆡᆨ(顔色)은 부용(芙蓉) 갓고, 옥빈홍안(玉鬢紅顔)이 긔긔묘묘(奇奇妙妙)ᄒᆞ야 유한졍졍(幽閑貞靜)[15]한 ᄐᆡ도(態度) 일우 응젹(應敵)치 못할 거시오, 낙셩의 관옥(冠玉) ᄀᆞ튼 용화(容華)[16]와 늠늠호상(凜凜豪爽)한 풍ᄎᆡ 짐짓 삼ᄉᆡᆼ가연(三生佳緣)니요 일ᄃᆡ호구(一代狐裘)라.

부부(夫婦) 쌍쌍(雙雙)으로 교ᄇᆡ(交拜)를 맛고 구고게 폐ᄇᆡᆨ(幣帛)을 진허할ᄉᆡ,[17] 거름은 향운(香雲)이 일어나난 듯ᄒᆞ니, 구고 ᄃᆡ희과망(大喜過望)[18]ᄒᆞ야 미우(眉宇)의 희ᄉᆡᆨ(喜色)이 만안(滿顔)ᄒᆞ고, 좌우(左右) ᄎᆡᆨᄎᆡᆨ치ᄒᆞ(嘖嘖致賀)[19]ᄒᆞ더라.

신부(新婦) 슉쇼(宿所)을 부용각(芙蓉閣)의 증(定)ᄒᆞ니, 신부 단장(丹粧)을 벗고 화병(畵屛)의 의지(依支)ᄒᆞ엿던니, 방ᄉᆡᆼ(方生)이 부명(父命으로 신방(新房)의 나아간니, 신부 쳔연(天然)이 몸을 일어 좌(坐)ᄒᆞ고 슈습(收拾)ᄒᆞ난 ᄐᆡ도 더옥 어리롭고[20] 쇄락(灑落)ᄒᆞ니, ᄉᆡᆼ(生)이 깃부물 익이지 못ᄒᆞ야 원앙(鴛鴦)이 녹슈(綠水)를 만남 갓더라. 김 인ᄒᆞ야[21] 구고를 지효(至孝)로 셤기고 가부(家夫)를 예(禮)로 ᄃᆡ졉(待接)ᄒᆞ니, 승

12) [교감] 등화추종(燈火追從): '추종등화(追從燈火, 뒤따르는 등불)'의 오기로 보임.
13) [교감] 등화츄동이 ᄒᆡ빗츨 가리더라: 낙성전 '동동화촉영이 ᄒᆡ을 ᄀᆞ리오더라'. 쌍완기봉 '등화촉영과 좌우 ᄒᆞᄀᆡᆨ이 미부상ᄒᆞᆫ 위의 인도를 가리웟더라'.
14) 용문화석(龍紋花席): 용무늬가 그려진 꽃돗자리.
15) 유한정정(幽閑貞靜): 조용하고 그윽하며 곧고 깨끗한 여자의 인품과 행실.
16) 용화(容華): 예쁘고 잘생긴 얼굴.
17) [교감] 진허할ᄉᆡ: 낙성전 '진헌ᄒᆞᆯᄉᆡ'.
18) 대희과망(大喜過望): 분수에 넘친 바람이 이루어진 데에 따른 큰 기쁨.
19) 책책치하(嘖嘖致賀): 크게 떠들거나 소리 내어 고마움이나 칭찬의 뜻을 표시함.
20) 어리롭고: 아리땁고.
21) [교감] 김 인ᄒᆞ야: 낙성전 '김소져 인ᄒᆞ야'. 쌍완기봉 '김소져 인ᄒᆞ야'.

상과 부인이 과익(過愛)ᄒᆞ고 싱이 즁딕(重待)ᄒᆞ더라.

ᄎᆞ후(此後) 승상니 됴당(朝堂)의 일 곳 읍시면 히월각의셔 ᄌᆞ부(子婦)를 압희 안치고 지극 사랑ᄒᆞ며, ᄌᆞ가(自家) 부인으로 더부러 시ᄉᆞ(詩詞)을 창화(唱和)ᄒᆞ며 흑빅(黑白)을 닷토와[22] 미진(未盡)ᄒᆞᆫ 심ᄉᆞ(心事) 읍더라.

이 히 진(盡)ᄒᆞ고 명츈(明春)의 쳔ᄌᆞ(天子) 과장(科場)을 셜시(設施)ᄒᆞ실ᄉᆡ, 방싱이 과장의 나가 응쳔규목[23]ᄒᆞ여 갑과(甲科)의 ᄲᅡ인니, 즉일 창방(唱榜)[24]의 어화쳥삼(御花青衫)으로 부즁(附中)의 도라와 부모긔 뵈온니, 모부인(母夫人)니 옥슈(玉手)를 잡고 흔연(欣然) 왈,

"너의 부친(父親)니 십이(十二) 셰(歲)의 장원(壯元)을 ᄒᆞ시던니, 네 ᄯᅩᄒᆞᆫ 십삼(十三) ᄒᆡ자(孩子)[25]로 계화(桂花)를 ᄭᅥᆨ근니, 션됴(先祖) 젹덕(積德)인가 ᄒᆞ노라."[26]

승상니 깃분과 두긋겨 인ᄒᆞ야[27] 딕연(大宴)을 진셜(陳設)ᄒᆞ야 경ᄒᆞ(慶賀)헌니라.

쳔ᄌᆞ 방장원(方壯元)을 도두어 도어ᄉᆞ(都御使)를 ᄒᆞ이시고 김쇼져를 봉관화리(鳳冠花履)을 쥬시니, 일가(一家)의 영광(榮光)이 혁혁(赫赫)ᄒᆞ더라.

방어ᄉᆞ(方御使) 직ᄉᆞ(職司)를 다ᄉᆞ리미 쳥염증직(淸廉正直)ᄒᆞ미 기부(其父)로 상ᄒᆞ(上下)치 안인니, 상이 ᄉᆞ랑ᄒᆞ사 칭찬 왈,

22) [교감] 흑빅을 닷토와: 낙성전 '흑빅을 ᄃᆞᆺ토와'. 쌍완기봉 '바둑 두어'.
23) 응천규목: 과거시험에 응시했다는 뜻인 듯하나, 정확한 의미는 알 수 없음. 규목(槻木)은 괴목(槐木)이라고도 하는데, 임금이 특별히 공이 많은 학자나 관리한테 상으로 내리기도 했으며, 과거에 급제하거나 관리가 공명을 얻은 후 관직에서 퇴직할 때 기념으로 이 나무를 심기도 했다.
24) 창방(唱榜): 방목(榜目)에 적힌 과거 급제자의 이름을 부름. 또는 그 일.
25) 해자(孩子): 어린아이.
26) [교감] 션됴 젹덕인가 ᄒᆞ노라: 낙성전 '선조적 여음인가 하노라'.
27) [교감] 승상니 깃분과 두긋겨 인ᄒᆞ야: 낙성전 '승상이 ᄯᅩᄒᆞᆫ 두긋거움과 깃부물 니긔디 못ᄒᆞ야'.

"방낙셩(方落星)은 옥당(玉堂) 졔일(第一) 명ᄉᆞ(名士) 되여 츙졀(忠節)과 ᄌᆡ명(才名)이 아비게 나리지 안인니, 그 훈ᄌᆞ(訓子)ᄒᆞ물 더옥 긔특이 역이더라."[28]

마양 승상을 부르ᄉᆞ ᄉᆞ쥬(賜酒)ᄒᆞ시더라.

광음(光陰)이 신쇽(迅速)ᄒᆞ야 두어 ᄒᆡ 지난니, 김쇼졔 ᄉᆡᆼᄌᆞ(生子)ᄒᆞ니 일ᄀᆡ(一介) 옥동(玉童)이라. 승상과 부인닌 ᄉᆞ랑ᄒᆞ미 장즁보옥(掌中寶玉)이며, 어ᄉᆞ(御使) 더옥 김씨(金氏)를 즁ᄃᆡ(重待)ᄒᆞ고, 유ᄌᆞ(幼子)를 춍ᄋᆡ(寵愛)ᄒᆞ여 명(名)을 현이라 ᄒᆞ고 ᄌᆞ(字)를 방빅[29]이라 ᄒᆞ다.

28) [교감] 더옥 긔특이 역이더라: '더옥 긔특ᄒᆞ도다'의 오기.
29) [교감] 방빅: 쌍완기봉 '강빅'.

도사가 예견한 죽음

일일(一日)은 승상이 됴회(朝會)를 파(罷)ᄒᆞ고[1] 고요히 상(上)을 뫼셔더니, 졔(帝) 가라ᄉᆞᄃᆡ,

"짐이 경의 문필(文筆)을 ᄉᆞ랑ᄒᆞ난니, ᄆᆡ양 바다 병풍(屛風)을 ᄆᆡᆫ드러 침젼(寢殿)의 치고ᄌᆞ ᄒᆞᄃᆡ 번요(煩擾)ᄒᆞ기로 못ᄒᆞ엿난니, 금일(今日)은 됴용ᄒᆞ니 글을 지여[2] 금ᄌᆞ(金字)로써 드리라."

ᄒᆞ신니, 승상이 쥬왈,

"맛당이 아름다온 필ᄒᆡᆨ(筆劃)과 긔특(奇特)한 ᄌᆡ됴를 어더 펴ᄒᆞ(陛下)의 침젼(寢殿)의 두고 보실지라. 읏지 신(臣)의 츄필(醜筆)을 작시(作詩)ᄒᆞ릿가?[3] 슈연(雖然)이나 하교(下敎) 여ᄎᆞ(如此)ᄒᆞ신니, ᄒᆞᆫ번

1) [교감] 됴회를 파ᄒᆞ고: 낙성전 '됴회롤 파ᄒᆞ고 ᄇᆡᆨ뇌 다 흣터진 후'. 쌍완기봉 '됴회롤 파ᄒᆞᆫ 후 졔신이 물러난 후'.

2) [교감] 금일은 됴용ᄒᆞ니 글을 지여: 낙성전 '경이ᄒᆞᆫ 고졔와 한솔열을 찬양ᄒᆞ야 찬을 지어'. 쌍완기봉 '과한고졔를 찬양ᄒᆞ여 찬을 지어'.

3) [교감] 읏지 신의 츄필을 작시ᄒᆞ릿가: 낙성전 '엇디 신의 츄필 용ᄌᆡ로 금ᄌᆞ을 작실ᄒᆞ리잇가'. 쌍완기봉 '엇지 미신의 츄필 둔ᄌᆡ로 감히 작시하리잇고'.

ᄎᆔ(醜)ᄒᆞᆫ ᄌᆡ죠로 텬안(天顔)의 우스물 돕ᄉᆞ오린이다."

상이 ᄃᆡ희ᄒᆞ사 좌우(左右)로 ᄇᆡᆨ농[4] 팔복(八幅)과 용미연(龍尾硯)의 봉미필(鳳尾筆)을 쥬신니, 승상이 깁을 펴고 닙각(立刻)[5]의 나리쓸ᄉᆡ, 상이 그 ᄌᆡ됴를 신이(神異)ᄒᆞᄉᆞ 져혀 ᄉᆡᆼ각지 안코 글제의 어려오물 염여(念慮) 안코 신쇽(迅速)ᄒᆞ물 탄복(歎服)ᄒᆞ시던니, 최후(最後)의 금ᄌᆞ(金字)로 신필(新筆)ᄒᆞ야 밧드러 어탑(御榻)의 올인니, 상이 더옥 긔특이 역이ᄉᆞ 밧아 보신니, 필획(筆劃)이 경공(精工)ᄒᆞ고 자쳬(字體) 쇄락(灑落)ᄒᆞ야 광ᄎᆡ(光彩) 조요(照耀)ᄒᆞ며, 말ᄉᆞᆷ이 지극(至極)ᄒᆞᆫ 졍논(正論)이라. 어람(御覽)을 맛ᄎᆞ신 후 탄지(歎之) 칭션(稱善) 왈,

"경의 문장필법(文章筆法)을 알아건이와, 이ᄃᆡ도록 긔이(奇異)함과 알음다온 문ᄌᆞᆼ(文章)을 으더 금ᄌᆞ로 쓰이고ᄌᆞ ᄒᆞ미 오라나 득(得)지 못ᄒᆞ여던니, 금일(今日)이야 쇼원(所願)을 일으도다. 무엇스로 공(功)을 표(表)ᄒᆞ리요?"

승상이 증ᄉᆡᆨ(正色) 쥬왈,

"신의 용열(庸劣)ᄒᆞ온 ᄌᆡ됴로 펴ᄒᆞ(陛下) 과장(誇張)ᄒᆞ오시니 불승참괴숑율(不勝慙愧悚慄)[6]ᄒᆞ온지라. 엇지 공이라 ᄒᆞ시릿고? 신의 원(願)이 안이로쇼이다."

상이 우으시고 오건[7] 어필(御筆)로 쓰신 ᄎᆡᆨ(冊) 두 권(卷)과 환셩직[8] 일(一) ᄊᆞᆼ(雙)과 통텬칠보관(通天七寶冠)을 ᄉᆞ급(賜給)ᄒᆞ신니, 승상이 고두ᄉᆞ은(叩頭謝恩)ᄒᆞ고 물너오다. 즉시[9] 장인(匠人)으로 금ᄌᆞ

4) [교감] ᄇᆡᆨ농: '백릉(白綾; 흰빛의 얇은 비단)'의 오기.
5) 입각(立刻): 즉각(卽刻).
6) 불승참괴송율(不勝慙愧悚慄): 부끄럽고 두려움을 이기지 못함.
7) [교감] 오건: '옥음(玉音; 임금의 음성)'의 오기인 듯함.
8) [교감] 환셩직: 낙성전 '황금젼종'. 쌍완기봉 '황금셔진'. '환셩직'과 '젼종'은 미상이며, 서진(書鎭)은 책장이나 종이쪽이 바람에 날리지 아니하도록 눌러두는 물건을 말한다.
9) [교감] 즉시: 낙성전 '상이 즉시'.

병풍(屛風)을 민드러 침젼(寢殿)의 치시고, 그 지화(才華)를 실로 칭찬ᄒᆞ시더라.

승상이 본부(本府)의 도라와 부인을 ᄃᆡ(對)ᄒᆞ야 연즁(筵中)[10] 셜화(說話)을 일으고,[11] 셔징(書鎭)과 ᄎᆡᆨ(冊)은 어ᄉᆞ(御使)를 불너 쥬어 왈,

"ᄂᆡ 임군게 어든 바를 네게 젼(傳)ᄒᆞ노라."

어ᄉᆞ ᄃᆡ희(大喜)ᄒᆞ야 쌍슈(雙手)로 바다 공경(恭敬)ᄒᆞ야 물너나다. 통쳔관(通天冠)은 ᄌᆞ가 쓰거날, 부인니 냉소(冷笑) 왈,

"군ᄌᆞ(君子) 상급(賞給) 밧든 거슬 아ᄌᆞ(兒子)와 그ᄃᆡ난 가지ᄃᆡ, 쳡(妾)의게난 밋치지 안이ᄒᆞ니 엇지요?"

승상니 쇼왈,

"이거슨 다 부인의게 당(當)치 안이ᄒᆞᆫ ᄇᆡ라. 가이 부인을 쥬지 안컨이와, 시방(時方) 부인 몸 우히 가진 위의(威儀) 다 ᄂᆡ게셔 비로슨 ᄇᆡ라. 흡뇩(洽足)ᄒᆞ거날 투졍(妬情)ᄒᆞ신니, 욕심(慾心)이 지즁(至重)ᄒᆞ도다."

부인이 잠쇼(潛笑)[12] 왈,

"ᄂᆡ의 당치 안인 ᄇᆡ 그ᄃᆡ게 홀노 당할 ᄇᆡ 잇스리요? 맛참ᄂᆡ 져리 쾌(快)ᄒᆞᆫ 쳬 ᄒᆞ시난요?"

승상니 웃던 미우(眉宇)을 찡그고 흥미(興味) ᄉᆞ연(些然)[13]ᄒᆞ야 왈,

"부인은 들먹이지 말나. 시인(時人)이 날노써 환ᄌᆞ(宦者)라 할지언정 궁곡(窮曲)히[14] 의심(疑心)치 안터이다."

부인니 잠쇼(潛笑)ᄒᆞ더라.

---

10) 연중(筵中): 연석(筵席). 임금과 신하가 모여 자문(諮問)이나 주달(奏達)을 하던 자리.
11) [교감] 연즁 셜화을 일으고: 낙성전 '슈말을 니라고'. 쌍완기봉 '쳔ᄌᆞ의 망극ᄒᆞ시물 니ᄅᆞ고'.
12) 잠소(潛笑): 가만히 웃음.
13) 사연(些然): 적어지는 모양.
14) 궁곡(窮曲)히: 깊이.

잇ᄶᆡ 방어ᄉᆞ 물망(物望)이 올나 병부상셔(兵部尙書)로 초야[15]을 경동(驚動)ᄒᆞ고[16] 상총(上寵)이 날노 더ᄒᆞ신이, 뉘 안이 츄앙(推仰)ᄒᆞ리요? 승상니 병부(兵部)을 경계(警戒) 왈,

"네 불과(不過) 십칠(十七) 쇼아(小兒)로 벼살이 일품(一品)의 올나 육경(六卿)의 이른니, 됴물(造物)이 두러운지라. 고언(古言)의 왈, '그ᄅᆞᆺ시 차면 넘치고, 달이 두렷ᄒᆞ면 듀러진다' ᄒᆞ니, 이 쎳쎳ᄒᆞᆫ지라.[17] 무론[18] ᄉᆞ람이 당ᄒᆞᆫ 후난 뉘웃쳐도 밋지 못ᄒᆞ난이, ᄂᆡ 아희난 모로미 슈심경공(修心敬恭)ᄒᆞ야 검박(儉朴)ᄒᆞ기를 심씨고, 츙셩(忠誠)을 가다듬어 우리 션됴(先祖)의 명풍(名風)을 욕(辱)되지 말나."

병부 슈명(受命)ᄒᆞ야 명을 밧ᄌᆞ은 후 더옥 죠심(操心)ᄒᆞ야 츙효(忠孝) 날노 더ᄒᆞ더라.[19]

승상니 일일(一日)은 외헌(外軒)의셔 죠용이 안ᄌᆞ던니,[20] 홀연 압희셔 일인(一人)이 갈건(葛巾) 학창의(鶴氅衣)로 쥭장(竹杖)을 집고 셧슨니 긔골(氣骨)이 션풍도골(仙風道骨)이라. 승상니 경야(驚訝)ᄒᆞ여 아모 곳으로 날 쥴 몰라 망급(忙急)히 의관(衣冠)을 졍(正)이 ᄒᆞ고 마ᄌᆞ 왈,[21]

---

15) [교감] 초야: '조야(朝野)'의 오기.

16) [교감] 초야을 경동ᄒᆞ고: 낙성전 '죠야ᄅᆞᆯ 경득ᄒᆞ고'. 쌍완기봉 '죠야ᄅᆞᆯ 경득ᄒᆞ고'.

17) [교감] 그ᄅᆞᆺ시 차면~이 쎳쎳ᄒᆞᆫ지라: 낙성전 '그ᄅᆞ시 ᄎᆞ면 넘치고 ᄃᆞᆯ이 두렷ᄒᆞ면 주러딘다 ᄒᆞ니 이 덧덧ᄒᆞᆫ디라 ᄒᆞ물며 물 말라 우물하면 긔갈을 면한다 ᄒᆞ니'. 쌍완기봉 '그ᄅᆞ시 ᄎᆞ면 넘치고 ᄃᆞᆯ이 두렷ᄒᆞ면은 써러지나 일이 덧덧ᄒᆞᆫ디라 ᄒᆞ물며 물 말라젹 우물을 ᄎᆞᄌᆞ면 긔갈을 면한다 ᄒᆞ니'.

18) [교감] 무론: 낙성전 '무ᄅᆞᆺ'. 쌍완기봉 '무ᄅᆞᆺ'.

19) [교감] 병부 슈명ᄒᆞ야~날노 더ᄒᆞ더라: 낙성전 '병부 수명ᄒᆞ야 경계을 ᄇᆞᆺᄌᆞ온 후 더옥 ᄉᆞᆼ검쳘찰ᄒᆞ야 거관의 숙딕ᄒᆞ고 거가의 화평ᄒᆞ더라'. 쌍완기봉 '병뷔이 수명ᄒᆞ고 온음하며 ᄆᆞ당ᄒᆞ기ᄅᆞᆯ 일ᄏᆞᆺ더라'.

20) [교감] 승상니 일일은 외헌의셔 죠용이 안ᄌᆞ던니: 낙성전 '승상이 일일은 외헌의 죠용이 안잣고 병부ᄂᆞᆫ ᄆᆞ을의 ᄀᆞ고 업더니'. 쌍완기봉 '석은 승상이 고요히 외당의 안잣고 상셔ᄂᆞᆫ 마을의 가고 업더니'.

21) [교감] 승상니 경야ᄒᆞ여~마ᄌᆞ 왈: 낙성전 '승상이 아모ᄃᆡ로셔 오ᄂᆞᆫ 줄 년망이 니러나 ᄶᆡ롤

"ᄃᆡᄀᆡᆨ(大客)이 누쳐(陋處)의 임(臨)ᄒᆞ신ᄃᆡ, 복(僕)이 망연(茫然)이 안ᄌᆞ 예(禮)를 폐(廢)ᄒᆞ야 오ᄅᆡ 셔 게시게 ᄒᆞ여 불민침괴(不敏慙愧)로쇼이다.[22] 당(堂)의 올으시물 쳥(請)ᄒᆞ나이다."

기인(其人)이 흠신(欠身) 답왈,

"비인(鄙人)은 텬산도ᄉᆞ런이[23] 잠간(暫間) 져근 술법(術法)니 잇셔 상(相) 보기ᄅᆞᆯ ᄒᆞ던니, 잠간 일으러신나 엇지 귀인(貴人)이 맛기를 쓧ᄒᆞ릿고?"

승상니 흔연 쇼왈,

"도인(道人)이 신이(神異)ᄒᆞᆫ ᄌᆡ됴 잇난가 ᄒᆞ니, ᄂᆡ의 얼골을 보쇼셔."[24]

도ᄉᆞ 침음(沈吟) 답왈,

"군(君)의 임아 달 갓타여 너르고 눈셥니 팔ᄌᆞ(八字)로 놉고 말근니 비록 ᄌᆡ됴로오나 됴상부모(早喪父母)할 거시요, 코히 살씨고 두 귀쎕이[25] 희미ᄒᆞᆫ 도화(桃花) 갓타신이 츌장입상(出將入相)ᄒᆞ야 만인긔상(萬人之上)이요,[26] 양목(兩目)이 가날고 길며 흐로난 듯 빗치 물결 갓타신니 ᄌᆡ됴롭고 지극 귀(貴)ᄒᆞ신니,[27] 입셜니 단ᄉᆞ(丹砂)을 찍은 듯ᄒᆞ여 얄븐니 구변(口辯)은 쇼진(蘇秦) 갓트며, 호치(皓齒) 빅옥(白玉) 갓튼니

싀어 마ᄌᆞ 왈'. 쌍완기봉 '승상이 아모ᄃᆡ로셔 온 줄을 몰나 연망이 이러 씌롤 씌어 마ᄌᆞ 왈'.

22) [교감] 불민침괴로쇼이다: 낙성전 '불민츰괴도다 수연이나 선싱은 허물 말고'. 쌍완기봉 '불민ᄒᆞ물 츰괴ᄒᆞᄂᆞ니 슈연이나 션싱은 허물치 말고'.

23) [교감] 비인은 텬산도ᄉᆞ런이: 낙성전 '빈도난 현산도ᄉᆡ러니'. 쌍완기봉 '빈도ᄂᆞᆫ 쳔산도ᄉᆡ러니'.

24) [교감] ᄂᆡ의 얼골을 보쇼셔: 낙성전 '복의 얼굴을 보아 ᄀᆞᆯ치소셔'. 쌍완기봉 '복의 얼굴을 보아 길흉을 ᄀᆞᄅᆞ치랴'.

25) [교감] 두 귀쎕이: 낙성전 '두 귀밥이'. 쌍완기봉 '양협이'.

26) [교감] 만인긔상이요: 낙성전 '만인긔상이오'. 쌍완기봉 '만인지상이 될 거시구'.

27) [교감] ᄌᆡ됴롭고 지극 귀ᄒᆞ신니: 낙성전 'ᄌᆡ조 놉고 팔ᄌᆡ 귀ᄒᆞ시미오'. 쌍완기봉 'ᄌᆡ죄 놉고 팔ᄌᆡ 빗나시미오'.

짐짓 경국(傾國)홀 상(相)이로딕 진미(眞美)ᄒᆞ기로[28] 도로혀 금실(琴瑟)의 낙(樂)이 긋치고, 이마의 한 졈 ᄉᆞ마괴 잇고 긔뷔(肌膚ㅣ) 너무 쳥슈(淸秀)ᄒᆞ야 ᄌᆞ여(子女) 읍실 상(相)이요, 골격(骨格)이 쇼아(騷雅)[29]ᄒᆞ야[30] 진쇽틱(塵俗態) 읍슨니 슈(壽)난 ᄉᆞ십(四十)을 못홀 거시온니, 반다시 오라지 안이ᄒᆞ야셔 쳔궁(天宮)의 됴회(朝會)ᄒᆞ린이다. 임의 소견(所見)딕로 고(告)ᄒᆞ엿난지라. 달돌ᄒᆞ물[31] 용셔(容恕)ᄒᆞ쇼셔."

말을 맛치며 일진쳥풍(一陣淸風)니 되여 간 곳 읍고, 다만 화션(花扇)[32] ᄒᆞ나 ᄂᆡ려졋더라. 집어본즉 도ᄉᆞ(道士)의 글이라. 그 글의 왈,

"음양(陰陽)을 변(變)ᄒᆞ야 임군과 ᄉᆞᄒᆡ(四海)를 쇽이믹 그 별(罰)이 읍지 안이리로다. 쳔궁(天宮)의셔 호ᄉᆡᆨ(好色)ᄒᆞ기를 방ᄌᆞ(放恣)이 ᄒᆞ니 ᄎᆞᄉᆡᆼ(此生)의 금실지낙(琴瑟之樂)을 슛쳐슨니, 스스로 되(罪)을 아난다? 그르시 ᄎᆞ면 넘치고 영화(榮華) 극(極)ᄒᆞ면 슬푸미 오난니, 옥졔(玉帝) 옛 신ᄒᆞ(臣下)을 보시고ᄌᆞ ᄒᆞ시난도다. 원컨딕 공(公)은 명연(明年) 삼월(三月) 쵸ᄉᆞ일(初四日) 맛나게 ᄒᆞ라."[33]

ᄒᆞ얏더라.

승상이 보고 앙쳔탄식(仰天歎息) 왈,

"ᄂᆡ 일ᄀᆡ(一介) 안여ᄌᆞ(兒女子)로 ᄒᆡᆼ셰(行世) 임이 오란지라. 읏지 쳔벌(天罰)이 읍스리요? ᄐᆡ극비회(泰極悲回)[34]라.[35] ᄒᆞᆫ번 도라가 상졔(上

28) [교감] 짐짓 경국홀 상이로딕 진미ᄒᆞ기로: 낙성전 '진짓 경국홀 식이로딕 진미ᄒᆞ기로'. 쌍완기봉 '진짓 경국홀 식이로딕 너무 진미ᄒᆞ기로'.
29) 소아(騷雅): 풍치가 있고 아담함.
30) [교감] 골격이 쇼아ᄒᆞ야: 낙성전 'ᄒᆞ물며 미우 ᄉᆞ이예 근심ᄒᆞᄂᆞᆫ 구름이 잇고 골격이 소아ᄒᆞ야'. 쌍완기봉 'ᄒᆞ물며 미우의 근심이 잇고 골격의 너모 소쇄ᄒᆞ야'.
31) [교감] 달돌ᄒᆞ물: 낙성전 '당둘ᄒᆞ믈'. 쌍완기봉 '당돌ᄒᆞ물'.
32) 화선(花扇): 꽃무늬가 그려진 부채.
33) [교감] 명연 삼월 쵸ᄉᆞ일 맛나게 ᄒᆞ라: 낙성전 '명년 초하로 맛나물 긔약ᄒᆞ노라'. 쌍완기봉 '명년 초하로 셔로 맛나물 약ᄒᆞ노라'.
34) 태극비회(泰極悲回): 편안하고 태평함이 극도에 달하면 이윽고 재난이 옴.
35) [교감] ᄐᆡ극비회라: 낙성전 'ᄐᆡ극비ᄅᆡ라 ᄒᆞ니 엇디 하날이 희딧디 아니리오'. 쌍완기봉 '비극

帝)게 됴희(朝會)ᄒᆞ고 부모를 맛나미 원(願)이나, 다만 부인니 날노 ᄒᆞ여금 인윤(人倫)을 아지 못ᄒᆞ고 공연(空然)이 츈광(春光)을 헛도이 맛츤니 가련(可憐)ᄒᆞ나, 져의 청졀(淸絶)[36]ᄒᆞ야[37] 부부(夫婦)의 도(道)을 괴로와 ᄒᆞ난 ᄉᆞ람이라. 셔로 긔디(期待)ᄒᆞ야 유관장(劉關張)[38]의 ᄒᆞᆫ놀 쥭지 안이물 낫게 역이던니, 이졔 ᄂᆡ 쥭으면 그 누을 의지(依支)ᄒᆞ리요? 가련ᄎᆞ셕(可憐嗟惜)이라."

안셕(案席)의 의지ᄒᆞ여 쳔ᄋᆡ(天涯)를 바라보며 상양(商量)ᄒᆞᄆᆡ, 남아(男兒) 못 되물 늣기더라.

초츄(初秋) 팔월(八月)의[39] 김쇼져(金小姐) 쏘 ᄉᆡᆼᄌᆞ(生子)ᄒᆞ니, 아룸답기 옥(玉) 갓ᄐᆞ여 현으로 다르미 읍ᄉᆞ니, 승상과 부인이 ᄃᆡ희(大喜)ᄒᆞ여 ᄒᆞ더라.

되푸는 덧덧ᄒᆞᆫ지라 조물이 엇디 희속디 아니리오'.

36) 청절(淸絶): 더할 수 없이 맑고 깨끗함.

37) [교감] 져의 청졀ᄒᆞ야: 낙성전 '졔 또ᄒᆞᆫ 청절하야'. 쌍완기봉 '졔 심지 청경담연ᄒᆞ여'.

38) 유관장(劉關張): 『삼국지연의』에 나오는 유비, 관우, 장비를 가리킴. 세 사람은 도원에서 의형제를 맺고 한날한시에 죽기로 맹세하지만, 한날한시에 죽지는 않는다.

39) [교감] 초츄 팔월의: 낙성전 '이 ᄒᆡ 쥬팔월의'. 쌍완기봉 '이 해 츄팔월의'.

임금 앞에 본색을 밝히다

셕희(惜噫)라. 이ᄒᆡ 진(盡)ᄒᆞ고 명츈(明春)니라. 방승상니 ᄃᆡ연(大宴)을 ᄇᆡ셜(排設)ᄒᆞ고 삼일(三日)을 만됴붕관(滿朝朋官)과 고구친쳑(故舊親戚)을[1] 모ᄒᆞ 질길ᄉᆡ, 승상이 다시 이 갓튼 경연(慶宴)을 보지 못할 쥴 슬어이 역여 옥ᄇᆡ(玉杯)를 잡아 츄연(惆然)이 비가(悲歌)롤 음영(吟詠)ᄒᆞᄆᆡ, 옥셩(玉聲)이 쳥아신쇽(淸雅迅速)ᄒᆞ고 낭낭쇄연(朗朗灑然)ᄒᆞ야 가난 구름을 멈츄고 봉황(鳳凰)이 ᄃᆡ무(對舞)ᄒᆞ난 듯,[2] 관광ᄌᆡ(觀光者ㅣ) ᄌᆞ연(自然) 강ᄀᆡ쵸창(慷慨怊悵)ᄒᆞ야 슈탄(愁嘆)ᄒᆞ더라. 승상이 안ᄉᆡᆨ(顔色)을 곳치고 함누불이(含淚不已)ᄒᆞ니, 졔인(諸人)이 놀나 왈,

"명공(明公)은 바야흐로 쳥춘(靑春)이시라. 엇지 불길(不吉)ᄒᆞᆫ 시(詩)를 음영(吟詠)ᄒᆞ사 창화(唱和)ᄒᆞ시난잇고?"

승상이 추연(惆然) 답왈,

1) [교감] 만됴붕관과 고구친쳑을: 낙성전 '만죄'. 쌍완기봉 '만됴공경'.
2) [교감] ᄃᆡ무ᄒᆞ난 듯: 낙성전 'ᄃᆡ무하난 ᄃᆞᆺ ᄒᆞᄃᆡ'.

"학ᄉᆡᆼ(學生)이 본ᄃᆡ 긔질(氣質)이 약(弱)ᄒᆞ고 질병(疾病)이 잇셔 인간(人間)이 오라지 안일지라. 비록 쳥춘(青春)이나, ᄉᆡᆼ각컨ᄃᆡ 다시 이 갓치 질기지 못할지라. ᄌᆞ연 비회(悲懷)로 가ᄉᆞ(歌詞)을 지여 졔공(諸公)의 염여(念慮)를 일우미라."

인(因)ᄒᆞ여 쥬반(酒飯)을 물이치고 안셕(案席)의 의지(依支)ᄒᆞ야 ᄀᆡ연 쵸창(慨然怊悵)ᄒᆞ여 봉안(鳳眼)의 누슈(淚水) 의메(衣袂)[3]를 젹신니, 졔인(諸人)니 가장 불길(不吉)이 역여 다만 위로(慰勞)ᄒᆞ고, 병부(兵部)난 안ᄉᆡᆨ(顔色)을 화(和)이 ᄒᆞ야 관희(寬喜)ᄒᆞ시물 지극 간(諫)ᄒᆞ이, 승상이 탄식(歎息)ᄒᆞ고 병부의 숀을 잡고 비회(悲懷)를 익이지 못ᄒᆞ난지라. 만당(滿堂) 빈ᄀᆡᆨ(賓客)이 다 ᄎᆞ셕(嗟惜)ᄒᆞ야 흣터지다.

ᄎᆞ야(此夜)의 병부을 다리고 ᄂᆡ당(內堂)의 드러와 부인과 말삼ᄒᆞᆯ시, 혹탄희어(或嘆噫噓)[4]ᄒᆞ여 질기지 안이ᄒᆞ니, ᄌᆞ부(子婦) 더옥 숑연우고(悚然憂苦)[5]ᄒᆞ고, 영부인이 그 셰상(世上)이 오ᄅᆡ지 안일 쥴 알고 기리 탄식(歎息) 왈,

"우리 두 ᄉᆞ람이 ᄉᆞ십(四十) 연(年)을 영화(榮華)로 지ᄂᆡ엿스니 ᄐᆡ극비회(泰極否回)난 썻썻ᄒᆞᆫ지라. 오직 결단(決斷)ᄒᆞ난니, 우리 양인(兩人)이 ᄉᆡᆼᄉᆞ(生死)의 셔로 짜로리라."

승상이 희허(噫噓) 왈,

"비록 지긔(知己)의 졍(情)이 듯거오나, 부인이 읏지 ᄉᆡᆼᄉᆞ의 짜르릿가?"[6]

병부 나아가 고왈(告曰),

---

3) 의메(衣袂): 옷소매.
4) 혹탄희허(或嘆噫噓): 간혹 탄식하기도 하고 슬퍼하기도 함.
5) 송연우고(悚然憂苦): 두려워 떨면서 근심하고 괴로워함.
6) [교감] 짜르릿가: 낙성전 '날을 ᄯᆞᄅᆞ리오'.

"엇지 야야(爺爺)와 ᄐᆡᄐᆡ(太太)[7]난 밧그로 상강(常綱)[8]의 일홈니 잇고 안으로 관표(管鮑)의 지음(知音)이 계시니, ᄒᆞᆫ가지로 ᄇᆡᆨ연(百年)을 긔약(期約)ᄒᆞ실지라. 읏지 불길(不吉)ᄒᆞ신 말삼을 ᄒᆞ신잇가?"

양인(兩人)이 그 근심ᄒᆞ물 보고 도로혀 관심(關心)ᄒᆞ야 위로ᄒᆞ더라.

이달붓터 식음(食飮)의 맛시 읍고 용모(容貌) 슈쳑(瘦瘠)ᄒᆞ야 장차(將次) 상셕(床席)의 이지[9] 못ᄒᆞ니, 영부인과 ᄌᆞ부(子婦) 망극(罔極)ᄒᆞ야 쳔명(天命)만 기다리더니, 일야(一夜) 비몽(非夢) 간(間)의 그 션친(先親)을 만나니, 갈ᄋᆞ듸,

"네 일ᄀᆡ(一介) 쇼여(少女)로 이갓치 영귀(榮貴)하니 ᄯᅩᄒᆞᆫ 쳔명(天命)이연이와, 됴흔 일이 오라들 안이ᄒᆞ니, 네 슈골(秀骨)니 안니라 이 병(病)의 이지 못ᄒᆞ린니, 읏지 ᄒᆞ리릿고?"

승상이 뭇고ᄌᆞ ᄒᆞ던니, 우왈(又曰),

"오라지 안야 맛날진니 ᄂᆡ 밧비 가노라."

ᄒᆞ고 조조(躁躁)[10]히 나아난니, 승상이 ᄭᆡ여 몽ᄉᆞ(夢事) 분명ᄒᆞ고 부모를 만나 일언(一言)을 펴지 못ᄒᆞ고 훌훌이 ᄯᅥ난니 탄식ᄒᆞ고,[11] 부인다려 일으고 슬허하니, 부인이 간담(肝膽)이 다 녹난듯 강잉(强仍)[12]ᄒᆞ여 위로ᄒᆞ더라.

ᄎᆞ후(此後) 병셰(病勢) 극즁(極重)ᄒᆞ니, 병부ᄂᆡ외(兵部內外) 망극(罔極)ᄒᆞ야 쳔지(天地)게 빌어 ᄉᆡᆼ도(生道)을 바라고, 쳔ᄌᆞ(天子)[13] 어의(御

7) 태태(太太): '어머니'를 높여 이르는 말.
8) 상강(常綱): 삼강(三綱)과 오상(五常)을 아울러 이르는 말.
9) 이지: 일어나지.
10) 조조(躁躁): 몹시 급한 모양.
11) [교감] 승상이 ᄭᆡ여~ᄯᅥ난니 탄식ᄒᆞ고: 낙성전 '승상 ᄭᆡ다ᄅᆞ□~ᄯᅥᆺ나니 감오ᄒᆞ물 니긔지 못ᄒᆞ고 ᄯᅩᄒᆞᆫ'. 쌍완기봉 '승상이 ᄭᆡ녀 몽ᄉᆡ 분명ᄒᆞᆫ지라 고이히 녀기고 슬퍼 ᄯᅩ 탄식ᄒᆞ고'.
12) 강잉(强仍): 억지로 참음. 또는 마지못해 그대로 함.
13) [교감] ᄎᆞ후 병셰~바라고 쳔ᄌᆞ: 낙성전 'ᄎᆞ후 병셰 가지록 위듕ᄒᆞ니 일ᄀᆡ 황황ᄒᆞ고 쳔ᄌᆡ'. 쌍완기봉 '이훗 병셰 더욱 침듕ᄒᆞ니 일개 경황망극ᄒᆞ여 쳔ᄌᆞ긔 듀ᄒᆞ니 상이'.

醫)로 간병(看病)ᄒᆞ시고 약탕(藥湯)을 친(親)히 달여 보ᄂᆡ고 우려(憂慮)ᄒᆞ시나, 일호(一毫)도 ᄎᆞ도(差度) 읍슨니, 상(上)이 앗기고 슬허ᄒᆞᄉᆞ 다시 보지 못할가 ᄋᆡ연(哀然)ᄒᆞᄉᆞ 친히 승상부(丞相府)의 일으신니, 승상이 병신(病身)을 움작여 됴복(朝服)을 몸 우희 덥고 어가(御駕)를 마즌ᄃᆡ, 상이 용모을 보신니 슈쳑(瘦瘠)ᄒᆞ고 엄엄(奄奄)[14]ᄒᆞ야[15] 슈일(數日)을 지팅(支撑)치 못할 듯ᄒᆞ니, 용안(龍顔)니 참연(慘然) 경동(驚動)ᄒᆞ사 감누(感淚)를 나리시고 숀을 잡고 슬어ᄒᆞᄉᆞ 어음(御音)[16]을 통(通)치 못ᄒᆞ신니, 승상이 병부(兵部)의게 붓드러 일어나 ᄉᆞ은(謝恩)ᄒᆞ고, 쏘ᄒᆞᆫ ᄌᆞ긔(自已) 본ᄉᆞ(本事)을 ᄉᆞ후(死後) 누셜(漏泄)ᄒᆞᆫ즉,[17] 군상(君上)을 속이미 예(禮) 안이라. 쥬의(主意)를 증(定)ᄒᆞ고 병신강작(病身强作)[18]ᄒᆞ고 쥬왈,[19]

"신(臣)이 오날 용안(龍顔)을 망둉(亡終)[20] 뵈온니, 쇼회(所懷)를 진달(盡達)ᄒᆞ린니 승상(聖上)은 ᄉᆞ되(死罪)를 용셔(容恕)ᄒᆞ쇼셔."

상이 가라ᄉᆞᄃᆡ,

"경(卿)이 무슨 쇼회 잇난요?"

승상이 귀 밋틔 옥누(玉淚) 방방(滂滂)[21]ᄒᆞ야 오열(嗚咽) 진달(陳達) 왈,

14) 엄엄(奄奄): 숨이 곧 끊어지려 하거나 매우 약한 상태.
15) [교감] 상이 용모을 보신니 슈쳑ᄒᆞ고 엄엄ᄒᆞ야: 낙성전 '상이 승상을 보시믜 옥골이 쇠착ᄒᆞ고 호읍이 엄엄ᄒᆞ야'.
16) 어음(御音): 임금의 말.
17) [교감] ᄉᆞ후 누셜ᄒᆞᆫ즉: 낙성전 'ᄉᆞ후 누설ᄒᆞ면 누언이 니실가 두리고'. 쌍완기봉 '누설ᄒᆞ면 누명이 이실가 두리고'.
18) 병신강작(病身强作): 병든 몸을 억지로 움직임.
19) [교감] 쥬의를 증ᄒᆞ고 병신강작ᄒᆞ고 쥬왈: 낙성전 'ᄒᆞ여 이에 주ᄒᆞᄃᆡ'. 쌍완기봉 '쇼녀 이에 쥬ᄒᆞ여 골오ᄃᆡ'.
20) 망종(亡終): 일의 마지막. 또는 사람의 목숨이 끊어지는 때.
21) 방방(滂滂): 눈물이 비 오듯 흐르는 모양.

"신이 본딕 여ᄌᆞ라.[22] 부모 일즉 죽삽고 어린 소견(所見)의 부모 사후(死後) ᄆᆡ몰(埋沒)ᄒᆞ물 스러,[23] 십이(十二) 셰(歲)의 젼ᄒᆞ(殿下) 인ᄌᆡ(人材)를 ᄲᆡ시물 듯고 구경코ᄌᆞ 나와다가 폐ᄒᆞ(陛下)의 승은(聖恩)을 입ᄉᆞ와 오날가지 일으나, 본젹(本迹)을 ᄎᆞ마 쥬달(奏達)치 못ᄒᆞ압고, 쏘 영공의 핍박(逼迫)ᄒᆞ믈 입ᄉᆞ와 부득한 연고(緣故) 잇삽고, 영녀 쏘ᄒᆞᆫ 쳐음의 신(臣)을 알아보미 잇시되 승품(性品)이 고이(怪異)ᄒᆞ와 발언(發言)치 안코, ᄒᆞᆫ낫 지긔(知己) 되와 외인(外人)의 시비(是非)를 쇽인 졔 오랜지라. 오날날 앙화(殃禍)를 입어 황쳔(黃泉)의 가온니 소회를 진달ᄒᆞ압난니, 낙셩(落星)은 신의 ᄉᆡᆼ자(生子) 안니라 쳔(天)의 증(贈)ᄒᆞ신 ᄇᆡ요 신이 양휵(養慉)ᄒᆞ온 빈니,[24] 죽기의 일으러 맛참ᄂᆡ 폐ᄒᆞ을 긔망(欺罔)치 못ᄒᆞ와 실상(實狀)을 고(告)ᄒᆞ압고, 쏘ᄒᆞᆫ 신이 규중여ᄌᆞ(閨中女子)로 몸을 현현(顯現)이 가져 예법(禮法)을 흣터난지라. 감히 비상주표(臂上朱標)로써 뵈압고 긔망ᄒᆞᆫ 되(罪)을 청(請)ᄒᆞ나이다."

언파(言罷)의 광슈(廣袖)를 밀고 옥비(玉臂)의 쥬표(朱標)을 ᄂᆡ여 어람(御覽)ᄒᆞ시기를 바랄ᄉᆡ, 상이 ᄎᆞ일(此日) 쳔만의외(千萬意外)의 그 진졍(眞情)을 드로시고 ᄃᆡ경ᄃᆡ희(大驚大喜)ᄒᆞ시되, 크게 칭찬 왈,

"금일(今日) 경(卿)의 본ᄉᆞ(本事)를 드른니 놀납고 긔특(奇特)ᄒᆞ도다. 현ᄌᆞ(賢者)며 긔ᄌᆞ(奇者)라. 규중여ᄌᆞ의 지혜(智慧) 이 갓트리요? 규리약신(閨裏弱身)[25]이 지용(智勇)이 강장(强壯)ᄒᆞ야 젹진(敵陣)을 ᄃᆡ(對)ᄒᆞ

22) [교감] 신이 본딕 여ᄌᆞ라: 낙성전 '신은 본딕 규방의 방젹슈션을 가암아난 녀ᄌᆡ라'. 쌍완기봉 '신은 본딕 규듕 방젹과 슈션을 가암아난 녀ᄌᆡ라'.

23) [교감] 어린 소견의 부모 사후 ᄆᆡ몰ᄒᆞ물 스러: 낙성전 '어린 식견이 써 헤오딕 궁촌벽향의 어린 녀ᄌᆡ 홀노 이서물 어려니 넉여 남장ᄒᆞ야'. 쌍완기봉 '어린 긔온 어더셔 스ᄉᆞ로 헤오딕 향촌벽향의 약ᄒᆞᆫ 녀ᄌᆡ 홀노 이시물 쉶이 너겨 남장으로'.

24) [교감] 쳔의 증ᄒᆞ신 ᄇᆡ요 신이 양휵ᄒᆞ온 빈니: 낙성전 '쵹딜을 거두어 양휵ᄒᆞ오미니 이 더옥 신의 어리미로소니다'. 쌍완기봉 '쵹딜을 어더 의양ᄒᆞ미로소이다'.

25) 규리약신(閨裏弱身): 규중의 연약한 몸.

ᄆᆡ 신츌귀몰(神出鬼沒)ᄒᆞ야 젼필승공(戰必勝功)[26]ᄒᆞᆯ 쥴 알이요? 짐(朕)이 경의 톄용(體容)니 미진(未盡)ᄒᆞᆫᄃᆡ 읍스되, 오직 신장(身長)이 졔신(諸臣) 즁(中) 잘으고 슈염(鬚髥)이 음ᄉᆞ물 고(怪)히 역이나, 망연(茫然)니 ᄭᆡ닷지 못ᄒᆞ야 경의 인윤(人倫)을 온젼(穩全)니 못ᄒᆞ니, 이난 짐의 혼암불명(昏闇不明)[27]ᄒᆞ미라. ᄇᆡᆨ(百) 번(番) 뉘웃고 쳔(千) 번 ᄋᆡ다르나 누을 ᄒᆞᆫ(恨)ᄒᆞ리요? 경은 안심(安心)ᄒᆞ여 일어나물 바라노라. 짐이 맛당이 져바리지 안니ᄒᆞ리라. 경의 졀힝은(節行) 주표 안니 보나 웃지 모로리요?"

ᄒᆞ시고, 긔이(奇異)코 이상긔특(異常奇特)ᄒᆞ시물 마지 안니ᄉᆞ ᄌᆡ삼(再三) 위로ᄒᆞ시더라.[28]

승상니 근시(近侍) 십칠(十七) 연(年)[29] ᄌᆞᆼ근[30] 입됴(入朝)ᄒᆞ야 남장(男裝)으로 단이고 ᄐᆡ학ᄉᆞ(太學士) 문현각(文淵閣) 닙번(入番)[31]ᄒᆞ야실젹 동관ᄌᆡ(同官者ㅣ)[32] 허다(許多)ᄒᆞ나, 그 쥬표를 보이지 안이하야시물 희한(稀罕)니 역이시며, 영씨의 고졀쳥덕(高節淸德)과 지인지감(知人之鑑)[33]을 열협(烈俠)[34]이라 항복(降服)ᄒᆞ시고, 시위(侍衛) 졔신(諸臣)니 안니 놀나고 악기며 희귀(稀貴)이 안니 역이 리 읍더라.

승상이 머리를 두다려 쳥되(請罪) 왈,

26) 전필승공(戰必勝功): 싸우면 반드시 이겨 공을 세움. '전필승공필취(戰必勝攻必取, 싸우면 반드시 이기고 공격하면 반드시 빼앗음)'의 줄임말로 볼 수도 있다.
27) 혼암불명(昏闇不明): 어리석고 못나서 사리에 밝지 못함.
28) [교감] ᄌᆡ삼 위로ᄒᆞ시더라: 낙성전 'ᄯᅩᄒᆞᆫ 맛춤ᄂᆡ 아지 못ᄒᆞ야 셩혼치 못ᄒᆞ물 ᄋᆡ돌다 ᄌᆡ삼 위로ᄒᆞ시고'.
29) [교감] 근시 십칠 연: 낙성전 '그 니십칠 년'. 쌍완기봉 '그 삼십 년'.
30) 장근: '늘(계속하여 언제나)'의 방언.
31) 입번(入番): 관아에 들어가 차례로 숙직함.
32) 동관자(同官者): 한 관아에서 일하는 같은 등급의 관리나 벼슬아치.
33) 지인지감(知人之鑑): 사람을 잘 알아보는 능력.
34) 열협(烈俠): 남을 위하여 희생하는 마음이 강함. 또는 그러한 사람.

"쇼신(小臣)이 폐ᄒᆞ을 긔망한 되(罪) 슈ᄉᆞ난쇽(雖死難贖)[35)]이라. 다ᄉᆞ이심을 바라나이다."

상이 위로 왈,

"경은 만고영웅(萬古英雄)이요 열녀졍부(烈女貞婦)라. 세상의 쪽이 읍스린니, 엇지 되라 ᄒᆞ리요?"

ᄌᆡ삼(再三) 관위(寬慰)ᄒᆞ신니, 승상이 이에 ᄃᆡ승상(大丞相) 광녹후(光祿侯) 인(印)을 밧드러 올인니, 상(上) 왈,

"가(可)치 안타. 경의 공덕(功德)이 호ᄃᆡ(浩大)ᄒᆞ고, 또 몸은 젹인(適人)[36)]치 안야 비록 녀ᄌᆞ(女子)나 쳐신(處身)은 일양(一樣) 남ᄌᆞ(男子)로 ᄒᆞ야슨니, 웃지 벼살을 거두리요? 경니 회츈(回春)ᄒᆞᆫ 후 쳐치(處置)ᄒᆞ린니, 경은 실셥(失攝)[37)]할가 두려ᄒᆞ난니 침쇼(寢所)의 들나."

ᄌᆡ삼 당부(當付)ᄒᆞ시고, 그 ᄌᆡ화(才華)와 츙졀(忠節)을 ᄎᆞ마 잇지 못ᄒᆞᄉᆞ 감탄ᄒᆞ시고 용누(龍淚)를 나리신니, 승상이 길이 ᄒᆞ직(下直) 왈,

"쇼신이 회츈치 못ᄒᆞ린니 군상(君上)을 금일 영결(永訣)이라. 용안(龍顔)을 다시 뵈압지 못ᄒᆞ고 지ᄒᆞ(地下)로 갈지라. 복원(伏願) 셩상(聖上)은 쳔츄안낙(千秋安樂)ᄒᆞ쇼셔. 도라가난 신(臣)으로 상회(傷懷)치 마로쇼셔."

언동(言終)의 안슈여류(眼水如流)ᄒᆞ야 금표(錦袍)의 젓더라. 상이 쳑연감읍(惕然感泣)ᄒᆞ사 ᄌᆡ삼 관위(寬慰)ᄒᆞ시고 환궁(還宮)ᄒᆞ시다.

---

35) 수사난속(雖死難贖): 비록 죽더라도 갚기가 어려움.

36) 적인(適人): 적당한 사람.

37) 실섭(失攝): 몸조리를 잘하지 못함.

한날한시에 세상을 떠난 방승상과 영부인

승상이 필먹을 구(求)ᄒᆞ야 명정(銘旌)[1]을 친히 쓰고, 향탕(香湯)을 ᄌᆡ촉ᄒᆞ야 목욕(沐浴)ᄒᆞ며 ᄉᆡ 의복(衣服)을 졍히 ᄒᆞ고, 영부인과 아ᄌᆞ부부(兒子夫婦)을 ᄃᆡ(對)ᄒᆞ여 영결할ᄉᆡ, 영씨 눈물이 ᄒᆞ슈(河水)[2]를 붓틸너라.

승상이 길이 탄식ᄒᆞ고 오원(五言) 일슈(一首)를 지여쥬어 왈,

"희희(噫噫)라."[3]

부인니 바다보고 화답(和答)ᄒᆞ며 슬어ᄒᆞ더라.

셔평후 이날이야 여서(女壻)의 진가(眞假)ᄅᆞᆯ 알고 ᄃᆡ경상혼(大驚喪魂)[4]ᄒᆞ야 여아(女兒) 팔을 쎄여 본니, 옥비(玉臂) 위희 잉도(櫻桃) 일

1) 명정(銘旌): 죽은 사람의 관직과 성씨 따위를 적은 기. 일정한 크기의 긴 천에 보통 다홍 바탕에 흰 글씨로 쓰며, 장사 지낼 때 상여 앞에서 들고 간 뒤 널 위에 펴고 묻는다.

2) 하수(河水): 황하(黃河).

3) [교감] 희희라: 낙성전 '희희라'. 쌍완기봉 '희희미ᄌᆡ라 오날놀 그ᄃᆡ로 더불여 마ᄌᆞ막 시ᄉᆞᄅᆞᆯ 창화ᄒᆞ니다'.

4) 대경상혼(大驚喪魂): 몹시 놀라거나 혼이 나서 얼이 빠짐.

ᄆᆡ(一枚) 완연(宛然)ᄒᆞ야 의의(猗猗)[5]이 불근 빗치 감(減)치 안야신니, 탄식 왈,

"승상을 몰나보미 다 노부(老父)의 쇼활(疏闊)ᄒᆞ민니 여부(汝父)의 탓시연이와, 네 ᄒᆡᆼᄉᆞ(行事) 인졍(人情) 밧기라. 지금가지 부모를 쇽인니 가(可)치 안인야?"

부인이 추연(惆然) 고왈,

"ᄒᆡᄋᆡ(孩兒ㅣ) ᄒᆞᆫ갓 승상을 위할 ᄲᅮᆫ 안니라 부질읍시 부모 놀나실가 ᄒᆞ미녈니, 야야(爺爺)의 말솜을 듯ᄌᆞ온니 욕ᄉᆞ무지(欲死無地)[6]로쇼이다."

셔평후 ᄋᆡ탄부리(哀歎不已)ᄒᆞ더라.

승상이 병부(兵部)와 김소져(金小姐)를 가 오라ᄒᆞ야 경계(警戒)ᄒᆞ고 영결ᄒᆞ니, 병부와 김소져 망극ᄒᆞ물 진졍(鎭靜)치 못ᄒᆞ더라. 날이 기우도록 영부인과 영결ᄒᆞ난 언ᄉᆞ(言辭) ᄌᆞ약근졀(自若懇切)ᄒᆞ더라.

차희(嗟噫)라. 이윽고 긔운(氣運)이 거살여 명(命)니 진(盡)ᄒᆞ니, 향년(享年)이 삼십구(三十九) 셰라. 상ᄒᆞ(上下)의 곡셩(哭聲)이 창쳔(漲天)ᄒᆞ고 영부인이 ᄌᆞ로 긔졀(氣絶)ᄒᆞ니, 영공이 붓드러 구(救)ᄒᆞ나 긔운이 진(盡)ᄒᆞ고 호흡(呼吸)니 쳔쵹(喘促)[7]ᄒᆞ야 명이 진ᄒᆞ니, 셕회(惜噫)라. ᄯᅩᄒᆞᆫ 쳔명(天命)으로 도라가 쳔상(天上)의 가 양인(兩人)이 쾌(快)히 즐기도다.

셔평후 부부 간장(肝腸)이 다 스러지고 오ᄂᆡ촌촌(五內寸寸)[8]ᄒᆞᆫ지라. 영공이 그 신쳬(身體)를 어로만ᄌᆞ ᄇᆡᆨ슈(白袖)의 눈물이 져져 왈,

---

5) 의의(猗猗): 아름답고 성한 모양.

6) 욕사무지(欲死無地): 죽으려고 해도 죽을 만한 곳이 없다는 뜻으로, 매우 분하고 원통함을 이르는 말.

7) 천촉(喘促): 숨을 몹시 가쁘게 쉬며 헐떡거림.

8) 오내촌촌(五內寸寸): 오장(五臟)이 갈기갈기 찢어짐.

"너의 ᄌᆡ용(才容) 화ᄐᆡ(華態) 셩덕(盛德)니 가히 악갑도다."

차희라. 영씨 ᄯᅩᄒᆞᆫ 명이 진ᄒᆞ니, 읏지 불상치 안이ᄒᆞ리요?

쳔ᄌᆞ 상국(相國)의 별셰(別世)ᄒᆞ물 드르시고 ᄋᆡ통ᄎᆞ탄(哀痛嗟歎)ᄒᆞ시며 ᄉᆞ일(四日)을 육집(肉汁)[9]을 물이치시고, 관각즙물(棺槨什物)[10]을 다 국예(國禮)로 ᄒᆞ시고 초죵범구(初終凡具)[11]를 다 남장(男葬)[12]으로 ᄒᆞ라 ᄒᆞ신니, 그 일월(日月) 갓튼 충졀(忠節)과 관옥(冠玉) 갓튼 용화(容華)를 ᄉᆡᆼ각ᄒᆞ시ᄆᆡ, 보ᄇᆡ를 일흐며 슈독(手足)을 버힌 듯ᄒᆞ사 침좌(寢坐) 간(間)의 이즐ᄉᆡ 읍셔 금ᄌᆞ병풍(金字屛風)을 보신즉 용누(龍淚) 어의(御衣)을 젹신니, 그 관일지풍(貫日之風)[13]과 무ᄊᆞᆼ(無雙)ᄒᆞᆫ 샹총(上寵)을 알너라.

ᄎᆞ시(此時) 병부(兵部)와 김씨(金氏) 비록 친ᄉᆡᆼ부모(親生父母) 안이나, 은양(恩養)ᄒᆞ미 깁허 듯거온 졍(情)니 흡흡(洽洽)[14]ᄒᆞᆫ지라.[15] 육가지통(肉苛之痛)[16]을 연(連)ᄒᆞ야 맛난니, 피발곡용(披髮哭踊)[17]ᄒᆞ여 ᄋᆡ훼골입(哀毁骨立)[18]ᄒᆞ야 집예(執禮)가 예(禮)의 넘더라.

일월(日月)이 열유(如流)ᄒᆞ야 쟝일(葬日)이 임박(臨迫)ᄒᆞ니, 신즁[19]을 일울ᄉᆡ 위의(威儀) 슈ᄇᆡᆨ여(數百餘) 리(里)의 버렷고, 불근 명졍(銘旌)과 흰 만ᄉᆞ(輓詞)는 노즁(路中)의 흔득이거날, 상ᄒᆞ(上下)의 곡셩(哭

9) 육즙(肉汁): 고기 국물.
10) 관곽집물(棺槨什物): 널 등 장례에 쓰이는 온갖 기물.
11) 초종범구(初終凡具): 초상이 난 뒤부터 졸곡까지 치르는 모든 절차나 도구.
12) 남장(男葬): 남자의 장례.
13) 관일지풍(貫日之風): 해를 꿰뚫을 만한 풍모.
14) 흡흡(洽洽): 매우 윤택하고 넉넉함.
15) [교감] 듯거온 졍니 흡흡ᄒᆞᆫ지라: 낙성전 '듯거온 졍이 친ᄉᆡᆼ의 나라미 업더니'.
16) 육가지통(肉苛之痛): 살과 근육이 마비되어 감각을 느끼지 못할 정도로 심한 고통. 「낙성전」에는 '호천지통'으로 표기되어 있다.
17) 피발곡용(披髮哭踊): 부모가 돌아갔을 때 머리를 풀어 헤치고 울며 뛰는 의식.
18) 애훼골립(哀毁骨立): 부모의 죽음을 슬퍼하여 몸이 몹시 여윔.
19) 신중: 미상.

聲)이 쳔지(天地)를 움작인니, 슈운(水雲)니 참담(慘憺)ᄒᆞ야 ᄇᆡᆨ일(白日)이 흐미ᄒᆞ더라. 능쇼(陵所)를 맛고 쇽졀읍시 반혼(返魂)ᄒᆞ야 도라온니, 영부인과 사ᄉᆡᆼ지긔(死生知己)로 동혈(同穴) 씩글이 미멸가화(未滅佳話)[20]요 쳔고긔ᄉᆞ(千古奇事)라.

병부ᄂᆡ외(兵部內外) 스러[21] 부모의 ᄌᆞ최 깁푸물 죠셕읍혈(朝夕泣血)[22] 삼연집상(三年執喪)[23]의 ᄒᆞᆫ 번도 가벼이 울미 읍고, 과도(過度)히 ᄋᆡ통(哀痛)ᄒᆞ야 긔운(氣運)니 쇠쳑(衰瘠)ᄒᆞ야 쵹노(髑髏)[24] 되엿스니, 시인(時人)이 그 효의(孝義)를 탄복(歎服)지 안이 리 읍더라.

쳔ᄌᆡ(天子ㅣ) 쇠 됴문(弔問)ᄒᆞ시고[25] 쇼ᄃᆡ상(小大祥)[26]의 예관(禮官) 보내샤 치졔(致祭)ᄒᆞ신니, ᄉᆞᆼ총(上寵)이 호ᄃᆡ(浩大)ᄒᆞ신니, 구쳔음혼(九泉陰魂)[27]니 도라가도 감은(感恩)ᄒᆞᆯ너라. 상셔(尙書) 부모의 삼상(三喪)을 맛고 더옥 슬허ᄒᆞ더라.

방상셔(方尙書) 탈상(脫喪)ᄒᆞᆫ 후 쳔ᄌᆞ 부르ᄉᆞ 위로ᄒᆞ시고, 벼살을 도두어 참지졍ᄉᆞ(參知政事) ᄐᆡ즁ᄃᆡ부(太中太傅)를 ᄒᆞ이신니, 상셔 마지못ᄒᆞ야 됴졍(朝廷)의 나아가며 츙셩(忠誠)을 가다듬어 거관(居官)의 쳥염강직(淸廉剛直)ᄒᆞ미 그 션친(先親)의 ᄂᆞ리지 안니ᄒᆞ니, 인인(人人)이 칭찬 안아 리 읍더라.

20) 미멸가화(未滅佳話): 없어지지 않는 아름다운 이야기.
21) 스러: 슬퍼서.
22) 조석읍혈(朝夕泣血): 아침저녁으로 눈물을 흘리며 슬프게 욺.
23) 삼년집상(三年執喪): 부모의 상을 당해 삼 년 동안 거상하는 일.
24) 촉루(髑髏): 해골.
25) [교감] 쳔ᄌᆡ 쇠 됴문ᄒᆞ시고: 낙성전 '텬ᄌᆡ ᄌᆞ로 무ᄅᆞ시고'.
26) 소대상(小大祥): 소상(小祥)과 대상(大祥)을 아울러 이르는 말. 소상은 사람이 죽은 지 1년 만에, 대상은 2년 만에 지내는 제사다.
27) 구천음혼(九泉陰魂): 저승의 넋.

가문의 영광

김부인(金夫人)과 화락(和樂)ᄒᆞ야 ᄌᆞ녀(子女)를 갓쵸 두고 그 후(後)의 ᄌᆡ취(再娶)ᄒᆞ니, 니씨(李氏) ᄌᆞ식(姿色)이 출어범유(出於凡類)[1]ᄒᆞ여 김부인니 지극 ᄉᆞ랑ᄒᆞ야, 양인(兩人)이 동긔(同氣)갓치 황영(皇英)의 풍도(風度) 잇셔 부슌(附順)[2]의 화(和)가 잇더라.[3] 원근(遠近)의 예성(譽聲)니 들이더라.

참졍(參政)[4]니 ᄒᆞᆫ결갓치 듕ᄃᆡ(重待)ᄒᆞ아 졔가(齊家)를 법도(法度)로 ᄒᆞ나, 오히려 김부인게 더욱 극진(極盡)이 ᄒᆞ니, 이난 쇼시(少時) 결발(結髮)[5]로 부모 쵸토(草土)[6]를 ᄒᆞᆫ가지로 지닌 고(故)로 ᄌᆞ연(自然) 즁

1) 출어범류(出於凡類): 보통 사람보다 뛰어남.
2) 부순(附順): 서로 좇아서 따름.
3) [교감] 부순의 화가 잇더라: 낙성전 '부듕의 화긔 니럿더라'.
4) 참정(參政): '참지정사(參知政事)'의 준말.
5) 결발(結髮): '본처(本妻)'를 달리 이르는 말.
6) 초토(草土): 거적자리와 흙 베개라는 뜻으로, 상중에 있음을 이르는 말.

졍(中情)[7]이 일칭(一層) 더ᄒᆞ나, 외모(外貌)난 일반(一般)일너라.

참졍이 ᄌᆞ녀(子女) 션션(詵詵)ᄒᆞ야 김부인게 칠ᄌᆞ삼녀(七子三女)요, 니씨난 일ᄌᆞ이녀(一子二女)라. ᄌᆞ녀 ᄀᆡᄀᆡ(箇箇) 옥슈경지(玉樹瓊枝)요 여슈경금(麗水硬金)이라. 남아(男兒) 즉 풍유문장(風流文章)이요, 녀아(女兒) 즉 월용화티(月容花態)요, ᄇᆡᆨ희(伯姬)의 고졀(高節)과 규목(樛木)[8]의 틀이 잇고, 부셔(夫壻ㅣ)[9] 다 초월(超越)ᄒᆞ야 셔쥬(西周)[10] 장ᄃᆡ영결[11]이요, ᄇᆡᆫ(婦ㄴ)[12] 즉 요죠슉녀(窈窕淑女)라.

참졍니 벼살이 졈졈 놉파 가졍(嘉靖) 됴(朝)의 우승상(右丞相) 진양후를 ᄒᆞ엿던니, 후(後)의 위국공니 되야 부귀(富貴) 혁혁(赫赫)ᄒᆞ고, 십ᄌᆞ(十子) 다 벼살이 놉고 장ᄌᆞ(長子) 현은 쏘 틔졍(台鼎)[13]의 거(居)ᄒᆞ야, 진양후 부부(夫婦) 삼인(三人)이 다 칠십여(七十餘) 셰(歲)의 쳑셰(陟世)[14]ᄒᆞ니, 남숀(男孫)이 오십여(五十餘) 원(員)이요, 녀숀(女孫)니 이십여(二十餘) 원이라. 셩만(盛滿)ᄒᆞ미 비길 ᄃᆡ 읍고, 십ᄌᆞ(十子)가 다 승상(丞相) 위의(威儀) 승습(承襲)ᄒᆞ야 벼살이 일품(一品)의 거(居)ᄒᆞ니, 혁혁부셩(赫赫富盛)[15]ᄒᆞ미 명됴(明朝)의 웃뜸이러라.

위국공의 복녹(福祿)과 방승상의 긔지ᄉᆞ(奇之事)와 영부인의 협의긔

---

7) 중정(中情): 가슴속에 맺힌 감정이나 생각.
8) 규목(樛木): 느티나무. 가지가 아래로 굽은 나무라고 해서, 흔히 윗사람이 아랫사람을 비호하는 것의 비유로 쓰인다. 『시경』 「주남周南」의 '규목(樛木)'은 주 문왕(周文王)의 후궁들이 후비(后妃)의 덕을 찬양한 시다.
9) 부서(夫壻): 사위.
10) 서주(西周): 동천(東遷)하기 이전까지의 중국 주나라를 이르던 이름.
11) [교감] 장ᄃᆡ영결: '당ᄃᆡ영걸(當代英傑)'의 오기. 여기에서는 무왕(武王)을 보좌하여 상나라의 주(紂) 임금을 정벌하고 주(周)나라를 건립하는 데 큰 공을 세웠던 강상(姜尙)을 지칭한 것으로 보인다.
12) [교감] ᄇᆡᆫ: 낙성정 '자ᄇᆡᆫ'.
13) 태정(台鼎): 정승.
14) 척세(陟世): 세상을 떠남.
15) 혁혁부성(赫赫富盛): 매우 빛나고 재산이 많음.

(俠義氣)을[16] 탄복(歎服)ᄒᆞ야, 승상(丞相)의 ᄌᆡ동(再從)[17] 민한님 부인(婦人) 방씨(方氏)난 그 집 ᄉᆞ젹(事跡)을 아난 고(故)로 고이(怪異)ᄒᆞᆫ 마듸와 ᄃᆡ문(大文)만 긔록(記錄)ᄒᆞ야 셰상(世上)의 젼(傳)ᄒᆞ난니, 비록 일가지친(一家至親)니나 또ᄒᆞᆫ 현명공의 몸이 녀ᄌᆞ(女子) 쥴 알지 못ᄒᆞ야던니, 임죵(臨終) 시(時)에 쳔ᄌᆞ(天子)게 고(告)ᄒᆞ난 바로 ᄊᆡ다라 젼후(前後)이 긔이(奇異)ᄒᆞᆫ 말이 만ᄒᆞ나, 규즁녀ᄌᆞ(閨中女子)의 문견(聞見)이 고루(孤陋)ᄒᆞ고 언담(言談)니 모호(模糊)ᄒᆞ야 셰셰(細細)ᄒᆞᆫ 말삼은 ᄲᆞ지고 ᄃᆡ강(大綱)만 긔록(記錄)ᄒᆞ며, 위국공 ᄒᆡᆼ젹(行蹟)이 가장 신니(神異)ᄒᆞ고 긔이ᄒᆞ야 유젼(遺傳)ᄒᆞ얌즉 호ᄃᆡ, 젼슈[18] 너무 호번(浩繁)[19]할 거시요, 암ᄆᆡ(暗昧)ᄒᆞᆫ 경신(精神)의 거두지 못ᄒᆞ야 시작(始作)지 못ᄒᆞ니, 가셕가탄(可惜可歎)이라. 민할임 부인니 혼암암ᄆᆡ(昏暗暗昧)ᄒᆞ물 가히 탄(嘆)ᄒᆞ얌즉 ᄒᆞ더라.

쵸(初)의 현명공 쇼긔(小朞)[20] 시(時)의 위국공 부부 실셩읍혈(失聲泣血)ᄒᆞ다가 긔몽(奇夢)을 어든니, 승상과 부인니 오ᄉᆡᆨ(五色) 구름을 타고 나려와 아ᄌᆞ(兒子)의 숀을 잡고 갈아ᄃᆡ,

"우리난 본ᄃᆡ 문곡셩(文曲星)과 상ᄒᆞ셩(嫦娥星)이런니, 금슬(琴瑟)이 너머 진즁(珍重)ᄒᆞᆫ 고로 슈유불이(須臾不離)[21]ᄒᆞ니 님ᄉᆞ(任事)를 폐(廢)ᄒᆞᄆᆡ, 상졔(上帝) 미여이[22] 역이ᄉᆞ ᄐᆡ을(太乙)이 속이고ᄌᆞ ᄒᆞ야 상졔게 쥬(奏)ᄒᆞ고, 문곡셩은 방가(方家)의 ᄂᆡ치고 상ᄒᆞ셩은 영가의 ᄂᆡ친니, 문곡셩은 본니 남ᄌᆞ(男子)ᄆᆡ 남ᄌᆞ의 ᄉᆞ업(事業)을 ᄒᆞ고 ᄐᆡ을이 희롱(戲

16) [교감] 협의긔을: 낙성전 '협의를'. 쌍완기봉 '녈협긔긔를'.
17) 재종(再從): 육촌이 되는 관계.
18) [교감] 젼슈: 낙성전 '권쉬'.
19) 호번(浩繁): 넓고 크며 번거롭게 많음.
20) 소기(小朞): 사람이 죽은 지 1년 만에 지내는 제사. 소상(小祥).
21) 수유불리(須臾不離): 잠시도 떨어지지 않음.
22) 미여이: 밉게.

弄)하야 여ᄌᆞ(女子) 되게 ᄒᆞ문, 허명(虛名)으로 부부(夫婦) 되야 쳔상(天上)의셔 너무 방ᄌᆞ(放恣)ᄒᆞ물 벌(罰)ᄒᆞ미라. 지난 바를 ᄉᆡᆼ각ᄒᆞ면 가지록 우읍고 한심(寒心)ᄒᆞ지라. 이예 모다 예와 갓치 화락(和樂)ᄒᆞ난니, 너희난 셜워 말고 부ᄃᆡ 가셩(家聲)을 빗ᄂᆡ고 만수무강(萬壽無疆)ᄒᆞ라." ᄒᆞ고 표연(飄然)이 ᄒᆞ날로 올나가니, 위국공이 긔이(奇異)히 역이나 발셜(發說)치 안이ᄒᆞ나 ᄉᆞ후(事後)의 부인과 일으미라. 듀언(晝言)은 문죠(聞鳥)ᄒᆞ고 야언(夜言)은 문셔(聞鼠)ᄒᆞ미 되어, 이에 긔록(記錄)ᄒᆞ노라.

니 책(冊) 등셔(謄書) 오자난서(誤字亂書) 만ᄒᆞ오니, 보난 사람 눌러 보시압.

경ᄌᆞ(庚子) 윤팔월(閏八月) 초육일(初六日) 등셔(謄書)

경ᄌᆞ(庚子) 윤팔월(閏八月) 초육일(初六日) 등셔(謄書). 보난 사람 잘 보세ᄒᆞ압.

해설

여성의 주체적 삶과 동성혼

조선 후기에는 『박씨전』 『방한림전』 『이대봉전』 『김희경전』 『금방울전』 『홍계월전』 등 여성의 영웅적 활약상을 다룬 작품이 많이 창작되었다. 이들 작품은 대부분 『유충렬전』 『조웅전』 『소대성전』 등 일반 영웅소설과 마찬가지로 영웅의 일대기를 기본적인 틀로 삼고 있다. 그러나 주인공이 탁월한 능력을 지닌 여성이라는 점에서 일반 영웅소설과 확연하게 구별되는바, 흔히 이들 작품을 여성영웅소설이라고 한다.

여성영웅소설은 여성 주인공이 남성과 동일하거나 남성보다 더 뛰어난 능력을 발휘하여 큰 공을 세우는 과정을 구체적으로 형상화함으로써 여성도 남성과 대등하게 사회적 능력을 가진 존재임을 보여준다. 이런 점에서 여성영웅소설은 기본적으로 여성들의 사회적 성취와 양성평등을 향한 욕망을 드러낸 작품이라고 할 수 있다. 비록 여성 주인공들이 도술과 같은 비현실적인 능력을 사용하여 공을 세우는 등 그 과정이 환상적으로 형상화되기는 했지만, 여성영웅소설에는 조선 후기 가부장적 사회체제의 질곡과 부조리에 대한 여성들의 문제의식이 분명하게 반영

되어 있다.

조선시대에는 남성 중심적 이념과 사회체제로 인해 여성의 사회적 활동이 억압되었을 뿐만 아니라 여성은 남성보다 열등한 존재로 치부되었다. 그런데 임병양란을 계기로 여성들이 남성, 특히 사대부 남성들의 무능함을 자각하게 되면서 가부장적 이념과 사회체제에 불만을 품기 시작했다. 조선 후기에 집중적으로 나타난 여성영웅소설은 바로 이러한 여성들의 불만과 현실인식을 반영하고 있다. 비록 여성 주인공이 남장이나 변신 등 우회적인 방법을 통해 자신의 능력을 발휘하지만, 여기에는 당시 여성들의 의식이 분명하게 반영되어 있는 것이다. 이런 점에서 여성영웅소설은 문학사적으로는 물론 사회사적으로도 매우 중요한 의의를 지녔다고 할 수 있다. 오늘날 우리가 이룩한 양성평등의 성과는 여성영웅소설의 향유자들이 추구했던 지향 및 노력과 결코 무관할 수 없기 때문이다.

『방한림전』의 작자는 미상이며, 창작 연대는 대략 19세기 말로 추정되고 있다. 이 작품은 여성 주인공의 영웅적 능력과 활약상을 구체적으로 형상화하고 있다는 점에서 여성영웅소설이라고 할 수 있다. 『방한림전』은 여성 주인공이 같은 여성과 결혼해서 죽을 때까지 함께 살아간다는 독특한 내용을 담고 있는데, 그 줄거리는 다음과 같다.

대명 시절 북경 유화촌에 사는 방공 부부가 뒤늦게 관주라는 딸아이를 낳는데, 그 아이는 천성이 소탈하여 어려서부터 남자아이 옷을 입으려고 한다. 부모는 아이의 뜻대로 남복을 입히고 여공女工 대신에 시서詩書를 가르쳤으며, 친척들에게도 아들이라고 말한다.

여덟 살 때 양친이 모두 돌아가신 탓에 가사를 책임지게 된 방소저는 입신양명하겠다는 뜻을 품고 계속 남자로 행세하며, 하인들에게도 자신의 본색을 남에게 알리지 말라는 엄명을 내린다. 열두 살 때 남편을 섬기는 아낙네는 되지 않겠다는 뜻을 확고하게 다진 후 장원급제하여 한림학사가 된다. 많은 재상들이 방한림의 용모와 재주를 흠모하여 구혼하지만, 방한림은 이러저러한 핑계를 대며 거절한다. 그런데 병부상서 서평후의 간곡한 요청을 거절하지 못해 그의 막내딸 혜빙소저를 만난다.

혜빙소저는 평소 남자에게 종속되는 여자의 삶이 싫어서 남자와 결혼하지 않겠다는 뜻을 품은 여성인데, 방한림은 그녀의 현숙한 면모를 사모하여 서평후의 구혼을 받아들인다. 혜빙소저 또한 방한림이 남장을 한 여자라는 사실을 직감하고, 평생지기平生知己가 될 수 있다고 생각해 그와 결혼하기로 마음먹는다. 결혼 첫날, 영부인의 추궁에 방한림은 자기가 여자라는 사실을 고백하고, 두 사람은 명분상 부부이지만 서로 지기가 되기로 약속한다.

이후 방한림은 벼슬이 날로 높아져 이부시랑 겸 태학사가 되었다가, 다시 형주 안찰사가 되어 어지러운 민심을 안정시킨다. 하루는 방안찰사가 인근의 명승지를 찾아 구경하던 중 갑자기 천둥번개가 치면서 큰 별이 하나 떨어졌는데, 그곳에 가보니 잘생긴 사내아이가 한 명 있었다. 방안찰사는 하늘이 자기에게 내려준 자식이라고 생각하여 그 아이를 관아로 데려와 기르고, 이름을 낙성落星이라 짓는다.

다음해 봄에 방안찰사는 병부상서가 되어 낙성과 함께 서울로 올라오는데, 영부인은 낙성을 친자식처럼 소중하게 보살핀다. 낙성이 아홉 살이 되었을 때 추밀사 김희의 딸과 혼약을 맺는데, 이 이야기를 들은 유모 주유랑이 음양의 이치와 인륜을 저버린 방상서 부부의 처지를 애달파한다. 이에 방상서는 주유랑에게 다시는 그런 말을 하지 말라며 화를 낸다.

이 무렵 환관이 권력을 농락하고 나라가 어지러워진 틈을 타서 북방 오랑캐가 침입하는데, 방상서가 출전을 자원한다. 대원수 정북장군이 되어 출전한 방원수는 오랑캐 왕을 사로잡아 항복을 받는 등 대승을 거두고 개선한다. 이에 임금은 방원수와 영부인을 각각 우승상 강릉후와 진국부인에 봉하고, 이미 돌아가신 방원수의 부모는 각각 좌승상 평양후와 한국부인에 추존한다.

한편, 낙성은 열두 살 때 김소저와 혼례를 올리고, 다음 해 봄에 장원급제한 후 도어사에 제수된다. 2년 뒤에는 김소저가 아들을 낳고, 방어사는 병부상서에 오른다. 이 무렵 방승상에게 천산도사라는 사람이 찾아와 승상의 죽음을 예고하며, 이후 갈수록 승상의 병세가 깊어간다. 이 소식을 들은 임금이 직접 승상부에 왕림하여 위로하는데, 이때 승상은 자신의 본색을 밝히고 용서를 빈다. 임금은 놀라고 기이하게 여기면서도 여자로서 이룬 승상의 공덕과 충절에 감격의 눈물을 흘린다.

임금이 환궁한 이후 승상은 세상을 떠나고, 이어서 영부인도 숨을 거둔다. 이 소식을 들은 임금은 매우 애통해하며 나흘 동안 고기국물마저 먹지 않고, 승상의 모든 장례 절차를 남자의 예에 따라 행하라고 명령한다. 자식으로서의 도리를 다하여 삼년상을 극진하게 모신 상서는 참정과 우승상을 거쳐 위국공에 오르고, 그의 자식들 또한 방승상의 풍모를 이어받아 모두 훌륭한 인물로 성장해 당대 최고의 가문을 이룬다.

『방한림전』은 여성영웅소설의 자장에서 창작되었지만, 다른 여성영웅소설과 변별되는 독특한 자질을 내포하고 있다. 대부분의 여성영웅소설에서 여성 주인공은 남장을 하고 사회에 나아가 큰 공을 세운 이후 한 남자의 아내로 가정에 복귀한다. 이러한 줄거리의 여성영웅소설은, 여성의 사회적 활동을 억압하는 가부장제의 질곡을 문제 삼았으되, 결국 가부장적 사회체제로 복귀하는 결말에 머무는 한계를 보인다는 평가를 받기도 했다.

그런데 『방한림전』에서는 여성 주인공이 끝내 남성에게 종속된 삶을 거부하고, 대신 다른 여성을 배우자로 선택해 서로 평생지기로 살아가는 길을 택한다. 이른바 여성끼리 동성혼을 한 것이다. 이런 점에서 『방한림전』은 가부장적 사회체제의 질곡을 가장 심각하면서도 급진적으로 문제 삼은 작품이라고 할 수 있다. 특히 이 작품은 가부장적 사회의 질곡과 모순을 명시적으로 제시하고 있다는 점이 남다르다.

> 특히 세상 부부들의 영욕榮辱을 거부하기를 마치 초나라와 월나라가 서로 원수로 여긴 것처럼 하여 수시로 말하기를,
> "여자는 죄인이라 이미 모든 일을 마음대로 하지 못하고 남편의 규제를 받아야만 하니, 남자가 되지 못할진댄 인륜을 끊는 것이 옳으리라."
> 하며 형제들이 부부의 연을 맺어 구차하게 살아가는 것을 비웃었다. 다른 형제는 이런 혜빙 소저가 여자답지 않게 활달하다고 조롱했으며, 부모 또한 그녀의 생각을 이상하게 여겼다.

혜빙은 서평후의 칠자오녀七子五女 중 막내딸인데, 한 남자의 아내가 되기를 거부한다. 그 까닭은 "여자는 죄인이라서 모든 일을 마음대로 하지 못하고 남편의 규제를 받아야만 하기 때문"이라고 한다. 여기서 문제가 되는 발언은 "여자는 죄인"이라는 말이다. 일견 이 말은 여자로 태어난 것 자체가 죄라는 점을 인정한 것처럼 보인다. 그러나 실제는 그 반대다. 사람은 물론 지구상에 존재하는 대부분의 생명체는 자신의 성을 스스로 선택할 수 없을 뿐만 아니라, 남녀와 암수의 구분은 자연의 순리이면서 모든 생명체의 기본적인 존재 조건이기도 하다. 따라서 자연의 순리에 따른다면 여자로 태어난 것이 죄가 될 수는 없다. 그런데 조선시대는 가부장적 이념과 사회체제를 기반으로 여성의 자율적이고 주체적인 삶을 억압해왔다. 그 결과, 여자로 태어난다는 것 자체가 이미 불행한 일 또는 죄로 간주되었다.

혜빙은 이러한 사실을 분명하게 자각한 여성이라고 할 수 있다. 즉 혜

빙은 여자로 태어난 것을 죄악시하게 된 것은 자연의 순리 때문이 아니라, 도리어 이것을 위배한 가부장적 이념과 사회체제 때문이라는 사실을 인식하고 있었던 것이다. 따라서 혜빙이 "여자는 죄인"이라고 한 것은 가부장적 이념과 사회체제의 모순 또는 인위성을 역설적으로 부정한 것이라고 하겠다.

이는 혜빙이 "부부의 연을 맺어 구차하게 살아가는 형제들을 비웃었다"는 점에서도 확인된다. 혜빙의 언니들은 잘못된 현실과 남편의 구속을 당연한 것으로 생각하면서 살아가는 여성들이라고 할 수 있다. 그녀들은 남편의 규제를 받으며 살아가느니 차라리 결혼하지 않겠다는 혜빙을 "여자답지 않다"고 조롱하기 때문이다. 그런데 혜빙은 그러한 언니들이 도리어 "구차하게 살아가는 것"이라고 비웃고 있으니, 여성이 남성의 규제를 받고 사는 것은 잘못된 이념과 제도에 따른 것임을 분명하게 자각하고 있었던 것이다. 결국 혜빙이 결혼하지 않고 혼자 살겠다고 작정한 것은 가부장적 이념과 사회체제의 모순을 분명하게 자각하고, 그러한 체제를 결코 인정하지 않겠다는 의지에 따른 것이라고 볼 수 있다.

그러면 방관주는 어떠한가? 그녀는 혜빙과 같은 의식을 갖고 동성결혼을 한 것 같지는 않다.

> 방공 부부가 붉은 비단에 여러 가지 빛깔과 무늬를 넣어 만든 옷을 입히려 했으나, 방소저는 천성이 소탈하고 검소해 질푸른 적삼만 입으려 했다. 방공 부부는 어쩔 수 없이 딸의 뜻에 맞춰 소원대로 남자 옷을 지어 입혔으며, 아직 나이가 어린 까닭에 여공女工, 길쌈은 가르치지 않고 오직 『시경詩經』과 『서경書經』만 가르쳤다.

관주는 천성이 소탈하고 검소하여 서너 살 때부터 여자 옷이 아니라 남자 옷을 입겠다며 고집을 부린다. 그래서 그녀의 부모도 어쩔 수 없이 관주에게 남자 옷을 지어 입히고, 부녀자들이 하는 길쌈과 바느질 대신 『시경』과 『서경』을 가르친다. 이러한 관주의 행위가 갖는 의미를 정확하게 이해하기 위해서는 관주의 행위를 『홍계월전』 속 홍계월의 행위와 비교할 필요가 있다.

계월도 관주처럼 어려서부터 남장을 한다. 그러나 계월이 남장을 하게 된 것은 본인의 천성이나 뜻 때문이 아니다. 계월이 다섯 살 때 부모와 이별하게 될 것이라는 곽도사의 말을 듣고 부모가 계월의 미래를 걱정하여 남자 옷을 입힌 것이다. 또한 계월의 부친은 계월이 아들로 태어났다면 문호를 빛낼 터인데 딸로 태어난 탓에 그럴 수 없게 된 것을 몹시 안타까워한다. 이러한 점 등으로 보건대, 계월이 어려서부터 남장을 하게 된 것은 순전히 부모의 뜻에 따른 것이다. 계월이 부모와 이별한 뒤에도 계속 남장을 했던 것은 문호를 빛내야 한다는 부친의 욕망이 어려서부터 내면화된 결과로 볼 수 있다. 이는 후에 계월이 천자에게 자신이 여자임을 밝히면서, "여자의 행색을 하고서는 집 안에서 늙어 부모의 해골을 찾지 못할 것 같아, 여자의 행실을 버리고 남자의 복색을 하여 폐하를 속이고 조정에 들어왔습니다"라고 고백한 데서도 엿볼 수 있다.

이에 반해 관주는 부모의 뜻을 거역하면서까지 남장을 하려고 한다. 그녀의 부모 역시 관주가 태어났을 때는 아들이 아니라 딸인 것을 아쉬워한다. 그러나 자식을 갖게 된 것만으로도 매우 다행스럽게 여기며 기뻐한다. 또한 관주가 어느 정도 자란 뒤에는 길쌈과 바느질 등 여자의 일을 권하지만, 관주는 길쌈과 바느질을 아예 하려고도 하지 않고 남자처럼 행동한다. 그녀의 부모도 어쩔 수 없이 관주에게 남자의 옷만 입히고 주변 사람들에게 관주가 아들이라고 말하며, 그 결과 마을 사람과 친척들도 관주가 남자라고 생각하게 된다. 관주를 계월과 비교해본다면, 관주는 젠더사회적, 문화적으로 길들여진 여성다움, 남성다움라는 기준으로는 분별하기 어려운 인물이라고 할 수 있다. 그녀는 순전히 소탈한 천성과 본인의 뜻에 따라 남자로 행세했기 때문이다. 굳이 젠더를 전제한다면, 관주는 생물학적으로는 여성이지만 남성적인 젠더를 지닌 인물이라고 하겠다.

이를 인정한다면, 관주와 혜빙이 동성혼을 선택한 이유는 각각 다르다. 혜빙이 가부장적 이념과 사회체제의 질곡에서 벗어나 자유롭고 주체적인 삶을 영위하기 위해 이성과의 결혼을 거부하고 동성결혼을 선택했다면, 관주는 젠더에 구속됨 없이 애정을 바탕으로 혜빙과의 결혼을 선택한 것이라고 하겠다. 이는 관주가 처음 혜빙을 보았을 때의 반응을 통해서도 확인된다.

관주가 남장을 하고 과거에 응시하여 급제한 뒤 여러 벼슬아치들이 관주를 사위로 삼기 위해 청혼하지만 그녀는 일절 응하지 않는다. 그런데 병부상서 서평후의 간청에 못 이겨 그의 집을 방문했다가 막내딸인 혜빙을 만나게 되는데, 그 순간 관주는 "마음이 겉으로 나타나 옥처럼 고운 얼굴이 붉게 물들었으며, 애모하는 마음이 일어났다"고 서술되어 있다. 또한 관주는 "소저는 진실로 요조숙녀입니다. 소저를 만난 행운이 사라질까 두려워할지언정 어찌 감히 사양할 수 있겠나이까?"라며, 서평후의 청혼을 기꺼이 받아들인다.

관주가 혜빙을 본 순간 얼굴이 붉게 물들고 애모의 마음이 일어났다는 것은 당시 통념에서는 일반적으로 이성 사이에 느낄 수 있는 감정이다. 실제로 애정을 주제로 삼은 고전소설에서 위와 같은 관주의 반응은 흔히 남성 주인공이 여성 주인공을 만났을 때 서술되곤 한다. 그런데 관주는 같은 여성인 혜빙에게서 사랑의 감정을 느꼈으며, 그런 감정에 따라 그녀와의 결혼을 추진했던 것이다. 이런 점에서 관주는 일단 같은 여성에게 감정적·정서적·성적인 이끌림을 느끼는 여성, 곧 레즈비언이라고 할 수 있다. 다만 관주에게 자기 자신이 레즈비언이라는 인식은 보이지 않는다. 그녀는 혜빙과 결혼해서 평생지기로 살면 된다고 생각했을 뿐, 성적 관계를 맺을 생각은 전혀 없었기 때문이다. 그러나 관주는 천성적으로 남성적인 젠더를 지닌 여성이었으며, 같은 여성인 혜빙에게서 감정적·성적인 매력을 느낀 것만은 분명하다. 요컨대, 관주 본인은 레즈비언이라고 생각하지 않았지만 애정을 바탕으로 같은 여성인 혜빙과 결혼을 추구했다고 볼 수 있다.

이처럼 『방한림전』은 두 명의 여성 주인공을 등장시켜 가부장적 이념과 체제 및 성정체성에 대한 새로운 인식을 드러내고 있다. 혜빙을 통해서는 여성의 자율적이고 주체적 삶을 억압하는 가부장적 이념과 체제의 질곡을 명시적으로 제기하고, 관주를 통해서는 남성적인 젠더를 지닌 여성이 존재할 수 있다는 사실을 비교적 생생하게 표출하고 있는 것이다. 이 두 가지 점만으로도 『방한림전』은 문화사적으로 대단한 의의를 지닌 작품이라고 할 수 있다. 또한 『방한림전』은 관주와 혜빙의 동성혼을 통해 가부장적 이념과 체제 속에서 여성이 남성에게 종속되지 않고 주체적이면서도 독자적으로 살아가는 방법을 모색하고, 그 결과를 소설로 생생하게 형상화했다는 점에서 매우 문제적인 작품이라고 할 수 있다.

현전하는 『방한림전』 이본은 나손문고본 『방ᄒᆞᆫ임젼』, 백영문고본 『낙성전』, 한국중앙연구원본 『쌍완기봉雙婉奇逢』의 3종이며, 모두 한글필사본이다. 이본마다 제목이 다르고 세부적인 묘사와 서술 등에서 약간 다른 점이 있으나, 전체적인 내용과 사건의 전개 과정은 세 이본 사이에 거의 차이가 없다. 『방ᄒᆞᆫ임젼』은 주인공인 방관주의 직책을, 『낙성전』은 방관주가 입양한 아들의 이름을 따서 제목으로 삼은 것이고, 『쌍완기봉』은 두 여주인공인 방관주와 영혜빙의 기이한 만남을 제목으로 삼았을 뿐이다. 이 책은 『방ᄒᆞᆫ임젼』을 저본으로 삼았으며, 교감과 현대역의 윤색은 나머지 두 이본을 활용했다.

【 참고문헌 】

김경미, 「젠더 위반에 대한 조선사회의 새로운 상상—〈방한림전〉」, 『한국고전연구』 17, 2008.

김정녀, 「〈방한림전〉의 두 여성이 선택한 삶과 작품의 지향」, 『반교어문연구』 21, 반교어문학회, 2006.

김하라, 「〈방한림전〉에 나타난 지기관계의 변모」, 『관악어문연구』 27, 서울대 국어국문학회, 2002.

박혜숙, 「여성영웅소설과 평등 · 차이 · 정체성의 문제」, 『민족문학사연구』 31, 민족문학사학회, 2006.

서신혜, 「개인의 아픔으로 읽는 〈방한림전〉」, 『한국고전여성문학연구』 20, 한국고전여성문학회, 2010.

양혜란, 「고소설에 나타난 조선조 후기 사회의 性차별의식 고찰—〈방한림전〉을 중심으로」, 『한국고전연구』 4, 한국고전연구학회, 1998.

엄태웅, 「〈방한림전〉에 나타난 가부장의 부재와 재현의 양상」, 『우리어문연구』 39, 우리어문학회, 2011.

장시광, 「〈방한림전〉에 나타난 동성결혼의 의미」, 『국문학연구』 6, 국문학회, 2001.

장시광, 『조선시대 동성혼 이야기 방한림전』, 한국학술정보(주), 2006.

정병헌, 「〈방한림전〉의 비극성과 타자(他者) 인식」, 『고전문학과 교육』 17, 한국고전문학교육학회, 2009.

차옥덕, 「〈방한림전〉의 구조와 의미—페미니즘적 시각을 중심으로」, 『고소설연구』 4, 한국고소설학회, 1998.

차옥덕, 『백년 전의 경고-방한림전과 여성주의』, 아세아문화사, 2000.

문학동네 한국고전문학전집을 펴내며

우리가 고전에 눈을 돌리는 것은 고전으로 회귀하기 위해서가 아니다. 한국의 고전은 고전으로서 계승된 역사가 극히 짧고 지금 이 순간에도 발견되고 있으며 심지어 어떤 작품은 저 구석에서 후대의 눈길을 간절하게 기다리고 있기도 하다. 우리의 목표는 바로 이런 한국의 고전을 귀환시키는 것이다. 그러니까 고전 안에 숨죽이며 웅크리고 있는 진리내용들을 다시 불러들이고 그것으로 이 불투명한 시대의 이정표를 삼는 것, 이것이 우리의 궁극적인 목적이다.

문학동네 한국고전문학전집은 몇몇 전문가의 연구실에 갇혀 있던 우리의 위대한 유산을 널리 공유하는 것은 물론, 우리 고전의 비판적·창조적 계승을 통해 세계문학사를 또 한번 진화시키고자 하는 강한 열망 속에서 탄생하였다. 그래서 문학동네 한국고전문학전집은 이미 익숙한 불멸의 고전은 말할 것도 없고 각 시대가 새롭게 찾아내어 힘겨운 논의 끝에 고전으로 끌어올린 작품까지를 두루 포함시켰다. 뿐만 아니라 한국 고전의 위대함을 같이 느끼기 위해 자구 하나, 단어 하나에도 세밀한 정성을 들였다. 여러 이본들을 철저히 비교하는 과정을 거쳐 정본을 획정했고, 이제까지의 모든 연구를 포괄한 각주를 달았으며, 각 작품의 품격과 분위기를 충분히 살려 현대어 텍스트를 완성했다. 이 모두가 우리의 고전을 재발명하는 것이야말로 세계문학의 인식론적 지도를 바꾸는 일이라는 소명감 덕분에 가능했음은 물론이다. 부디 한국의 고전 중 그 정수들을 한자리에 모은 문학동네 한국고전문학전집이 그간 한국의 고전을 멀리했던 독자들에게 널리 읽히고 창조적으로 계승되어 세계문학의 진화를 불러오는 우리의, 더 나아가 세계 전체의 소중한 자산으로 자리하기를 기대해본다.

문학동네 한국고전문학전집 편집위원
심경호, 장효현, 정병설, 류보선

옮긴이 **이상구**
고려대학교 문과대학 국어국문학과를 졸업하고, 같은 대학에서 문학박사학위를 취득했다. 순천대학교 사범대학장, 한국고전여성문학회장 등을 역임했으며, 현재 한국고소설학회장을 맡고 있다. 역주서로는 『17세기 애정전기소설』 『숙향전 · 숙영낭자전』 등이 있으며, 논문으로는 「숙향전의 현실적 성격과 문헌적 계보」 「구운몽의 형상화 방식과 소설미학」 등 40여 편이 있다.

한국고전문학전집 020
방한림전

1판 1쇄 2017년 9월 25일
1판 4쇄 2024년 4월 15일

옮긴이 이상구

책임편집 구민정 | 편집 이현미
디자인 윤종윤 이주영 | 저작권 박지영 형소진 최은진 서연주 오서영
마케팅 정민호 서지화 한민아 이민경 안남영 왕지경 정경주 김수인 김혜원 김하연 김예진
브랜딩 함유지 함근아 고보미 박민재 김희숙 박다솔 조다현 정승민 배진성
제작 강신은 김동욱 이순호 | 제작처 영신사

펴낸곳 (주)문학동네 | 펴낸이 김소영
출판등록 1993년 10월 22일 제2003-000045호
주소 10881 경기도 파주시 회동길 210
전자우편 editor@munhak.com | 대표전화 031)955-8888 | 팩스 031)955-8855
문의전화 031)955-2696(마케팅), 031)955-2671(편집)
문학동네카페 http://cafe.naver.com/mhdn
인스타그램 @munhakdongne | 트위터 @munhakdongne
북클럽문학동네 http://bookclubmunhak.com

ISBN 978-89-546-4677-2 04810
978-89-546-0888-6 04810 (세트)

* 이 도서의 국립중앙도서관 출판예정도서목록(CIP)은 서지정보유통지원시스템 홈페이지(http://seoji.nl.go.kr)와 국가자료종합목록 구축시스템(http://kolis-net.nl.go.kr)에서 이용하실 수 있습니다. (CIP제어번호: CIP2017019412)
* 잘못된 책은 구입하신 서점에서 교환해드립니다. 기타 교환 문의: 031) 955-2661, 3580

www.munhak.com